坪井駅
千代駅
姫新線
倭文駐在所 9
国道 429 号線
打穴駐在所 5
西川駐在所 8
1 垪和駐在所
旭川ダム
2 鶴田駐在所
御津
3 福渡駐在所
福渡駅

駐在所暮らし

武田婦美

駐在所暮らし◎もくじ

プロローグ

（父の戦後）

わしはその時、ふと足元を見た。軍隊中ずっと履き続けた、わしの軍靴が急にぱっくんと裏側もろとも破れてしもうたんじゃ。

靴は、岡山駅に降り立ったと同時にお役御免とばかり、わしの足からおさらばしようとしとる。これも運命かな、と思った。満州の地でも、南の島でも、こいつはわしと常に行動を共にした可愛い戦友じゃったが、さすがに岡山の家までお伴するのは遠慮しよるんじゃろうか。いやいや、気にするこたあねえ、わしはかまわんぞ。どこまでもついてこい。もっともこの靴しか履くもんはないからな。今おさらばされたら、このわしが困る。

などと、戯言を言っとる場合ではない。わが故郷に辿り着いて、空爆でデコボコだらけのプラットホームに、やっとこうして足を着けたばかりじゃ。わしは駅舎を離れる汽車を横目で見ながら、正面玄関へと歩いて行った。構内はコンクリが剥がれてむき出しの鉄柱の、そいつに寄りかかった浮浪者が数十人、ぼんやりと暮れていく空を眺めておる。岡山駅の内外はどこの駅とも似たり寄ったりの荒廃ぶりだった。

わしは南の島から敗戦直後の本土に還ってきたばかりじゃった。昭和20年10月26日、輸送船長運丸に乗船しての。そういやあ、「長運」丸とは、なんかの符牒ではあるまいか。わしは運と不運の狭間で、やっとこさっとこ、今日まで生き延びてこられたようなもんじゃからな。ま、それはともかく、長運丸は浦賀港に帰還し、海軍水雷学校に落ち着いて、それから復員業務と称するいろんな手続きがあって4日間もその地に留め置かれ、ようやく10月30日に各自の郷里へ帰還がかなった次第じゃ。ここまで来りゃもう少々のことがあってもこれまでの長運を保って、懐かしい我が家に還ることができる。わしは、素直にうれしかった、ただそれだけじゃ。

東京駅はドームの破れ天井から秋の空が青々と顔を覗かせておったわい。わが祖国の首都東京。その駅構内はどこも破壊しつくされ、コンクリの柱に身を寄せ合ってその日を凌いでいる浮浪者か被災者かが、地面を塞いでいて、まともに歩いていくのも難儀だった。ふと駅の外に目をやると、遮蔽する建物は何もないから、真っ直ぐに宮城の森がみえた。天皇陛下はまだご健勝だろうか。と言っても「御真影」でしか拝んだことのないお姿は、わしの思慮の外ではあったが。

戦友たちとは横須賀駅と東京駅とで別れてきたが、東海道本線で岡山方面に下る復員列車は夜中の12時発だという。その列車で岡山駅に到着するのは翌日の夜10時頃か。丸々一日がかりの帰郷となる。

ふと構内に停車しとる列車に気が付いた。今夜8時かっきりに出る汽車じゃと分かったら、無性に気が急いてな。ええい、とその汽車に飛び乗ったところ、大船駅を過ぎたあたりで気が付いたことじゃが、それは急行列車じゃった。すし詰め状態の列車で今更降りるわけにもいくまい。そのうち車掌がやってきて、ちらっとわしの方を見たようじゃが、余りに小汚い軍服のみすぼらしい格好に恐れをなしたのか、気が付かんふりをして通りすぎて行きおった。

……名古屋駅に着いた時は真夜中だったが、列車の窓から外を眺めると月が煌々とガレキの原っぱを照らしておったわい。

……ぐっすり眠って京都駅に着いたのはまだ夜も明けきらぬ頃だったが、朝もやの中で目を凝らすと、どうやら京都の家並みだけは破壊されていないようだった。

ところが、まもなく大阪に着いた途端、東京と同じく街はきれいさっぱり焼け尽くされていた。わしは途中下車して、小用のために大阪駅に降り立った。駅構内を一歩外に出ると、大阪の街はどこまでもガレキの原っぱの中に広がっておる。と、遠くにくっきりと大阪城の天守閣がみえた。意外にもお城はシャキッと立っとったな。ふと、岡山はどうなったか、と思った。ここのお城が焼け残ったのじゃからな。ひょっとしたら岡山のお城も無事ではあるまいか。などとぼんやりしておったら、乗り遅れてしまい、昼過ぎ発の各駅列車に乗るはめになったのよ。

　岡山駅の構内をゆっくりと歩いていった。急ぐことはあるまい。もう岡山の地に帰ってきているのだ。思えば足かけ7年、長きに亘る軍隊生活だった。

　わしは駅構内を出て、外を眺めた。見事だった。秋の夕暮れ時、薄暗くなりかけている岡山駅の前から見る街は見事にガラクタの山だった。ずっと続くゴミの向こうに旭川までが一望できた。わしはこの風景を終生忘れんだろう。わが日本帝国陸軍が防衛する南の島の上空を、真っ黒になるほどの隊列を組んで飛んでおった、これが連合軍B29戦闘機の仕業なのか。ほほう、なるほど、と感心しとったら、口の端がにたぁーと緩んできてよ。この癖、軍隊でも初年兵時分によく出よってな、上官から「貴様ぁなに笑っとるかっ、たるんどるっ」ちゅうて、往復ビンタを食らったものよ。その痛いのに凝りて以来、口の端だけはしっかり締めとったつもりじゃがな。

　……それにしても、岡山の街の焼野が原は見事の一言に尽きた。焼け残った白い道は何条にも交差しているが、どこが富田町《とんだちょう》筋かもわからん。万町《よろずちょう》の踏み切りがあったので、そこから真っ直ぐの道筋らしいが、両端はガレキがはみ出しよって、そうでなくてもぽっくんの軍靴じゃて、なんとも歩き難うて難渋した。それでもやっと弓之町《ゆみのちょう》まで歩いて来ると、弘西《こうさい》国民学校や就実《しゅうじつ》高女やなじみの酒屋なんぞの、大きな建物や民家が所々に焼け残っておっての。奇跡的にわしの生家がある出石町《いずしちょう》界隈一帯、旭川沿いの一区画は空襲を免れ、わしが出征する前と同じ姿に残っとった。

家が立ち並ぶ狭い路地の奥の、我が家の門口から明かりが漏れていた。見覚えのある破れた木戸の隙間に、誰かが立っている気配がする。「お母さんか、わしじゃが」と声を掛けると、やおら木戸が開いて、朝子のやつがセーラ服にもんぺ姿で突っ立っとった。「清にいさん？」。妹は幽霊でも見たような顔をしとった。無理もねえ。薄暗がりの土間で、晩秋だというのに夏用のくたびれた軍服、真っ黒に日焼けした兄が立っておったんではな。あいつは喉に何かつまったような声で喚きおった。「清にいさんが還ってきた！」、するとさして広くもない家の奥から、おふくろや親父が出てきよった。そして妹同様、幽霊でも見たように、この家の三男坊を穴が開くほど見詰めていたもんだ。信じられんという顔でな。むりもない、南方の島はどこも玉砕じゃと聞いていたらしい。

わしが帰還したのは10月の末だが、それから次々に兄弟たちが復員してきた。その年、昭和20年の暮れまでに長兄と末の弟が連れだって帰還し、下の弟も（こいつはどこかの特攻隊に所属していたらしいが）無事に家に戻り、すぐ上の、養子にいった兄貴もなんとか復員したらしい。これで我が家では出征していた5人が5人、全員が揃って生還したことになる。まあ、奇跡と言っていいかもしれん。

狭い家はいきなり男たちが増えて、母親は嬉しくも贅沢な悲鳴をあげておった。しかし、無事に日本に還ってきても、わしらにはまともな仕事はなかった。それも当たり前の話で、敗戦国日本で、復員兵の働く職場は少なかった。しばらくは後楽園の裏手にある我が家の田畑で農作業を手伝ったり、知り合いの世話で荷馬車を借り、建築資材や家財道具の運搬をやったりして、日銭を稼ぐ毎日が続いた。

お前たちのお母さんと所帯を持った時のことを話せと？　まあ、そう急くな。復員した時わしは既に満で27になっとってな、そろそろ嫁でも貰って、身を固めたいと思っとった。ああ？　軍事郵便のことか。その話はお母さんから聞いとるだろうが。わしとしては思うところあって、ケジメをつけたつもりじゃった。ところが角南《すなみ》の家ではわしが無事に復員したことを聞きつけたらしい。八浜《はちはま》の兄貴から連絡がきて、静野《しずの》義姉《ねえ》さんから話があるという。義姉さんはわしの戦争話を聴いて、涙ながらに喜んでくれた。そしてわしのことを運の強い人じゃ言うてな、それでいろいろ話をまとめてくれて、一緒になることになった、という次第じゃ。え、簡略すぎて解りにくいとな？　まあ細かい話はええではないか。お前らおなごはおしゃべりじゃから、たいがいのことは聞いとるハズじゃ。わしとしてはもう昔のことで、詳しいことは忘れてしもうた。

　この写真か。そうよ、この写真は近所の、焼け残った写真屋で撮ったものじゃ。まあこれが唯一の婚約写真ということかな。当時はこんな国民服を着てのう、これがわしの一張羅の服というわけじゃ。お母さんは……、前の年に腸チブスに罹っとったが、やっと起きられるようになったばかりでな、ようわしのところに来てくれたと思うとる。お母さんの在所は児島の琴浦《ことうら》じゃから、もちろん空襲なぞ無かった。じゃから焼野が原の岡山で所帯を持つことは大変なことだったと思う。それでもわしのところに来てくれてのう。それは今でも感謝しとる。

　そういや、この写真を撮った後で、わしとお母さんは後楽園を散歩したんじゃった。そう、今でいうところのデート、いうやつじゃな。

昭和21（1946）年4月16日　清28歳　秋野25歳

鶴見橋を渡ると、旭川右手に見えるはずのお城がない。それはそうじゃ、姫路の白鷺城と並ぶ、岡山の烏城と讃えられた黒い板張りの城は6月29日の空襲で焼け落ちていたからな。お城は無くなったが、まあそれでも昭和21年の春の後楽園界隈はどこも沢山の人で賑わっていての、わしはお母さんを後ろに従えて鶴見橋を歩いていた。

するときゃっという声がして、ふと後ろを振り向くと、お母さんが進駐軍の兵隊と何か話をしとる。と思うとったのだが、お母さんに言わせると、実はその兵隊に着物の上からお尻を撫ぜられ、両頬にキスされたんだとか。「もう、あんたって人は婚約者のわたしがこんな危ない目に遭っているのに、知らん顔でずんずん先を歩いて行くんだから……。そんな呑気な人だから日本は戦争に負けたのよ」って。かわいい顔でそがなキツイことを言うのじゃ。まあ、わしら日本軍が負けたことは間違いない。わしは黙っておったよ。

進駐軍は岡山の街のあちこちに見かけた。復員兵のわしらは浮浪者のような生活から抜け出ようと懸命に働いた。しかし定職といえるような仕事がない。もちろん、元の職場である岡山郵便局に復帰できないものか、再三にわたりかけあってみた。郵便局は3階建ての鉄筋コンクリであるから空襲にも焼け残って、3階の部分を進駐軍の軍政部が使っていた。

軍政部の初代部長はホイットニー少佐といって、このお偉いさんは翌昭和22年に帰国するまでに戦後の岡山の町を写真フィルムに残しておる。そういえば街なかを少佐殿の乗ったジープが疾走しているのを見かけたこともあるな。

しかし、いくら当局にかけあっても郵便局にわしの仕事はなかった。召集でいったん職場を辞して7年、知った顔もなかったからな。

わしとお母さんは弓之町筋にある、焼け残ったボロい倉庫を借りて、そこで生活を始めた。昭和21年夏のことじゃ。6畳ほどの土間の半分に根太を打ち付けて上に古畳を敷き、部屋の隅っこに便器を取り付けたら、まあ人間らしい住み家になった。もちろん電気も水道もない。昼間は表側にある窓が唯一の明かり取りじゃった。

そのうち、お母さんの実家からミシンが届き、早速、洋服の内職が始まった。お母さんは手先が器用じゃからの、色々な服の注文を受けて忙しく働いてくれた。しかし、わしの方はといえば、なかなかちゃんとした仕事が決まらず、翌22年の夏に長女が、つまりお前の姉の京子ちゃんが生まれても、わしはまだ馬車曳きをやっとった。情けない話じゃが、しかたがねえ。

その頃、家主のオヤジさんの家では、シベリアに抑留されとった息子が帰国することになっての、近々に倉庫を明け渡さねばならなくなった。職は無し、家は無し。明日をどう暮らしていこうか、と思い悩んでいたある日、たまたま通り掛かった就実高女、今の就実高校だな、その板塀に貼り出された一枚の紙を見つけたんじゃ。その紙には「新規警察官募集」と書いてあった。

これがその後二十数年にわたる、警察という職務に就くきっかけになるとは思ってもみなかった。人間どこで転機を掴むか、人生とは分からんものよ。

採用試験はその就実高女の校舎で行われた。試験の当日は応募してきた男たちで学校敷地の体育場はもちろん、教室はどこも満員状態じゃった。審査は簡単な作文と面接のみ。これでどうやって合否を決めるんかと訝しがっていたところ、なんと合格したのよ、このわしが。これでまともに妻子を食わしていける。それに駐在所勤務ともなれば、住まいのほうも確保できる。そう思うと自然に口の端が綻びてくるというもんじゃ。

え、たくさんの応募者の中で、なぜ試験に受かったのかって？　それはわしにも分からん。さては作文の出来がよかったからかな。「小生が考える民主警察とは」とか「敗戦国日本の進むべき道」、なあんて題名でよ。いやまさか、んなわけなかろうが。７年も兵隊にとられた揚げ句、命からがら郷里に還ってみれば、明日の米にも事欠く毎日。この窮乏を凌ぐことが出来ればどんな仕事でもいい。という次第であるから、強いて警察官という仕事を希望したわけではない、なんて本音をそのまま作文に書いたのが良かったのか。

いや、そうではないな。多分わしが採用されたのはわしの軍歴のほう、つまり元陸軍山砲隊曹長の肩書きがものをいったのではなかろうか。大勢の復員兵の中で、叩き上げの曹長という階級は、やっぱりそれなりに値打ちがあったと思うが、どうだろうか。

さて当時は「警察法」が施行されたばかりで、従来の警察署である「国家地方警察」に加えて、人口５０００人以上の市町村に「自治体警察」が設置されることになった。面接の時、国家警察か自治体警察かどちらかを選択するようにと言われたが、わしは迷わず「国家警察」のほうにした。なぜなら、マッカーサー司令で制定された「自治体警察」なんか、いずれ占領軍が撤退してしまえば、そんな組織も消滅するはずじゃと考えたからよ。わしの読みはみごとに当たって、３年後の昭和26年６月、36か所もあった新設の自治警察署は21か所の国家警察に吸収合併されてしもうた。付け焼き刃で実情に合わんもんは初めからダメだ。わしは軍隊でそのことを身に沁みておるからな。

弓之町にあった警察練習所（警察学校の前身）は空襲で一部焼失し、またわしらのような警察官増員募集のために全員を収容しきれず、水島の航空機製作所の隣地に木造校舎を建てて移転し、昭和23年の春に晴れて入校の運びとなった。確かわしらが第一期生か二期生だったかと思う（いや、卒業証書が残っておった。それによると、第三期初任科の課程を……とあるぞ。そうか、第三期生か)。

いやなに、その約半年間の研修期間のことはもうさっぱり忘れてしもうた。なにしろ兵隊上がりの連中が多かったから、集団生活はお手のものじゃが、問題は学科のほうなんだな。この歳になって、若い者と一緒に難しい法律書と格闘するのは、正直言ってきつかった。それでも、実技のほうは柔道、剣道、水泳、拳銃つまり鉄砲だな、軍隊で鍛えた体技はまだまだ通用したものよ。

さて半年後の昭和23年10月、無事卒業となって「加美《かみ》警察署」という、その当時は「国家地方警察久米《くめ》地区警察署」といったが、田舎の警察署勤務の辞令が下りた。県の真ん中に位置する久米郡を管轄とする署だ。本当は県南の警察署を希望したいところだが、贅沢言っちゃいかん。正式な仕事にありつけただけでも御の字よ。こうして、わしは女房と乳飲み子を連れて、岡山県の山奥にある駐在所に赴くこととなった。これが我が一家の、20年にわたる駐在所生活の第一歩となったのよ。何?　お前のことか。まあ待て。残念ながらその時分はまだ影も形もなかったわい。

注　東京駅から岡山駅までの描写は『硫黄島戦記』(川相昌一著)を、岡山駅から実家のある弓之町あたりの描写は『赤いチューリップの兵隊』(佐藤寛二著)を参考にした。貴重な体験談を提供して戴き、両著者に対して慎んで感謝の意を表す。

1

私の生家はダムの底（垪《は》和《が》駐在所）

岡山県国家地方警察　久米地区警察署

住所　岡山県久米郡垪和村大字中垪和谷３４４番地

時期　昭和23（１９４８）年11月〜昭和25（１９５０）年４月

家族　清（30歳）　秋野（27歳）　京子（９か月）　婦美（未生）……年齢は移動時

父武田清が久米地区警察署（後の加美警察署）に赴任してきた昭和23年とはどういう年だったのか、岡山県立図書館にある山陽新聞を閲覧してみた。昭和23年度版はこの図書館にある戦後の山陽新聞としてはいちばん古いもので、紙質も悪くボロボロの状態である。恐る恐る紙面をめくってみると、7月23日付の新聞に次のような記事が載っている。

「久米郡に水禍――7月21日午後4時からの豪雨で旭川、吉井川の支流は田畑の氾濫。岡山軍政部ブラウン軍曹は福渡《ふくわたり》町役場で被害の様子を語る。また、加美町《かみちょう》の橋が流されたのをヒルパン中尉が撮影。一家総出で倒れた稲穂を起こす、ヒグラシ鳴く栃原《とちばら》部落。久米郡垪和《はが》村地区は旭川の支流をなす一の瀬川が氾濫し、わずかの降雨にもかかわらず、人家7戸を流出、橋流失10、水田流失40町歩、という被害」

ブラウン軍曹、ヒルパン中尉など、この当時もまだ岡山にも進駐軍が滞在していたのか、などとしみじみ時代を感じさせる記事である。また、こんなに度々の旭川の氾濫は県行政として旭川ダムの早期着工を促す要因になったのだろう。

私（武田婦美）は垪和《はが》駐在所で生まれた。近くに「大垪和《おおはが》駐在所」というのもある。同じ垪和地区に二つの駐在所があったということだが、60年後の現在は「大垪和」の方だけが存在している。紛らわしいが、私の生家の方は「垪和駐在所」であり、また別称「栃原《とちばら》駐在所」ともいったらしい。

写真が一葉残っている。私は綿入りの派手な柄のねんねこに包まって母に抱かれ、姉の京子は父に支えられて立っている。初めての家族写真だが、父の清、母の秋野、ともに若い。戦争が終わって、やっと得た平和な一家の姿である。

ここでの思い出は、もちろん何もない。私が生まれた日、父の清は広島管区の警察学校で研修していた。後継ぎの男児を望んでいたらしく、生まれたばかりの赤ん坊の股間を見て、いたく残念がったというエピソードを残している。

出生当日の8月22日は朝から暑い日だったそうだ。夜明け頃から兆候があり、母はひとりで産湯の支度にかかった。２歳になったばかりの京子が煎り干しを欲しがったので、母はそれを口に入れて少し軟らかくして与えたという。いよいよ陣痛が間近に迫ったので、隣の家の人を呼んできてくれるようにと幼い娘に頼んだが、その前に産まれてしまったので、産婆さんの仕事は臍の緒を切ることと、既に沸かしてあった産湯に浸けることだけだった。それにしても、すごく軽いお産だったので、母はまたもう1人産んでもいいと思ったそうだ。姉の京子の時は母の実家で出産したのだったが、初産だったこともあり、かなり難産だったという。

昭和24（1949）年11月　清31歳
秋野28歳　京子2歳　婦美3ヶ月

京子は自分に妹が出来たことが自慢で、奥の間に寝かしつけてあった赤ん坊を抱えて、縁側まで持ってきては近所の遊び友達に見せるので、油断がならなかったとか。

垪和駐在所について――昭和11（１９３６）年4月に垪和谷３４４の1番地に建設。しかし旭川ダム建設によりその地区が水没することになり、昭和28（１９５３）年11月、現在地の栃原４７６の2番地に新築移転。その後、昭和53（1978）年3月に建て替えられる。

この最初の勤務地では、村の人々にとてもお世話になったらしい。特に黒田の小母ちゃんという人はそれから後の転勤先にも立ち寄って、私たち一家を気に掛けてくれた。

私が西川小学校3年生の正月休みに、この黒田の小母ちゃん家に1泊した朝、バス停まで見送りにきてくれた小母ちゃんが、道路から旭川に降りるところを指さして、「あそこ辺りの川底に駐在所があったんだよ」と教えてくれたことを憶えている。

我が家がこの駐在所を立ち去った3年後、昭和28年の駐在所新築移転からすぐに、新しく着任してきた山崎三郎巡査が殉職した話は、[5]の打穴《うたの》駐在所のところで詳しく述べることにする。

2

全く記憶のない場所

（鶴田《たづた》駐在所）

岡山県国家地方警察　久米地区警察署

住所　岡山県久米郡久米町鶴田

時期　昭和25（1950）年4月～昭和26（1951）年12月

家族　清（31歳）秋野（28歳）京子（2歳）婦美（0歳）……年齢は移動時

「鶴田」と書いて「たづた」と呼ぶ。ここでの記憶も全くない（なにしろ1歳だから当然のことなのだが）。アルバムに貼られている写真の私はその直前までお昼寝をしていたために、御機嫌がすこぶる悪かったとのこと。姉とお揃いの子ども服はもちろん母のお手製である。当時、洋装店などはなく、どこの家でも子ども服は母親が作っていた。母は呉服屋の娘であるから和裁はプロだが、洋裁の方も上手で、花嫁道具のミシン一つで何でも作った。この頃から転勤の先々で和洋裁の内職をするようになっていく（これが我が家の臨時収入となり、父の安い俸給を補った。堅実な母はその大半を貯金したらしい）。

話題の乏しい鶴田での、小さなエピソードを少し。

姉の京子は5円玉を持って、村の雑貨屋に行った。その帰り道、貰った煎り大豆をちょっと鼻の穴に入れてみた。そうしたら豆が奥へ奥へと入って、取れなくなった。家に帰って大泣きしていると、村の診療所で助手をしていた岡山大学医学部のインターンのお兄さんが、器用に取ってくれたのだった。さすが岡大医学部じゃ、と父は感心していたという。

私は2歳頃になってお話が出来るようになると、忽ちおしゃべり好きのうるさい子になったらしい。姉が幼稚園に通うようになって遊び相手がいなくなると、隣の村役場に出掛けていく。机の下に潜り込んでいて、「おおい、けいやん、おやつだせ」とささやく。けいやん、と言うのは中学を出たばかりの小使いさんで、役場の雑用に忙しく走り回っている少年のことである。役場で用意している駄菓子がお目当てで、私は毎日のように入り浸っていた。これらは、まったく記憶にないことである。

昭和26（1951）年夏
京子4歳　婦美2歳

3

駅の待合室が遊び場

（福渡《ふくわたり》駐在所）

岡山県国家地方警察　久米地区警察署

住所　岡山県福渡大字福渡

時期　昭和26（1951）年12月～昭和28（1953）年3月

家族　清（32歳）秋野（30歳）京子（4歳）婦美（2歳）……年齢は移動時

この辺りから薄ぼんやりとだが、次第に情景が浮かんでくるようになる。

私の遊び場は現在（平成27年）も当時のまま残っている福渡《ふくわたり》駅（現ＪＲ津山線）構内の待合室だった。壁に打ち付けた木のベンチに土足のまま上がって、駅から続く通りの町を見ている風景。これは今でも網膜に焼き付いている。

母が何やら喚きながら、こっちを指さしている。私は新聞紙に包んだ焼き魚をむしゃむしゃと頬張っているところだ。駅員のおじちゃんが「ふみちゃん、なに食うとんじゃ」と覗きこむが、私は上目づかいに睨んで「あげないよ」などと小憎らしいことを言っている。そこに母が血相を変えてやってきた。やばい、と察した私は広げていた包みをまとめるや、スタコラサッサと逃げにかかる。

そうだった、母がつい今しがた台所で、この魚を焼いていたんだった。表の事務室に来客の声が聞こえ、「このおさかな、焦げんように、見といてね」と言い置いて出て行く母。その母の後ろ姿を確認し、焼き上がったばかりの魚2、3匹をざっくり新聞紙に包む。向かう先は私の遊び場である駅の待合室。まるで泥棒猫のような女の子だが、それが福渡時代の私だった。

駅の待合室はいろんな人が行き合う場所だ。そんな場所で人々を観察していると一日があっという間に過ぎていく。そこは、私の大好きな場所。今でも駅の構内はなぜだかわくわくする。そこで働く駅のおじちゃん達は良い大人で、私には優しい人ばっかり……だからここなら安全地帯と思ったのに。それをお母ちゃんときたら、いろいろと私のことを悪くいう。かくて、あっという間に御用となった私は、駐在所に連れていかれて、この子はどうして盗み食いをしてまで魚が好きなんじゃろうか、などとお巡りさん（である父）の取り調べを受けることになる。

もちろん今もそうなのだが、私は魚料理の中でも特に焼き魚が大好きだ。どんな魚でもいい、とにかく焼いた魚の身をぐわっと食べるときの快感がたまらない。じゅわぁーと口に残る魚の肉の味とともに、この駅の堅い木のベンチは私の原風景として今もって懐かしい記憶の一つである。

この福渡には大相撲の芝田山《しばたやま》部屋の一行が地方巡業にやって来たことがあるそうだ。初代若乃花が、巡業の責任者として駐在所に挨拶に訪れた。父はこの時の礼儀正しい若乃花にいたく感銘を受け、それ以来彼のファンとなったという。

若乃花は当時24歳。彼は私が生れた昭和24（1949）年の5月場所で十両に昇進し、その3年後には創設されたばかりの芝田山部屋（後の花籠《はなかご》部屋）に移った。なにしろ小さな所帯の相撲部屋なので、こんな辺鄙な田舎町まで巡業に来ることがあったのだろう。

姉の京子は福渡町立の保育園に通っていた。旭川沿いに今も残る細道をたった一人、途中でお腹が空いた時のためのオムスビを持って、ゆるゆると道草を食いながら通った記憶があるという。しかし、結局は保育園に行き着かず、昼食用に持たされたオムスビだけ食べて、また家に帰ってくることの方が多かったらしい。

そのうち、妹である私が「脱腸」になり、福渡病院に入院することになった。当時の私は何か気にいらないことがあると泣き叫ぶ癖があり、そのために腸の筋肉が外れてしまったとか。性器の部位にまで垂れてきたのを手術するというので、私はかなりの抵抗を示したという。「センセイは、ふみのちんちん、とるっ！」とか叫び、病室で大暴れしていたそうだ。手術担当の医者としては人聞きの悪い言葉であり、全くたまったものではなかったろう。その一方で、姉の京子は大阪の伯母のもとに預けられることになった。もともと、子どものいない伯母夫婦にとっては願ってもないことで、それから2週間ほどを大阪で過ごしたのだったが……、その時のことは今も面白くなかった、と姉は述懐する。そのうち妹がめでたく退院し、自分も元の家に帰って来ることができたが、暫くは大阪に預けられたことを怒っていたという。

町の人々に支えられた駐在所生活だったが、とりわけ当時の町長である後藤純男氏にはとてもお世話になったらしい。今度は姉の京子が急な病気で福渡病院に入院することになり、私の方は一晩だけ町長宅に預けられたことがある。この時、私は親に棄てられるとでも思ったのか、一晩中泣き続け、さしもの町長さんも「町の行政のほうがまだ楽じゃあ」とおっしゃったとか。全く面目ないことであり、ことほど左様に私は我儘な子どもだった。

一葉の写真。これは町の写真館で写した記念の写真である。一緒に写っている女性が後藤夫人。私が抱きかかえているのは写真館備え付けのお人形で、撮影が終了しても、欲しがって離さなかったのを覚えている。ひょっとして、ゴネたら貰えるかなと思ったが、結局私のものにはならなかった。子ども心にも残念無念だったことを今も憶えている。

昭和27（1952）年夏　秋野31歳　京子5歳　婦美3歳　後藤町長夫人32歳

僅か1年ばかりの生活だったが、後藤町長は一介の駐在所の子どもたちのために〝お雛様セット〟を贈ってくれた。これは今も実家の納屋の片隅にあるはずだ。確か西川駐在所（昭和36年）時代まで飾っていたと思う。内裏様が御殿の中に鎮座ましますもので、物資の不足していた戦後の昭和25～26年頃の製造と思われる。お人形の顔に独特の品があり、今となっては貴重な道具である……。

現在、福渡駐在所の建物は取り壊されて更地になっている。跡地の利用は進まず、ずっと空地のままである。隣のタクシー乗り場らしき建物はまだ残っているが、ここも近い将来取り壊されるだろう。町の中心街は静かに時が止まったような佇まいのままである。過疎が進む、鉄道沿いの町。

「福」が「渡る」という、なんとも縁起のいい名前を持つ福渡だが、かつてとんでもない「凶」が渡ってきたことがある。

それは敗戦後の昭和20（1945）年10月16日のことだった。のどかな田舎の朝の空気を破って、爆音が響き渡った。国鉄福渡駅から北に続く、旧津山往来の石引地区あたりに陸軍が野積みしたまま放置されていた火薬に引火し爆発した音だった。その威力は凄まじく、近くの福渡高等女学校では爆風のあおりで窓ガラスが吹き飛び、教職員や生徒、また付近にいた人々が多数負傷した。子どもの火遊びが原因だというが（本人は爆死）、どうして火薬などの物騒なものが、野積み状態のまま置かれていたのか。

それは前年の戦局が厳しくなった昭和19（1944）年頃まで遡る。陸軍は本土決戦に備え、岡山にあった陸軍兵器補給廠三軒屋弾薬庫を鉄道輸送して、この福渡地区に疎開させることを決定した。そのため、1つは福渡弾薬庫の管轄として石引地区に48か所（未完成7か所）、もう1つは建部弾薬庫の管轄として富沢地区に30か所ほど、それぞれ谷や山の周辺に横穴を掘って、弾薬を保管する計画だった。

工事は昭和19年末から翌年の夏にかけて、大勢の陸軍兵士や、近隣の民間人を動員して行われ、福渡高女の生徒たちも弾薬の入った木箱を横穴まで運ぶ仕事を担ったという。だが終戦とともに工事は中断、格納されなかった火薬はそのまま道端に捨て置かれてしまった。そして2か月後に、この不幸な事故が起こったのである。

当時の兵器格納庫の戦跡は、我が家がこの地に引っ越してきた昭和27年の時点では、まだそのまま残っていたはずである。ちょうどこの原稿を書いている現在（平成27年）も、三軒屋弾薬庫の輸送事務所に使われていたという二階屋の家屋は、ＪＲ津山線福渡駅近くの線路脇に存在している。しかし、その事務所も建築物としての使命はもう尽きようとしているように見える。そうして、弾薬という「凶」が「渡」ってきた福渡の町は、当時と変わらず、歴史の流れに身を委ねている。

4

「隣のトトロ」の風景そのままの田舎（小原《おばら》＝農家を賃貸）

岡山県国家地方警察　久米地区警察署——警備係

住所　岡山県久米郡加美町大字小原１５８３番地

時期　昭和28（１９５３）年3月～昭和28（１９５３）年11月

家族　清（34歳）秋野（31歳）京子（5歳）婦美（3歳）……年齢は移動時

段々畑の脇の農道は大人の男性がやっと歩けるほどの道幅だった。……とうとう小雨が降り始めたらしい。母の大切なミシンの足にぶら下がったテルテル坊主の人形が雨に濡れている。ぬかるんだ道に重いミシンを運んでいる人たち……。私はその後を追っかける。家のほうからは、人々がそれぞれに荷物を手に持ち、細いぬかるみの道を降りて行った……。

これはどうやら「小原《おばら》」の家を出て行く時の風景らしい。いまでも記憶の底に眠っているのは、雨に滲んだテルテル坊主の白い布の頭である。雨が降らないようにと、私と姉が一生懸命に作ったのに、残念ながらその願いも空しく、「雨の日」の引っ越しとなってしまった。荷物を運ぶ人々の顔に冷たい雨が降りかかる。

「小原」の家は父が加美署の内勤（警察署の中での勤務）になったために、農家の空き家を借りたものらしい。地図でみると、加美署からは

④小原の借家

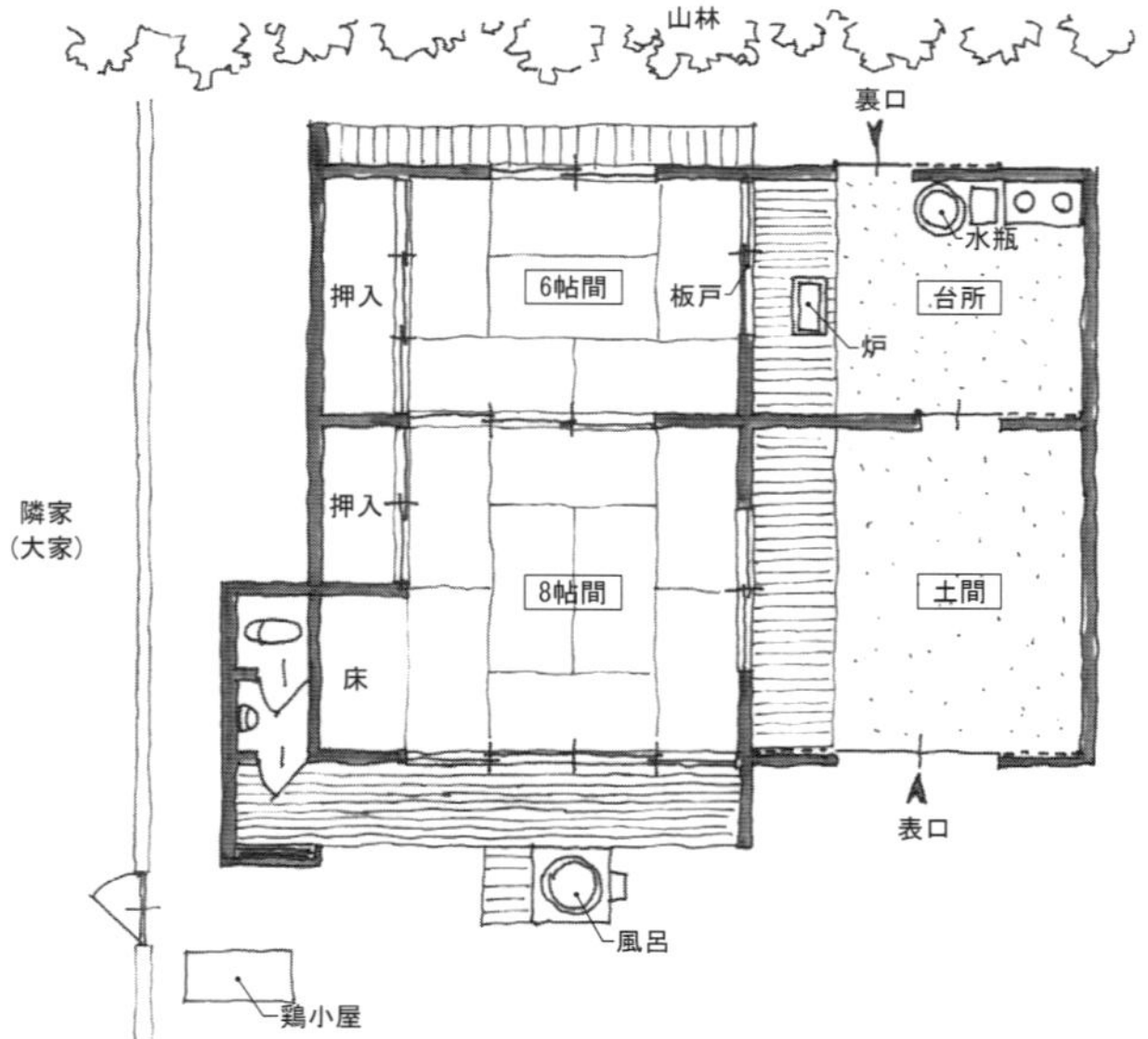

国道53号線沿いに南下したところ、ＪＲ津山線では加美署のある亀甲《かめのこう》駅から一駅である。

　この家に越してきた時のことは何も覚えていないのに、出て行く時のことだけ記憶にあるのは奇妙なことだ。まあ、幼児の記憶はあてにはならないから、まだらな記憶としておこう。とは言うものの、ここら辺りから私の原風景はしだいに鮮明なものになっていく。それも自分の都合のいい記憶なのではあるが。

　初夏のある日のこと。お揃いの浴衣を着た姉と私は、仕事から帰ってくるというお父ちゃんをお迎えに、段々畑の農道を走っていく。田んぼは青々とした稲穂が夕方の風に波打っている。母の手縫いの、新しい浴衣が身体にごわごわと触る。県道のバス停は木の杭だけの目じるしだが、中鉄バスが停まるところであることに間違いはない。夕方の田舎道で、幼い私たちはバスから降りてくるはずのお父ちゃんを待った。しかしバスはやってきても、肝心の父親は降りてはこなかった。辺りはだんだんと暗くなっている。でも、次のバスかも知れない。お父ちゃんはいつかきっと降りてくるだろう。そのうちまた、次のバスがやってきて、また次の……と、バスを待ち続けるうちに、なんだか眠たくなってくる。

　記憶はそこまでで途切れてしまっている。たぶん、様子を見に来た母が私をおぶって家まで運んでくれたのだろう。はたして父はその日、家に帰ってきたのかどうか。

　お父ちゃん、という記憶は薄い。ほとんどが、母と姉、そして隣家の、我が家の大家さんである「おばらのおばちゃん」の家の人たちとの記憶である。姉は村の保育園に通っていたのだろうか。私は毎日、朝起きると早速、隣の家に遊びにいくのが日課となっていた。お隣はもちろん農家で、毎日一家総出で農作業をしていた。私はおばちゃんが仕事をしている傍で遊び、おばちゃんも孫のよう私の相手をして遊んでくれていたのだろう。カルピスという薄白い乳酸飲料水を作ってもらって、飲んだことを覚えている。井戸に冷やした西瓜の食べ頃になるのが、なんと待遠しかったことか。

父とはほとんど顔を合わせないので、私たち姉妹にはどんな顔の人だか識別できていなかった。ある晩、寝入りばなに姉の京子がオシッコに起きてみると、薄暗い板の間で、見知らぬ男が母と向かい合って、御飯を食べていたという。京子は思わず叫んだ。

「おかあちゃんっ、まおとこしちゃ、いけん！」

5歳の女の子の言葉である。まおとこ、つまり間男、のことですな。よくもまあこんな言葉をまだ小学校に上がる前の幼児が知っていたものだと思うが、これは周りの大人たちが話していたのを覚えたからだろう。それにしても、自分の父親を他人と間違えて、母に「間男してはイケナイ」という、これにはまだ若かった父もショックを受けたことだろう。しかし、仕事が忙しい父としては、苦笑するほかはない。間男に間違えられないようにするには、もっと早く帰宅することだろうが、それは仕事柄、とうてい出来ない相談である。いつの世も父親は辛いものだ。

確かに、この頃、父の影は薄かった。けれども断片的ではあるが、記憶の底に父親らしい男の姿が浮かんでくる。ある時は、だらんと蚊帳がたるんで、青大将が天井から落ちて蚊帳にひっかかっている。寝巻きの前をはだけた男がその長いものを掴んで、西側の庭先に広がる段々畑めがけ、えいやあっと投げ捨てる図。またある時は、炬燵にかぶせた毛布に火が付いて燻っているのを、これまたドテラを着こんだ男があっちっちと言いながら、大慌てで風呂場に運んでいる姿。

小原の段々畑に広がる山裾の夕日はきれいだった。特に我が家の縁側から見る落日は素晴らしく、一家で眺めていたことを覚えている。隣のおばちゃんが出来たてのふかしイモを笊に入れて差し入れてくれて、私たちは喜んでそのイモを食べたことも。その時に傍にいた男を確かに私が「父親」と認識しているのは不可思議なことではあるが。

小原の地区は現在、岡山の「棚田」として有名になっている。私たちは「段々畑」と呼び慣わしていたが、田舎住まいではそのような段々状の田畑は当たり前の風景だった。狭い山間の中で、地面を求めて山裾まで農地を広げ、牛馬を使い、土を耕し、水を引いて、田畑を作っていく。食べるための当然の営みである。

秋の運動会を見に、山を越えた小学校まで行ったことがある。いつものように母と姉と私の3人だけだった（いうまでもなく父は不在であるからして）。重箱に詰めたお弁当が美味しかったのを覚えている。楽しい一日が終わり、さて我が家に帰ろうとしたのだが……、秋の夕日の釣瓶落とし、とはよくいったもので、たちまち辺りは薄暗くなり、帰り道がよく判らなくなった。田舎の風景はどこもよく似ていて、曲がり道を間違えてしまったらしい。何度通っても、同じ道に出てしまうのだ。親子3人、ぐるぐると同じ道を歩いているうち、幸いにも通りかかった村人に発見され、無事に帰ることができた。これをいわゆる「狐に騙された」というのだそうだ。田舎住まいをしていると、一度は引っ掛かってしまうものだとか。私は母の背中におんぶされて、寝入っていたので覚えていない。

宮崎駿監督の『となりのトトロ』に出てくる農家の老女。鼻の付け根に豆粒大のほくろをくっつけた、いかにも田舎のおばあちゃんだが、「おばらのおばちゃん」もこんな感じの人だったのだろうか（もう一人、「黒田のおばちゃん」という人も記憶の中にいるが、この人の方は私が生まれた栃原の人らしい）。子どもにとって、農家のおばさんは皆同じように見える。割烹着にもんぺ、頭には日本手拭いを巻いている年配の女性。遊びにいくと、たいてい蒸したサツマイモや吊るし柿のおやつが出てきた。夏ならばよく冷えた西瓜やマクワ瓜。初めて味わったカルピスとかいう清涼飲料水。私の田舎の原風景は間違いなく、ここ小原の地なのである。

5

駐在所、暴漢に襲撃される？（打穴《うたの》駐在所）

岡山県国家地方警察　久米地区警察署、
昭和29年7月より岡山県警察　加美警察署

住所　岡山県久米郡打穴村大字上打穴里1655番地
時期　昭和28（1953）年11月〜昭和30（1955）年5月
家族　清（35歳）　秋野（32歳）　京子（6歳）　婦美（4歳）……年齢は移動時

「打穴」と書いて「うたの」と読む。岡山県の地名の中でも難字の1つである。

　この打穴駐在所に引っ越しして半年後の昭和29（1954）年、現行警察法が施行されて岡山県警察が発足し、久米地区警察署が「加美警察署」と改称された。当時の加美署の構成員は警視（署長）1名、警部1名、警部補5名、巡査部長4名、巡査31名。

　この打穴駐在所の記憶もまだらである。しかし、その散らばった記憶の断片を拾い集めてみると、我が家の駐在所生活が次第に明らかになってくる。

　小原時代の教訓？　からか、両親は毎週土曜日の夜を「茶話会の

⑤打穴駐在所

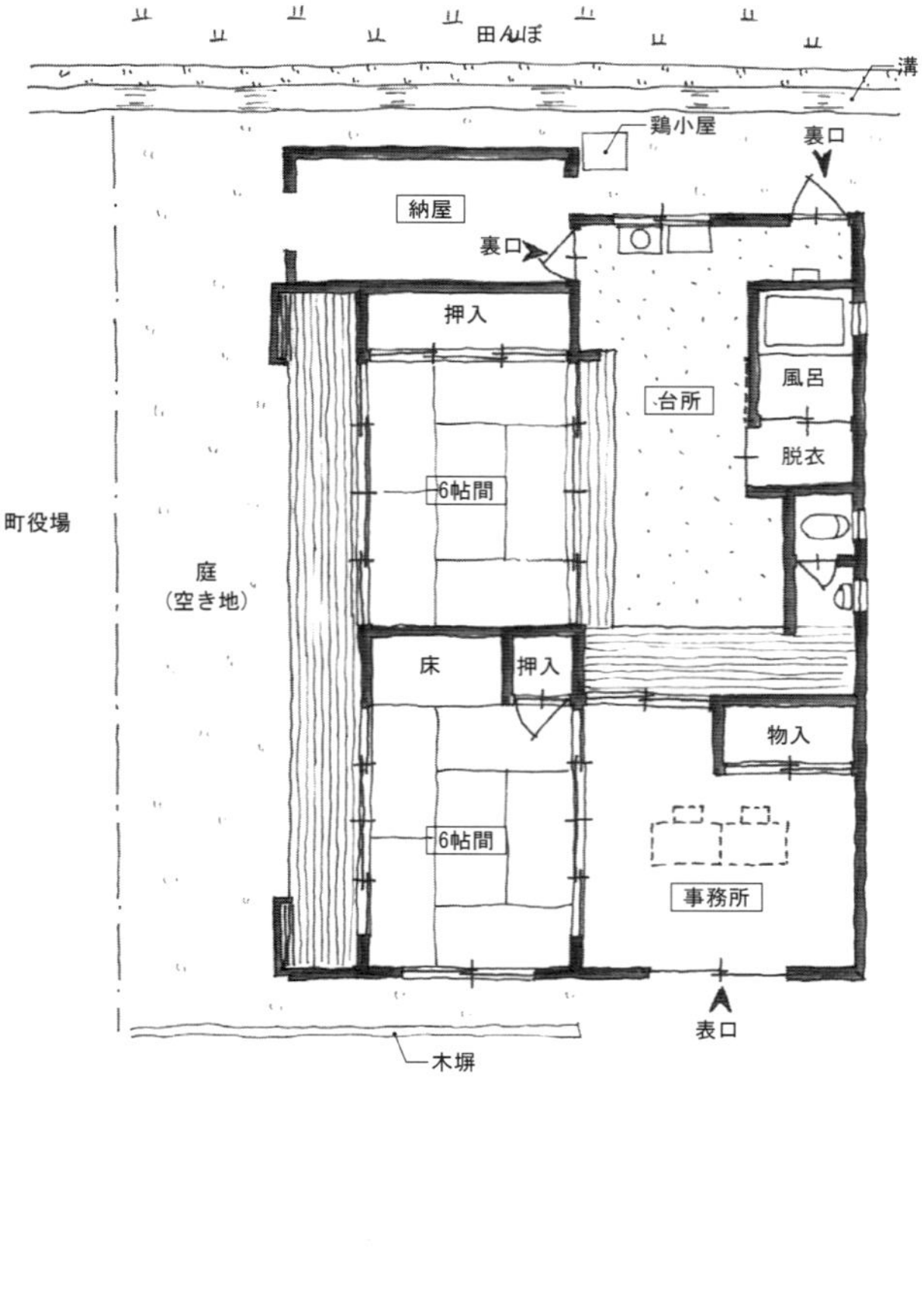

日」と制定し、できるだけ父親が家族と一緒に過ごす時間を作ることになった。私と姉にとっては、父のことはさておき、お茶を飲みながらお菓子が食べられることが楽しみだった。若い親たちにしてみれば苦肉の策である。なにしろ実の娘に「間男」と間違えられるほど、父親は不在の人だったからだ。しかしこの茶話会でさえ忙しい父には無理があったようで、しょっちゅうお流れになった。それでも私はこの茶話会で「ココア」という、チョコレート風味の飲み物を知った。本署の所在地「亀甲《かめのこう》」の町の商店で買い求めたものらしいが、その甘い味が幼い私の舌に美味なる記憶を残した。

打穴駐在所に移ってしばらくして、同じ警察官仲間の山崎巡査が殉死。以下は『新警察風土記』（編集岡山県警察本部　昭和61年2月発行）から抜粋の記事である。

パトカーに同乗中、川に転落　　巡査部長　山崎三郎（40歳）

昭和28年12月12日午後2時ごろ、山崎巡査は、管内で民家火災が発生し、捜査のため現場へ出勤するに際し、同僚が運転するパトカーに同乗、近道を選んで谷川沿いの山道を走行中、久米郡旭町、栃原字《あざ》大瀬毘《おおせひ》地内においてパトカーが約14メートル下の谷川に転落、頭蓋底骨折の重傷を負い、付近の民家に収容され手当てを受けたが、同日午後11時20分ごろその職に殉じた。同巡査は生前の功績によって、即日巡査部長に昇進した。

山崎三郎氏は元海軍少尉だった。復員後の昭和20年警察官任命時は32歳。父と同世代で歳はとっていたが、戦後いち早く警察官に採用されたのは父と同様、軍隊での肩書きが物を言ったのではなかろうか。

今私の手元に『岡山県警察職員殉職者顕彰録』（編集岡山県警察本部　昭和46年12月発行）という冊子がある。この本の資料によると、山崎巡査は昭和28年3月24日付で栃原駐在所詰めとなったとあるので、彼は私の生まれた旧駐在所に一先ずは住まいしたのだろう。『旭町誌　地区誌編』（発行　平成8年5月）では、「同年11月には地区はダムによる水没のため、山の方の新駐在所へ移転」とあるので、山崎巡査一家もそちらに移ったはずだ。事故が起こったのは新築の栃原駐在所での生活からわずか一か月後のことになる。

この事件の経緯については、武田清巡査の記録簿『駐在所日誌』を参照抜粋。

「打穴駐在所日誌　昭和28年12月12日付　巡査武田清　記録」

1日の仕事を終え、やれやれと寛いでいるところに、加美署より全署員の非常召集がかかる。時間は既に午後9時過ぎ。栃原駐在所で何か事件か事故が発生したらしい。署長直々に「慌てることなく急ぎ集合するように」という、意味深なお達しである。裏の畑向こうの農家に間借りしている、内勤の後藤巡査（仮名）もやって来て、折よく亀甲に行くという商店主の三輪トラックに同乗させてもらう。「何があったんでしょうかなあ」と、後藤さんと話しながら、本署に到着したのは、午後10時過ぎ。既に署長は福渡病院の院長ともども、現場に向かっているという。そのうち、我々よりももっと遠方からの署員が続々と到着。署長代行に任ぜられた警部殿から詳細を聴くことになった。

事故が発生したのは本日午後8時30分頃、場所は旭町栃原駐在所から奥に入る大瀬毘川の一ノ瀬橋から約500メートルのところである。4人乗りのパトカーがハンドル操作を誤り、幅員3・3メートルの町道から側を流れている大瀬毘川の川底約15メートル下に落ち、乗車していた署員4名の中、1名重傷、他3名は傷を負ってはいるものの命に別条なしとのこと。後そのまま署内に待機となって情報を待っているうち、午後11時30分、重傷だった山崎巡査が息を引き取ったという知らせが入った。署員一同、騒然となる。

「打穴駐在所日誌　昭和28年12月24日付　巡査武田清　記録」

本日、加美署にて、山崎巡査部長（一階級昇進）の署葬が執行さる。警察本部からは岡山県国家地方警察隊の大野隊長が出席、見事なる弔辞を朗読。遺された山崎氏の奥さんと小学生の息子さんの姿を拝見し、その胸中を察するに余りあり。同じ駐在所勤務の身としては、何故か山崎氏とは接点が少なく、月一回の本署召集日に出会っても会釈する程度だった。今回亡くなられてから、すでに大垪和、三保、藤原、弓削上、倭文西の各駐在所に勤務されていたことを知ったが、このうち小生と重なるのは最後の勤務先となった栃原駐在所だけである（註　この後、柵原の藤原駐在所に勤務することになるが、これは後の話）。

山崎氏は小生より5歳年長の、享年40歳。敗戦時は海軍少尉だったそうだ。海軍、陸軍の違いはあるが、曹長の小生より二階級上の尉官殿である。あの悲惨極まる太平洋戦争の激戦を生き延びて、これから本格的に仕事に打ち込もうとしていた矢先に、このような不慮の事故で落命するとは、本人が一番残念無念なことであろう。

「打穴駐在所日誌　昭和29年1月12日付　巡査武田清　記録」

事故からちょうど1か月のこの日、たまたま大垪和回りのジープに同乗して、大瀬毘川の事故現場を通る。朝少し雪が降ったために道はやや湿っているが、車から降りて同僚の巡査と手を合わせて黙祷した。

事故当夜はよく晴れて、月も出ていたそうだ。昼過ぎ、上の方の農家で不審火があったため、受け持ちの山崎巡査が発動自転車で先行し、本署から応援のパトカーがやってきた。火災現場での捜査は午後7時過ぎまでかかり、署員一同が現地を出発したのは、午後8時20分頃。山崎さんのバイクはモーターが故障したため、途中までパトカーに同乗させてもらうことになった。町道の小山線は道幅3メートル余り、このあたりの道に慣れていたらさほど難しい場所ではなかった。しかし、運転していた巡査にとって初めて通る道だったこともあり、目測を誤って車の右肩から川底へと転落していったという。

山崎さんは運転席の後ろに座っていたのだが、車から投げ出された時に後頭部を強打し、それが死因となった。奇跡的に他の3名の傷は浅く、それぞれ近くの民家に応援を求めに走った。運転していた木田巡査は川原で火を焚き、下半身の濡れた山崎さんを保温し、介護に努めた。しかし、瀕死の重傷を負った山崎さんは木田巡査の腕の中で、次第に呼吸も弱くなっていったという。

思えば、何故その日に限りビスモーターは故障したのか、何故その道に不馴れな木田巡査が運転したのか、何故山崎さんだけが死ななければならなかったのか、などと考えるに、運が無かったとしか言いようがない。せっかく新築の栃原駐在所に入居し、張り切っていた矢先だというように残念無念。昭和20年岡山県巡査を拝命してから8年、勤務した駐在所は6か所、家族を引き連れての駐在所生活は如何ばかりだったか。ともあれ、小生もまた同じように、山崎さんが中断した道を受け継いで、歩んでいかねばならない。（後略）

昭和29年の春、姉の京子が打穴小学校に入学し、学校というものに通うようになると、遊ぶ相手を失くした私は退屈してしまった。それで、私も近所の幼稚園に入ることになる。この幼稚園（保育園か？）の生活というのは、実に単調だった。今でも覚えているのだが、朝8時頃、小学校の隣に付属した平屋に園児20人ほどが集まると、まず朝のご挨拶が始まり、オルガンに合わせてお歌を歌う。そしてアルマイトのコップに温かいお茶が入り、飴が三個ほどか、日によっては羊羹などが配られる。その後は園庭でゆっくり遊んでから、さよならのお歌と共に家に帰る、という毎日である。園での滞在時間、僅かに3時間ほど。しかし私にとっては、毎日配られるお菓子は魅力的だった。このために、せっせと幼稚園に通った。

そのうちにその幼稚園で、生まれて初めて「絵本」というものに出会う。それは『クルミ割り人形』のお話だったと思うが、人形やその背景は全部写真画像で表現されていて、幼児向けの絵本にしては高尚で芸術的な本だった。人々が寝静まった夜中に、人形たちが集まって舞踏会が行われるという、楽しいお話である。

またその頃、カバヤのお菓子の券を集めると小さな本が貰えるのがブームになっていた。我が家でも無理をして1冊、本を手に入れたことがある（多分遊び仲間の持っていた補助券を掻き集めて、引き換え券を調達したのだろう）。その本を風呂の焚口の明かりを頼りに、貪るように読んだ記憶がある。しかし残念ながら、折角の文庫本の題名も内容も忘れてしまった。それから暫くして、幼稚園の文庫や少学校の図書室で本を借りてくるようになり、我が家でも書籍には不自由しなくなった。思えばそんなことがきっかけで私は本好きになったのだろう。

それにしても、いつ、どのようにして、絵本の文字（ひらがなやカタカナ）を覚えたのか、それは全く不明である。無理をして文字を覚えた記憶がない。多分好きな本を読んでいるうち、いつのまにか覚えてしまったのだろう。好きこそ物の上手なれ、ということわざ通りである。

本だけでなく、結構オトコ好きだった私は、打穴の町の造り酒屋の跡取り息子（だったと思うが）、その御曹司と早々に婚約を交わすことになった。5歳の頃である。当時の打穴の酒造会社、といえば「打穴酒造合資会社」佐々木縫三氏のお宅だろう？　が、酒屋というのは地元の名士であり、分限者（お金持ち）と決まっとる。そこのお坊っちゃんである佐々木クンと一緒に遊んでいるうちに、彼から「ボク、ふみちゃんとけっこんしたい」と告白され、少し考えてから、「ワタシも、およめにいってもいい」と返事したと思う。その時は2人ともちょっと顔を赤くしたものだが、決断してから何故かほっとした。周りの悪友たちも祝福してくれたハズである。私は子ども心にも玉の輿に乗ったと思ったのだろうか、正直嬉しかったものだ。当時の子どもは全体にませていたのだろう。

私の許嫁、佐々木クンとはその後も楽しい遊び友達だったが、いかんせん我が家は所詮流れ者として、一か所に常駐出来ない定めである。翌昭和30年の春の雛祭りの日、私は正式に佐々木家に呼ばれた。呼ばれたのは私だけのはずなのに、なぜか姉の京子まで保護者きどりで付いてきた。佐々木家としては余計者だったろうが、姉の方は全く平気なんである。なにしろこのチャンスは見逃せない。旨いもんが食えるのだから。

大きな倉の並ぶ佐々木酒造の表座敷に、立派な雛飾りが床の間の脇を占めている。その座敷にはテーブルいっぱいに御馳走が並んでいたが、昼間の来賓は私たち姉妹のみであった。佐々木の坊っちゃんの祖母が厳格な顔をして、御馳走をお皿に取り分けてくれる。私は緊張している婚約者の傍らで、昼食にしては豪華な食事にありついたのだった。その時食べたすき焼きのなかに「焼き豆腐」なるものが入っていて、その珍しい味が記憶に残った。

……しかし、喰い逃げというのではないが、我が家は既にその時点で次の任地に引っ越すことが決まっており、残念ながら佐々木クンとはここでお別れする運命であった。が、今考えるに、あの雛祭りは私と彼とのお別れ会だったのかもしれない。それにしては邪魔者が多すぎた。我が姉と、佐々木の祖母と。主役であるはずの佐々木クンは心なしか元気なかった。

この頃流行った歌に春日八郎の『お富さん』というのがある。ちょっと長い台詞だが、書き出すとこんなふうな謡い文句。

「粋な黒塀《くろべい》、見越しの松に、婀娜《あだ》な姿の洗い髪。死んだはずだよ、お富さん。生きていたとは、お釈迦さまでも知らぬ仏の、お富さん」。

この中の「お富さん」とは出入りの醤油屋のお兄さんの呼び名だった。たぶん姓が富田だとか富原だとか、または名が富男くんだとかいうのだろうが、私はこのお兄さんが怖かった。死んだはずの「お富さん」が生き帰って、醤油の配達員をしているとは、なんと不気味なことか。だから我が家にお富さんがやってくると、私は逃げていた。お富さん本人はちょっと苦みばしった、いいオトコだったのだが。

この歌と共に「軍歌」の数々を憶えた。「父よ、あなたは偉かった」とか「翠の黒髪断ち切って、女も乗せない戦車隊」や「小筒《こづつ》の響き、遠ざかる。後には虫も声立てず。吹き立つ風は生臭く、紅染めし草の色」などという歌だが、最後の歌は「婦人従軍歌」という、日本赤十字の歌であることをこの原稿のために検索して知った。それにしても、この暗い音調と歌詞の内容にはぞっとさせられる。戦場跡の生々しさ、累々たる屍体の山。とうてい、幼児が歌うようなものではない。しかし、この歌は確かに母から教わったと思う。母は基本的には戦争を嫌悪していて、父の軍隊時代の話が始まるといつも嫌な顔をしていたものだが。

この頃の事と思われるが、岡山市の中心地、天満屋横の今は「アリスの広場」になっている信号機の辺りで、外国人と思しき一家と出会ったことがある。白人の若い両親と子供2人。子どもは兄と妹だった。年は我が家と同年齢、つまり5、6歳である。私たち姉妹は母親お手製の、赤いオーバーコートを着ていた。あっ、と私は目を疑った。見たことのない、金髪に碧い眼、そしてピンクの肌。まるで宇宙人そのものではないか。しかし、向こうの外国人兄妹も私たちを見詰めている。……子どもたちはお互いに睨み合ったまま、石のように固まってしまった。戦後間もない日米ファミリー、世紀の鉢合わせである。しかしさすがに親たちは目礼し、頬笑み合っていた様だが。その時、耐え切れなくなった姉の京子がきゃーっと一声叫ぶや、表町を駆け抜けてあっという間にどこかへ逃げ去った。パニックになると、姉は決まってこういう行動にでる人である。後の話に出てくる、駐在所が襲撃された時の後遺症だった、のかもしれない。

それにしても、この白人ファミリーは岡山に残留していた進駐軍の家族だったのだろうか。父は連合軍と戦ったはずだが、この時の友好的な雰囲気はなんだったのだろう。今思うと不思議な光景である。ちょうどこの頃はまた、ラジオの放送劇「君の名は」が日本全国に話題になった時期だった。田舎のことて大概の家に内風呂があり、銭湯が空っぽになるということはなかったが。映画「君の名は」のポスターを見て、女優の岸恵子サンの美しさに目を見張ったものだった。当時、彼女の巻いたストールは「真知子巻き」として流行した。新し物好きな私は早速和箪笥から母のショールを持ち出したところを、取り押さえられたのだったが。

我が家、つまり打穴駐在所には業務と関係があるのかないのか知らないが、よく大人たちが集まった。私も物心がつく頃になっていたので、家がどんな仕事にしているのか、次第に理解するようになっていた。それでも夜になるとオジサンたちが集まって、渋いお茶に駄菓子をつまみながら、戦争の話に花を咲かせていたのはよく解らんかった。母は家の奥で「また、やっちもねえ（しょうもない、の意）話ばかりして……」とブツクサ言っていたのが。しかし、今考えるに、その頃の大半の男たちは戦争経験者だっただろうし、こうした戦争話も地区の住民との親しい関係構築や相互理解には大いに役立ったと思われる。

父の警察官としてのモットーは「防犯」だった。犯罪者を検挙する前に、犯罪そのものを未然に防ぐことが肝要、というわけである。そのために暇さえあれば、受け持ち管内をこまめに回っていた。田舎のデコボコ道を、ある時は自転車で、またある時は原付バイクで、山奥深く住んでいる民家を一軒一軒訪ね歩き、家族構成を定期的に見直し、地区の治安と防犯にこれ努めていた。

一方で、駐在所の留守中の業務は母の仕事になっていた。一見内気でおとなしそうに見える母だが、意外にも母は接客上手だった。実家が呉服屋だったということもあり、商家の娘はやはり商売上手、口上手なのかもしれない。それに母は留守の暇を利用して内職の和裁、洋裁をやっていた。母の内職は口コミで伝わるのか、引っ越す先々で、間断なく注文があったようだ。縫物の手間賃は市販の8割ほどに設定していたというが、子どもの私の目から見ても、出来上がった品物は店で売っている以上に丁寧な仕上がりだった。ただ、本来の警察の仕事が急に忙しくなることもあるので、「急ぎ物でなければ……」というのが仕立て物を受ける条件にしていた。事件が発生して駐在所が忙しくなると、裏方である母は内職どころではなかったからだ。

私はこの頃から、次第に手癖が悪くなっていた。自分でいうのも何だが、いわゆる「盗み癖」が付いていた。そして家の中にある母の財布のから小銭をチョロまかしては、近所の雑貨屋で駄菓子を買うようになっていた。その上、不用心にも母は家の小銭の一部を陶製の貯金箱に入れていた。米俵の上に乗った大黒様が肩から大きな袋を担ぎ、打ち出の小槌を持って立っている像。その袋の部分に銅貨を入れる穴が開いていて、そこから小銭を入れる。底には厚紙が貼ってあり、ドッサリお金が貯まったら、その底の紙を剥がして中身を出す仕組みである。私はお小遣いが欲しくなると、こっそりその底の厚紙を剥がしては中の銅貨を抜き取っていた。後は飯粒で貼り直しておけばいい。全くチョロイもんだった。

しかし、こんな悪事がいつまでも発覚しないわけがない。そのうち警察当局の察知するところとなり、お巡りさんである父の取り調べと相なった。私は頑強に犯行を否認。子どもに甘い父はそのうち諦めたようで、「外でいくら盗っ人を捕まえても、家の中に頭の黒いネズミが居るんじゃあ、犯罪を防ぎようもねえな」と、真っ当な意見を吐いていた。

そのうち、我が家を根城にする大ネズミの「村長さん」が、私をお嫁に欲しがっているという噂が立った。村長さんには沢山の部下がいて、その小ネズミたちが私を見張っているので、この話は逃げられないとのこと。私は泣いて嫌がっていたが、大ネズミの村長さんは本気だったらしく、母に何月何日に婚礼の日取りとか、具体的な話まで申し込んできたのだった（この大ネズミは人間と会話ができるらしい！）

がある日、裏の納屋に仕込んでいた鼠捕りにでっかいネズミが引っ掛かり、こいつが例の村長さんであることが判明した。そして彼は家の前を流れる川であえなく落命し、私の縁談も必然的に解消となったのだった。というわけでそれを契機に、私の盗み癖は徐々に治まっていった、……んなわけなかろう。相変わらず、私は懲りない悪ガキなのであった。

打穴での思い出の中で一番、といえば駐在所襲撃事件だろうか。その夜、父は不在だった。本署の留置場当番の日で、我が家ではそれを「泊まりの日」と呼んでいた。月に2、3度はある通常の業務である。その夜、私と姉の京子は昼間の疲れでぐっすり寝ているところを起こされた。

「急いで、着替えしなさい」と、耳元で母の声がした。眠い目をこすりながら起きてみると、表の方で玄関の戸を叩く音、そして男の怒鳴り声が聞こえていた。

「おいっ、おやじを、巡査を、早う出せえ。何しとるんじゃあ、バカやろう！」

ガチャン、と何かが壊れる音、戸口をガタガタ揺する音がする。

母は私を背中に背負い、小学1年生の姉の手を引いて、裏木戸から家を抜け出す。遠くでガラス戸が壊され、酔っぱらいのガナリ声が響いた。裏庭をはさんで、田んぼが広がる遥か向こうに農家が点在している。秋の穫り入れが終わった田は一面が稲刈り跡の切り株だった。

「いい、わかるねっ、この田んぼ突っ切ったら、後藤さんちだからね」母は囁いた。私は走り出した母の背中にしっかりとしがみついている。その横を母に引っぱられて走って行く姉。が、しばらくすると「ながぐつがぬげた」と泣き出した。「早うせられえ。立ち止まったら、あの男につかまるよっ」。姉は片足を裸足のまま、それでも走るよりしかたがない。くうっ、くうっ、という姉の悲鳴ともつかない泣き声が漏れる。

その声を聞きながら、母の背中で私は楽ちんだった。たった2歳違いで、天国と地獄の沙汰である。よかったよ妹で、と痛切に思う。遠くに感じた農家の明かりがもうすぐ目の前だった。「あと少しだよっ」、母の叱咤激励の声に続いて姉が、くうっ、くうっ、と咽頭で答えた。……

翌日、打穴の駐在所に、小柄でしょぼくれた男がひとり、うなだれて立っていた。酔っ払い男の正体はなんと、地区の郵便配達夫。表の事務所のガラス戸は壊れ、鉄のレールはひん曲がって戸が動かなくなっていた。凄まじい乱暴狼藉の跡である。この男は自分が何をしでかしたのか、判っていたのだろうか。

だがその物的被害よりも、姉の幼い心に与えた精神的被害の方が大きかったかもしれない。今ではそれをPTSD（心的外傷後ストレス障害）と称しているが、姉はその後も何かにつけて、この時の強い恐怖心に悩まされることになる。その上彼女は刈り入れた稲株の上を裸足で走ったために、足の裏は血だらけになっていて、しばらくは歩くことも出来なかったのだ。

あの郵便配達夫は我が家になにか恨みでもあったのだろうか。それとも単に酒癖が悪かっただけなのだろうか。いたいけな子どもの心に、今でも消すことのできない暗い記憶を刻みつけた事件である。

春先になると、父は決まって体調を崩して寝込んだ。普段は健康そのものの父が、どうして急に病気になるのか判らなかった。母はそれを「南方病」と言っていた。

春といえば警察界でも異動が行われる季節である。山陽新聞の地方欄に岡山県職員の異動が載り、それに警察関係の署長クラスの異動があり、次に警部、警部補、巡査部長、と階級が下がってくるにつれて、いよいよ我が家の巡査の任地の異動が判明してくる。しかし、その時期というのは丁度、父の南方病と重なって、何度か引っ越しの日を延期してもらうことになった。加美署管内の駐在所24か所の中、1か所でも引っ越しが停滞しては署内異動がうまくいかないことになってしまう。だがこれも戦争の後遺症として、警察署の内部では多少の理解を得られていたらしい。

「南方病」とは具体的にどういうものかは判らないものの、父が戦時中に派遣された南の孤島で罹った宿痾の病気らしかった。介抱する母としては、せめて薬草でも煎じて飲ませようと思ったらしい。家のすぐ前の山に入ってユキノシタ、ゲンノショウコ、オオバコ、ドクダミなど、漢方に使う薬草を採集し、薬缶で煮出しては父に飲ませていた。そしてそれが功を奏したのか、それとも病気の治まる時期だったのか、日が経つにつれ、少しずつもとの体調に戻っていくのが常だった。

この「南方病」について、私は半世紀ぶりにその正体を知ることになった。家の書籍類を整理していた時、父の属した部隊の中隊長であった亀岡進一大尉著『山砲隊物語　山砲兵第71連隊第一中隊』（発行昭和60年　自費出版）の中に、この病原体のことを「アメーバー赤痢――感染による一種の消化器伝染病で、熱帯・亜熱帯地方に多い。粘液血便の下痢が一日数回から十数回。慢性になって再発するのが特徴」云々とあるのを見つけたのだ。

亀岡大尉自身は復員後の昭和22年暮れに腹部に激痛が走り、約10日間原因不明のまま七転八倒していた。ところが、近所の松尾病院の院長がガダルカナル・ビルマに従軍していた経歴があり、これは南方特有のものではないか、と腹部穿刺して顕微鏡検査をしてみると、肝臓にウヨウヨするほどのアメーバーを発見したのである。亀岡大尉の体は肝臓がやられて周囲が化膿し、膿胸も併発していた。そこで、当時発売されたばかりのオーレマイシン、クロロマイスチンを闇値で入手し（1年分の給料がぶっ飛んだそうだが）、福島大学教授の執刀で一命を取り止めたのだった。彼の場合、復員直後は元気だったのに、約2年後に再発したということになる。

亀岡大尉は述べている。「アメーバー赤痢は慢性となり再発するのが特徴であるが、恐らく自分と同じような戦友も沢山いたのではないだろうか」と。

父もその再発した戦友の一人だったのだろう。父の場合は次の藤原駐在所、神目駐在所、西川駐在所、とそれから10年余りもこのアメーバー赤痢との戦いが続くことになる。それでも父は自身の気力、体力により「アメーバー赤痢」をなんとか克服したのだったが。

29年の夏、同じ署内の警察官家族同士の楽しい交流があった。ある内勤の官舎に招待されて、花火大会。そしてよく冷えた西瓜を食べた。同じ年頃の子どもたちが5、6人はいたと思う。帰りは子どもたちだけが、三輪トラックの荷台に乗ることになった。と、ここまではよかったのだが、荷台の留め金をきちんと掛けていなかったらしく、車が田舎のデコボコ道を疾走しているうちに、ガタンと外れ、柵に寄りかかっていた姉の京子が道路に転落した。運転しているオジサンは気が付かないが、京子の身体は白々と続く道に投げ出されたまま、どんどん遠ざかって行く……。私は今でもその風景を思い出す。姉の姿は黒い点描となって、小さくなっていった。辺りは一面の闇が広がっている……。

一転して、我が家の奥の座敷。夜具に寝かされた姉の手や足には、赤チンが点々と塗られ、白いシーツにも朱色が染みている。運転していた警察官のオジサンは平あやまり。楽しいはずの夏の思い出が一転、擦り傷だらけになってしまった。痛そうに泣き続ける姉。

そんな、姉の京子は小学校に上がると、新しい友達との交流で忙しく、可愛い妹を蔑ろにする行動が多くなっていた。私はいつも姉の後ろを追いかけているのに、相手にしてくれないのだった。

その日も学校から帰った姉は友達何人かと、遊びに出掛けてしまったのだ。私は母に告げ口してやった。秋の日を受けた裏山の傾斜地に、枯れ草を集めて基地作りに夢中になっている姉の姿を見て、私はどんなに悔しく羨ましかったことか。母はお仕置きのために、帰宅した姉を家に入れてやらなかった。ザマアミロ、と私は溜飲を下げた。ところが、急に電話が入り、大阪の伯母がこちらに向かっているので、近くのバス停まで迎えに来て欲しいとのこと。急遽、姉のお仕置きの刑は解除され、伯母をお迎えにいくという栄誉が与えられたのだった。なんというタイミング！　姉は大喜びで新しい任務についたのだった。

ところで、この大阪の伯母という人は我が家にとって特別な人物らしく、特に父は鄭重に接していた。母の姉に当たり、また父の兄嫁にあたるという関係がはっきり理解できるには、それから少々の経緯が必要になる。

その頃から姉の京子には絵心というか、美術の方面に才能の萌芽が見え始めていた。西の空に燃えるような夕焼けが広がったある日、姉は私を連れて、スケッチがてら散歩に出掛けると言い出した。ちょうどその日は本署の召集日で、父が牛肉を買って帰るはずだった。だからそれまでには帰宅するように、と母からあれほど念を押されていたのだが……。

西の空に続く田舎道は仕事帰りの人々が歩いている。山々はまるで黒い芋虫のようにムクムクと動いているようだった。姉は私の手を引いて、空を仰ぎながら歩いていく。農家の庭先では作物を取り入れているオバサンが声を掛けた。よく見ると、遊び友達の家だった。ちょっと立ち話して、もう少しと先へと進んでいく。……茜色だった空が、あっという間に真っ暗になる頃、一体どこまで歩いたのか、判らなくなっていた。

後年、芥川龍之介の『トロッコ』という名作を読んだ時、この時の情景が浮かんだものだった。長い道を引き返す時のあの不安感、そしてやっと駐在所の赤い電球が見えたときのあの安堵感。母からこってり叱られ、やっとありついた夕食のすき焼きには肉が少ししか残っていなかったこと。そして追い立てられるようにして入った風呂では眠くて堪らず、思わず湯船の中で眠りこけてしまったことなど。打穴の生活はどこまでも、子どもの（不条理な）世界が広がっていたのだった。

6

鉱山の町柵原のお巡りさん（藤原駐在所）

岡山県警察　加美警察署

住所　岡山県久米郡柵原町藤原６９番地

時期　昭和30（１９５５）年5月〜昭和32（１９５７）年4月

家族　清（37歳）秋野（34歳）京子（7歳）婦美（5歳）……年齢は移動時

父清の体調が戻り、通常より1か月ほど遅れて、打穴駐在所から藤原駐在所に異動した。

姉は打穴小学校の2年に進級していたのだったが、たった1か月の在籍のみで、次の久木《ひさぎ》小学校に転校となった。そして彼女の転校はこれからも神目小、西川小と続いていく。

引っ越しの日のことはよく覚えている。なにしろ、その当日に駐在所の前の吉井川に架かっている吊り橋から、女性が飛び込み自殺を図ったからだ。

昭和30年5月23日の夕方だった。引っ越しの片付けが終わり、手伝いにきてくれた人たちが帰りかけていた頃、「吊り橋から女の人が落ちたぞっ」と誰かが知らせに走ってきた。父が現場に飛んで行く。しばらくしてびしょ濡れになった若い女性が、長い髪に水を垂らしながら、駐在所に運び込まれてきた。幸いにもすぐに引き上げられたので、身体に少々打ち身はあるもの、水は飲んでいないらしい。それでも春先の夕方である。寒さに震えている女性を見て、母は引っ越しの荷物を開け、何枚かのタオル

⑥藤原駐在所

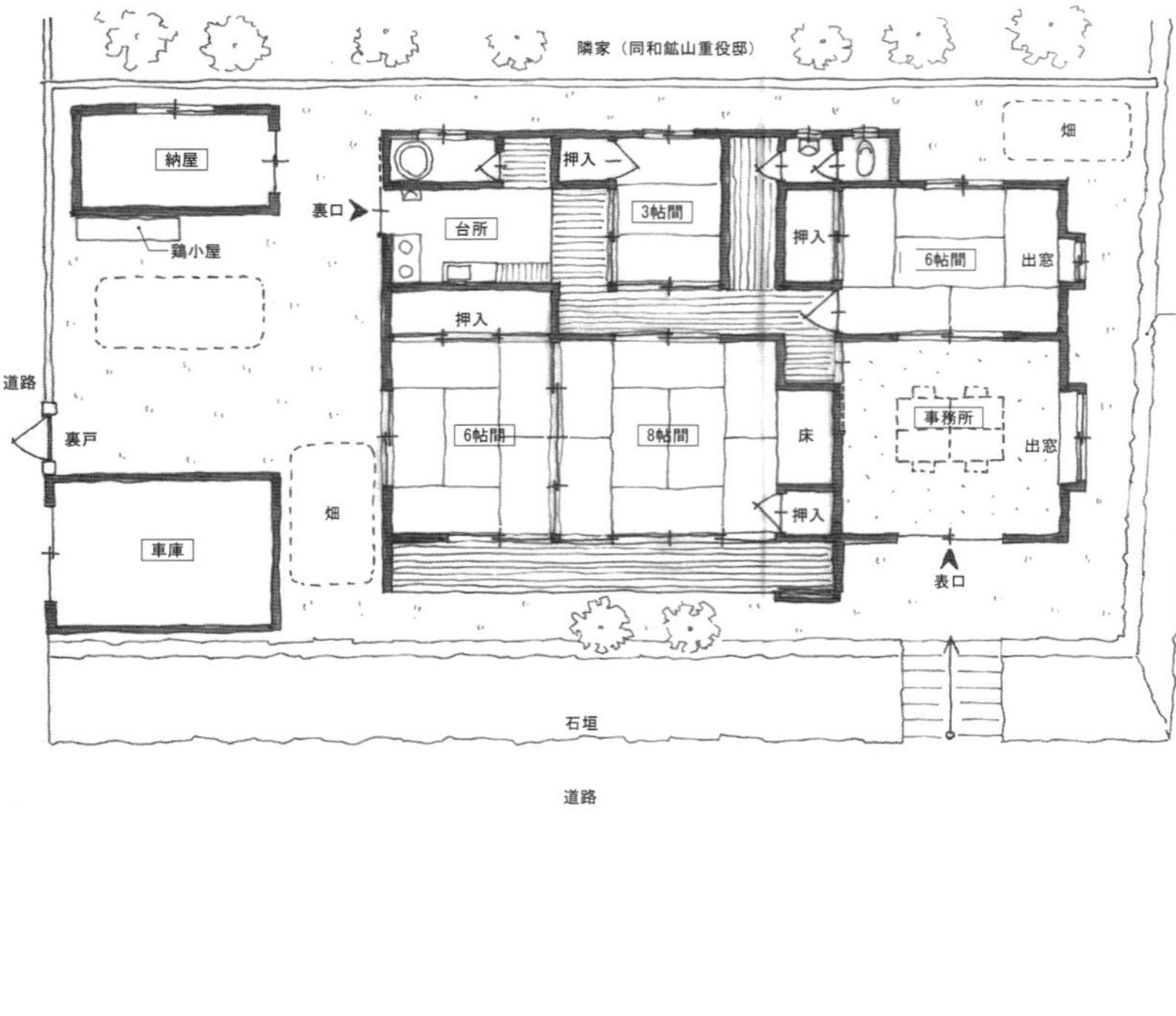

を出して介抱していた。そして女は簡単な取り調べの後、念のために病院へと運ばれていき、この自殺未遂事件は幕を下ろした。しかし、なんとも騒然としたひと時だった。大事に至らなくて済んだが、引っ越し直後のことでもあり、その場に居合わせた人たちはみんな驚いたことだろう。自殺の動機は「失恋」だったとか。

一夜明けて次の日、私は家の周りの探索に出掛けた。姉は転校の手続きをするため、父に連れられて久木小学校に行った。片や就学前の私はいつも暇なのだった。

家の西隣の家は板塀で遮られているが、その塀の細い板の上に女の子が乗っていた。ひらひらのスカートを穿いた彼女（私よりすこしだけ年上？）はジイッと私の家を見下ろしていたが、ふと後ろ向きになるや、ショーツを下げてお尻を剥き、「じゃーっ」とオシッコを引っ掛けるやいなや、パパッと逃げていった。まるで猫である。これにはびっくり、驚いたのなんの。お淑やかで良家の、お嬢様風の女の子が、塀の上で、つるっとしたお尻丸出しで、小便を？ と思うと、私の頭は混乱した。あの子はいったい誰なのか。

真相を確かめるべく、早速お隣のお屋敷に出向いた。正面玄関から案内を乞うと、玄関脇の通用口から家政婦さんが出てきた。そこで女の子はこの邸宅の一人娘で、私より1つ下の幼稚園児ということがわかり、すぐにお友達になった。この屋敷の上流階級の香りは私の世界を大きく広げてくれることになる。

我が家が鉱山の町、柵原町にやってきた昭和30年という年は、近隣の南和気《わき》村、北和気村、飯岡村、吉岡村の四村が合併して久米郡柵原町が発足した年で、町の人口総数1万7000人余、そのうち柵原鉱山従業員は係員330人、坑員2千456人（『柵原町史』昭和62年発行）である。合併したために久木地区にあった巡査部長派出所が昇格して、警部補派出所となった。4か所の村にあった駐在所はそのまま存続、それは鉱山宿舎の多く集まる藤原地区の藤原駐在所も同様。柵原町という1つの町に、5つの駐在所と1つの派出所というわけである。次のものは『久米郡柵原町誌』(昭和30年発行)から「警察関係」の部分を抜粋したもの。(この冊子は個人が合併を記念して編集したもので、今となっては当時を知る貴重で詳細な記録である)。

(1) 大戸駐在所	杉山敬恵巡査	苫田郡鏡野出身	49歳	大正15年拝命
(2) 藤原駐在所	武田清巡査	岡山市出身	37歳	昭和23年拝命
(3) 飯岡駐在所	溝口三夫巡査	苫田郡鏡野出身	38歳	昭和16年拝命
(4) 北和気駐在所	横溝龍宣巡査	玉野市出身	24歳	昭和28年拝命
(5) 南和気駐在所	田口忠夫巡査	津山市出身	36歳	昭和19年拝命
(6) 久木警部補派出所	難波龍己警部補	倉敷市出身	37歳	拝命時不明

父の勤務地である藤原地区は同和鉱山で働く社員たちの宿舎(藤原社宅)や厚生施設が多く集まっていた。ここでの父の任務の第一は住民生活の治安である。鉱山で働く社員3000人にもピンからキリまであって、まずピン(上等)はお隣の邸の会社重役? 、キリ(下等)は採掘坑員である長屋の住人、特に朝鮮人長屋の人々だろう。この厳しいヒエラルキーを形成している炭鉱の各家庭を、子どもの特権をフルに生かして、私はどこのお宅にでもおじゃました。その際、駐在所の子どもだということは意識していなかったと思う。

藤原駐在所から山の方へ続く道の途中に八幡神社がある。杉の枝が道端にまで伸びていて、首を括るのにちょうど格好の枝ぶりである。案の定、その枝で首吊り自殺があった。当人は鉱山で働いていた男性なのだろうか、病気を苦にしての自殺だという。発見されてから後、誰も枝から下してやろうという者がいない。皆恐ろしがって遠巻きに見物しているだけだった。父が「なんじゃ、みんな臆病者揃いじゃな。可哀想に、早う仏さんを楽にしてやらんといけん」と言い、梯子を借りてきて、枝にぶら下がっている自殺者を下してやった。周囲では同族の女たちが「アイゴー、アイゴー」と大声で泣き叫んでいたそうな。

という状景は、後になって母から聞いた話である。私が家に帰ってみると、玄関先に金盥と石鹸が置いてあったことから、父は死体に触れた後、手を洗ったことが判った。おかげでしばらくの間、お風呂屋に行くのに、父と手をつなぐことが恐ろしくて困った（その頃、内風呂が壊れていたので、近くの公衆浴場に通っていたのだ）。

若い者同士の喧嘩は日常茶飯事だった。「またケンカが始まっとるぞ」という知らせを受け、押っ取り刀で出て行った父が、白いワイシャツの袖を引き裂かれて帰ってきたことがある。後ろにその騒ぎの当人たちが不貞腐れた顔で続いていた。「こいつら、猫のような爪で、わしの服を引っ掻きやがって」と父はたいそうご立腹だった。

血の気の多い若者とは対照的に、年配のオヤジさんたちは穏やかで、それ相応に分別ある人も多かった。戦前には徴用や募集その他で約５００人の朝鮮人が労働に従事していたと言うが、終戦と共に同和鉱業のチャーターした船で３５０人ほどが帰国したとされる。私たちが住んでいた昭和30年頃の柵原にはその残留組や新たに移り住んできた在日朝鮮人など、かなりの数の人々が住んでいたはずだ。

前述の『柵原町史』には「第11章　柵原鉱山」のところに「商売上手な朝鮮の人々」という小タイトルで、朝鮮人のことに触れている。「……藤原立坑の上部に見える長屋が朝鮮の人の社宅であった。大体一棟四戸建てで、当時は実に見事なものであって、鉱山関係の人たちだけでなく多数の人々が来ていた。……農家からヤミ米を手に入れ、姫路や阪神方面に出かけてもうけた人も多かった。中にはドブ酒を造って商いをしていた人もあったとか、……それにしても商い上手な人々であったと思う」云々。

「商売上手」？　まあ、確かにそうだったかもしれない。だが彼ら朝鮮の人々の立場に立って考えてみると、異郷の地に住む彼らには選挙権もなく、また公職にもつけなかった。厳しい日本の社会の中で、一家を養い生活を確保するためには、まずは「商売上手」でなければ生きていけないではないか。

しかし、「ドブ酒を造って商いを……」は、私たちが栅原を去った1年後、大々的な取り締まりが行われ、密造酒を造っていた朝鮮人らが逮捕されたことを指しているらしい。山陽新聞の昭和33（1958）年11月21日の記事で次のように報じている。

「21日午前6時頃、津山税務署は、加美警察署員の応援で、栅原町藤原、久木、吉ケ原《きちがはら》地区13か所の密造取り締りをし、山本こと金○○ら6人を酒税法違反で検挙、8か所からドブロク111ℓ（6斗2升）、コウジ59・2kg（33石2斗8升）を押収」。

我が家には、土曜日の夜になると在日朝鮮のオヤジさん達が集まることがあった。例によって渋いお茶と駄菓子だけで、いろいろな話で盛り上がっていた様子だった。あの頃の事を父に訊いたことがある。一体、何を議論していたのか。ひょっとして、北朝鮮に帰国する相談だったのではないかと。しかし父はきっぱりそれを否定した。そもそも昭和30年台初頭のことである。北への帰還問題はもう少し先の話だった。

岩本家具店の岩本氏は在日の中では成功者の一人だった。父によると彼は学歴のある、いわゆる「インテリ」なのだそうだ。どういう経緯で日本に住みつくことになったのかは知らない。私は何度か岩本商店に遊びにいった。吊り橋を渡った栅原地区に店と工場があり、私の1年下で望《のぞみ》ちゃんという女の子がいた。

おやつに葉巻形の大きな煎餅を戴いた。岩本のお祖母ちゃんが孫の遊び友達の来訪をとても喜んでくれたのを憶えている。

幼稚園でも小学校でも何人かの朝鮮の友達がいた。その中で今も記憶に残っているのは、藤原の社宅に住んでいた金君のことである。彼は姉の京子の友だちだったと思うのだが、夏休みのある日、岩松採りに誘われた。彼の妹も一緒に行くという。朝鮮人の多くが住んでいる、通称「ハーモニカ長屋」は普通の社宅よりもずっと狭くて貧しく感じられた。私たちは昼飯用にとアルミの弁当箱に残り飯を詰めて出掛けた。場所は吊り橋を渡ってすぐの上部立坑の崖のところだったと思う。

岩場のあちこちに岩松（しのぶ草のことか？）が密生していたが、崖の下をえぐるように吉井川が流れていて、子どもが立ち入るには危険な場所だった。金君は私たちの中で、唯一の男子として、頑張って岩松をたくさん採った。

そして昼を過ぎた頃腹が減ったので、さあ昼飯にしようと持参した弁当を開けた。手折った小枝の箸で一つの弁当を分けあったのだが、……私は腐ったような御飯の匂いが鼻に付いて、とても食べられなかった。……今でも悪い事したなあと思う。私以外はみんな平気で食べていたのだから。

帰りに金君は採集した岩松のほとんどを私たちにくれた。あまりの気前の良さにびっくりしたが、彼は笑いながら「いいから、とっとけよ」と言うだけだった。その時の彼の笑顔と親切が今も忘れられない。彼から頂戴した岩松は母が針金を籠のように細工して「吊りしのぶ」に仕立て、軒下にぶら下げたものだった。

（この時の岩松、というか「しのぶ草」はその後幾多の転勤にもお伴をして、現在は岡山市南区の実家の敷地にその子孫が立派に繁茂している）。

父方の祖父が亡くなったのは私たちが柵原町に移動した2か月後の、昭和30年7月14日、岡山市出石町の自宅で。死因は破傷風だった。私はこの臨終の様子を憶えている。狭い奥の部屋に祖父を囲んで親族が集まっており、本家から駆け付けた医者が脈を取っている。しかし、いよいよ駄目だとわかると、一同静かに今生の別れを見守っている情景……。だがこれは私の脳内妄想であって、我が一家は臨終に立ち会ってはいないそうだ。しかし、私の記憶の中にやけに鮮明に浮かび上がってくる、この最期の風景はなんなのだろうか。

現実に父の実家で行われた葬儀には一家で参列したが、この時のちょっとした親族間の争いを子ども心に記憶している。葬式の後の法事で、私たち一家4人分のお膳が足りない、ということが発覚したのだ。もしかしたら武田の実家では、三男坊の清の家は会食には参加しないとでも思っていたのではなかろうか。集まった親族の中で、この仕打ちに対して腹を立てたのは、次男坊で他家の養子に行った竹次郎夫婦だけだった。そしてせっかくの祖父の法事だというのに、私たち家族と伯父夫婦だけは席を立って、そのまま帰ってしまうことになった。どうやら私の両親は、理由は判らないが父方の実家と「折り合い」がよくなかったらしい。

ところが、それから暫くして、「祖父の遺産相続を放棄してほしい」と、祖母が叔母（誰だったか不明）を連れて、この柵原町まで足を運んできたのには驚いたものである。父は以前から遺産放棄について承諾していたというが、祖母は我が家に到着するや、何故だかワッと泣き出したとか。私にとって、この父方の祖母は親しみにくく、不可解な人だった。

いや、亡くなった祖父も、近寄りがたい偏屈な老人と映っていた。打穴駐在所のところで書いた、天満屋の前で出会った外国人の家族の話は、父の実家を訪ねた時のことかも知れない。祖父はその時ちょうど後楽園の裏に広がる田畑で、鍬を打っているところだった。私たち一家が会いにきても別段喜ぶわけではない。ムッツリと押し黙ったまま、農作業を終えると鶴見橋を渡ったところの自宅に戻り、側溝を流れる下水で、農具に付いた泥を洗っているだけだった。これが幼かった私の覚えている祖父の姿である。

祖父の家の仏壇の上には額に入った写真、盛装した昭和天皇皇后の「御真影」が掛っていた。武田家では第二次大戦に男子5人が出兵し、全員が無事に帰還したという。

戦後、「民情視察と国民激励」のためと称して、全国巡幸に立った天皇は昭和22年12月8日、岡山県に入り、4日間に亘って県下を視察している。『写真集　岡山県民の昭和史』（昭和61年発行　山陽新聞社編）には「勝田郡飯岡村（現久米郡柵原町）、同和鉱業柵原鉱業所で。第二坑の坑内深く約1キロまで入られ、切羽の前で従業員を激励」なさる背広姿の天皇の姿が写っている（ちなみに、この坑ではその3日後に大落盤が発生、3名もの殉職者を出すという事故に見舞われ、鉱山関係者一同、その絶妙のタイミングに肝を冷やしたのだが）。

この岡山県行幸の2日目に、祖父は行在所に当てられた県知事公舎のお風呂を沸かしたという。出石町の町内会から割り当てがあったのか、寡黙な祖父が陛下のためにどういう経緯でお風呂の世話をしたのか不思議だ。ひょっとすると、兵隊に差し出した息子5人全員を無事生還させてくださった？　天皇に対する、忝くも感謝の気持ちだったのかも知れない。

柵原町に引っ越してから、また私は幼稚園に通うようになった。久木幼稚園、園児数は２００名ほどで、お絵描きやお遊戯や給食があり、一日がたっぷりと長い。その隣の久木小学校は昭和30年の合併で、男子

455名、女子461名、合計916名の児童数になったとある。前年の29年には学校給食優秀校として、岡山県教育委員会より表彰を受けていた。

私がこの小学校に入学した最初の全校集会で、校長先生から「脱脂粉乳のミルクの甘さはどうですか」と聞かれ、ちょうど良いという意見の方に挙手した記憶がある。私はこの学校用のミルクが大好きだった。他の友達にはクスリのような匂いがするというので不評だったのだが。給食で食べ残したパンはハンケチに包んで持って帰り、焚き上がったばかりの御飯の上に載っけておくと、ふかふかのパンに変身して、これはこれで美味しかった。私は給食に魅せられて学校に通っているようなところがあった。

幼稚園時代に、姉が集会所で習字を習い始めたので、私も一緒に通った。母がそばで墨を磨り、程良い墨色になった頃に、おもむろに字を書き始めるのである。そのうちに習字が面白くなって、自分一人だけで通いだした。たぶんあの墨の匂いが好きだったのだろう。習い事などほとんどしなかった私だが、珍しく習字だけは1年ほど続いたのだった。

ある夏の日、その時は少し早目に教室に来て、静かに墨を磨っていた。お爺さんのような先生から「今日は、た・な・ば・た、と書いて出すように」と言われ、私はそのまま素直に、「たなばた」と書いて提出した。と、突然ご老人が笑い出した。「すまん、すまん。あんたはまだ幼稚園児じゃったな」、そう言ってお手本を書いてくれた。見ると、漢字で「七夕」と書かれていた。あの時の朱色の見事な2文字を今も覚えている。

姉はほんとうに勉強しなかった。小学3年生になっても、年下の私と一緒になって毎日遊んでいた。ところが夏休みが終わって、さあ明日から2学期、という夜のことだった。寝る間際になって小用に立った姉がなかなか戻ってこないので見に行ったところ、便所の前でシクシク泣いている。どうしたのか、どこか具合でも悪いのかと尋ねると、夏休みの宿題が出来ていないのと言う。これには呆れてしまった。長い夏休みの間、一体何をしていたのか。まったく、我が姉ながら度し難いほどの呑気者である。この能天気な姉は反面教師として、私の学校生活のお手本になった。

私の住む駐在所からは吉井川を挟んで、中央立坑の櫓が目立って見えた。毎日、鉱山のハッパの音とサイレンの音が生活の中で響いていた。『柵原鉱山顕彰会』（平成4年発行）によると、私たちが柵原にいた昭和30年から32年の間に起きた事故としては「立坑ケージ墜落」（昭和30年12月発生、殉職2名）を始めとして、計9名が亡くなっている。事故が起きる度に、不吉なサイレンが山に響き渡った。子ども心にこの音は軽いトラウマとなっているらしく、今でも私はサイレンの音が苦手である。

『顕彰会』の中の「柵原鉱業所概況図」を手にとって眺めてみると、鉱業所の社宅というのは久木社宅、奥の谷社宅、柵原社宅、藤原社宅、吉ケ原社宅、と5か所もあることが分かる。だが私の行動エリアはせいぜい藤原社宅か、川向こうにある柵原社宅ぐらいだった。

藤原駐在所の周囲といえば、西側が重役のお邸で、道を挟んで東側は白亜の独身寮である。白い塀にかこまれた瀟洒な独身寮の建物、その庭は芝生が広がり、隣にはテニスコートまであって、まるでそこだけが欧米かというふうな風景だった。寮舎には管理人のおじさんがいて、庭の手入れに余念がない。

ある日、塀から覗いていると、管理人さんが木箱の上で何かを切り刻んでいた。「お前ら、入ってもいいぞ」。管理人さんは子どもたちに気付いて、庭に入れてくれた。よく見ると、刻まれていたのは大きい青大将で、これに米糠やら青野菜やらを混ぜて鶏に与えるのだという。「蛇は精が付くからな」とおじちゃんは言うが、我が家の鶏に蛇の肉を与えるのは嫌だ、間接的に蛇を喰うことになると、子ども心に思った。

金網で囲われたテニスコートの側を行くと、スーパー「リッコウ」の建物がある。もともとは従業員の有志が設立した「力行会」という購買会だったものが、その後鉱山直営の厚生施設に引き継がれ、鉱山供給所として当時はまだ珍しかった「スーパーマーケット」方式を採用していた。これは一店舗の中で食料品、日用品、電気製品、被服などすべての品物が賄われるという、今日では当たり前になった大型店舗方式だった。

鉱山直営の大浴場もスーパーの近くにあって、内風呂のない長屋の人たちが利用していた。我が家でも一時期、風呂が壊れた時には、この浴場まで通っていたことがあった。

ところで、話は変わるが、私は父の股間に付いている〝物《ブツ》〟が気になっていたようだ。打穴駐在所にいた頃、というと4、5歳の頃だったろうが、風呂から上がったステテコ姿の父にそっと近づいて、そのモッコリした部位をつまんだそうだ（断っておくが、これはあくまで下着の上からである）が、私自身は全く記憶にない。

柵原に移ってからも、久木集会所でバレー「白鳥の湖」の公演を観に行った時、舞台で踊っている王子様の白タイツのモッコリが気になって気になってしょうがなかった。ところがそれから間もなくして、そのブツの〝ナマ物〟を見ることとなった。大浴場の男湯の出入り口で、敷物に足を取られた裸の父がスッテンコロリンと転んだために、モッコリの正体をこの目ではっきりと目撃したのである。父のモッコリは思っていたほど大きいモノではなかった。

父と母はよく言い争いをしていた。幼い私にはピンとこなかったが、姉の京子は小学3年生になっていたので、2人が喧嘩をする度に心を痛めていたそうだ。

ある日、遊びから帰ってくると、母が荷物をまとめていた。「もうお父ちゃんみたいな人とは一緒に暮らせんからね。あんたたち3人で仲よくやりなさい」。母はこんな捨てゼリフを残して、家を出ていく。姉は母を呼び戻すために、柵原鉄道の終発着駅まで追いかけていった。しかし、母は一度も娘の方を振り向きもせず、折よくやってきた汽車に乗って、実家のある児島郡琴浦（現倉敷市）へと帰っていった。

姉は家に戻ってからも声を上げて泣いていた。父といえば、表の事務室で黙々と書類の整理をしている。私は内心、やれやれと思った。お母ちゃんは時々ヒステリーを起こすので、怖い人だった。だから母のいない生活でも全然問題なく、むしろ喧嘩がなくて家の中が平穏になり、ほっとしたぐらいだった。

1週間ほど過ぎたある日、外で遊んでいると、黒メガネの男の人が声をかけてきた。「お母ちゃん、いないんだって？」。オジサン、だれ？　と思ってよくみると、友達の一人、中江カツオ君のお父さんだった。父と同じ警察官だが、中江君のお父さんは久木派出所詰めの刑事サンで、家族は久木にある官舎に住んでいた。家族構成は我が家と全く同じで、ただ姉弟という違いだけの同学年、つまりは団塊の世代であった。

駐在所の中で父とおじさんはしばらく話をしていた。「奥さんいなくて、毎日困ってんじゃないの？」「いや、そうでもないがの。まあ何とかやっとる」。ふーん、と中江のおじさんは私たちの顔を見ていたが、「そうだ、うちに遊びに来んかな。明日は休みだから、ちょうどええ」と言う。ええっ、中江君ちに遊びに行くの？　そして、お泊まりするの？

こうして、思いがけなく中江君の住む官舎に泊りがけで遊びにいくことになった。寝間着やら着換えやらを準備して、まるで修学旅行である。

中江君の官舎は私たちが住む駐在所に較べると、ずいぶん狭い家だった。和室2間（6畳、6畳）に台所、風呂、便所が付いているだけ、官舎とは大体がこういう建物だということを、それから10年後に亀甲の官舎で思い知ることとなるが、それはまだ先の話である。取りあえず、奥の6畳間が今夜の子どもたち4人の寝室となった。

早目の夕ご飯を戴いて、皆で大騒ぎしながら五右衛門風呂に入った。と思うが、たぶんカツオ君は恥ずかしがって、彼は一人だけで入ったのだろう。あとはいよいよお休みの時間というので、布団の上でお決まりの枕投げをしてはしゃいでいたら、父が迎えにやってきた。なんと、母が帰ってきた、というのである。「でも今夜はもう遅いし、このまま泊まっていったら」という中江のおばさんに父は「いや、どうしても今回は連れて帰ります」というのであった。こうして、せっかくの楽しいお泊まり会がお流れになってしまった。

家に帰ってみると、母がしれっとした顔で荷物の整理をしていた。父はその周りを、うろうろしているだけである。まったく男のくせに「だらしがない」と思った。もっと、ガツンと言ってやれ。勝手に出て行ったくせに、勝手に戻ってくんな！　と。ところが先手を打って、母が思いもよらないことを言い出したのである。実は赤ちゃんを連れて帰っていて、今、納屋に隠してあるのだと。

夜も更けていたが、姉と私は懐中電灯を持って、裏の納屋を調べにいくことになった。……すると真っ暗な小屋の中に、見慣れない靴箱のような物が置いてある。こわごわ箱を開けてみたところ……、中にゴム人形が入っていたのだった。

母のお土産の人形は全身ゴムで出来ていて、それまで持っていたセルロイドのキューピー人形などに較べると格段に可愛く、柵原町ではまだ出回ってはいない、新しい人形だった。こうして母はゴム人形ごとき物によって、子どもたちのご機嫌を易々と取り結び、その日のうちに、また何事も無かったかのように、もとの生活の中に戻っていったのだった。

その人形は、既に「幸子《さちこ》」と命名されていた。私たちは母が名付けたのだからそれはそれでよかったのだが、……それから僅か1か月後の山陽新聞に「吉井川で水遊び中、少女が水死」という記事が載り、その亡くなった少女が、なんと同名の「幸子」という名前だったのである。というわけで、早々にケチがついてしまった「さっちゃん」ではあったが、……私たちは母の連れ帰った人形として、50年以上経った今も、捨てられずに持っている。そうしてみると、幸子はやっぱり、「幸ある子」、幸運の人形ではなかろうか。

実は幸子のようなゴム製の人形は東京では既に出回っていて、しかももっと精巧なお人形が作られていたのである。元祖リカちゃん人形、なるものが。それを私は西隣の邸宅に遊びに行って知った。お隣の女の子は（名前はなんと言ったのか完全に忘れたが）、中原淳一の挿し絵に出てくるように可愛らしいのだが、とにかくお転婆だった。初対面で私を驚愕させたことは前述の通りだが、お嬢様にありがちな、我儘、意地悪、高慢チキなところは全くない。それで私はしょっちゅう遊びに行き、そこで幸子以上に高級な人形に出くわしたというわけである。

お隣には、その頃では珍しくなった「女中さん」、いや、家政婦さんがいた。3時のオヤツ時になると、かならず洒落たお菓子、例えばクッキー（紅茶付き）などが出るので、その時刻に遊びにいくことが多かった。この家には子ども部屋なるものがあり、そこには都会で流行っているらしい玩具がたくさんあった。

先のお人形などは金髪の髪がついていて、しかも瞳がぱちぱちと閉じたり開いたりするのだった。それとは別に「ミルク飲み人形」もあった。これは口から細い管が通っていて、スポイトで口に水を注ぐとお尻の穴まで抜けるようになっている。

また玩具のキッチン用品もなかなかに面白いものがあった。スイッチを入れると、パチパチと音のするオーブンレンジ、ボタンを押すと回る洗濯機。これらは舶来物なのだろうか、どれもこれも珍しい物ばかりだった。

たまに女の子の母親に当たるらしい、女性を見ることもあった。この田舎の鉱山町ではめったにお目に掛れないような女人だった。私は家政婦さんから簡単に紹介された時、その清楚で美しい人から、なかよくしてやってね、というお言葉を頂いた。蒲柳の質とはああいう人を指すのではなかろうか、などと今になって、歌人柳原白蓮のようなほっそりした白い顔を思い浮かべたりする。

広いお邸の南側には乗用車が乗り入れる門があり、大きな玄関の続きに洋室と和室。日当たりのよい庭は手入れのよい芝生が広がっていた。これらはいずれも来客用の居住空間であり、普段には使用するところではない。

日常に使う部屋はというと、建物の北側にそのほとんどが配置されている。女の子のお母様はその中の奥の一室に籠もっていて、外出することはめったになかった。時々、家のどこからかで、ピアノの音が聞えてくることもあった。この一家は東京の本社から出向してきていたのだろうか、子ども心にも、都会の生活というものをいやでも感じさせられた。それは柵原の鉱山に住むどんな家庭とも異なった、「上流文化」の香り、というものかも知れなかった。

母は本当に「赤ちゃん」を連れて帰っていた。しばらくして、母のお腹の中に赤ちゃんが、つまり妊娠していることが判明したからだ。その頃の、母のイライラやヒステリーは身体の変調のせいだったらしい、ということになった。

新しい弟妹《きょうだい》が出来る、というのは嬉しいことだった。父は喜びのあまり、「男の子じゃったら、大学までいかせてやるぞ」などと言う。ええっ、私は？　私はいかせてもらえんの？　と尋ねると、「うちは子ども1人、大学にやるだけでもやっとじゃからの。ふみは女の子じゃから、諦めてくれ」というのであった。これは父らしい、冗談半分の戯言だったのだろうが、私としては心中穏やかではなかった。弟なんか生まれなければいい、と思った。そうなれば私のほうが大学に行かせてもらえる。それで私は「男の子じゃったら、おちんちん切ってやるんじゃから！」などと暴言を吐いて、父を苦笑させていたものだったが……、この時の私の呪いが現実のものとなるのは、もう少し先の話である。

母の妊娠が判り、家の中に少し変化があった。柵原町には鉱山付属病院として昭和29年に開院したばかりの柵原総合病院があり、産婦人科も完備していたのだが、父が病院ではなく家でお産をすることを望んだために、近所の産婆さんに掛かることになった。父としては、母には家にいてもらいたかったのだろう。それに、私の時はとても安産だったので、今度も大丈夫だろうという思い込みもあった。

母は妊娠したためか、度々体調を崩した。悪阻がひどくて、家事が出来ないということを聞いた岩本家具店では、店で使っている洗濯機を貸してくれることになった。当時の洗濯機はどんなものだったのか。山陽新聞（昭和32年1月7日付）の広告によれば、「スイッチの切りかえで、水流が逆転し、布地がよじれずいたまないサンヨー電気洗濯機23500円」とある。強弱のスイッチで、水流の回転方向、速度を変えて洗える新設計の噴流式、というのが当時の最新式だった。もっとも、値段からしても一般の家庭では高嶺の花であり、使っている家は少なかっただろう。しかしその好意の申し出も、家電の操作が面倒なこともあり、母の気にいるところとはならなかったらしい。

そこで今度は岩本家の家政婦さんが、我が家の夕食作りに来てくれることになった。この人はかなり年配の女性で、さほど料理が上手というわけではなかったが、1か月ほどの間、うちの台所はにぎやかで、毎日の夕食が楽しみだった。

母の体調が戻った夏休みに、母方の祖母の家に遊びに行くことになった。母の実家は呉服屋だった頃そのままの、表の店舗にはショーケースなどが残っていて、広い家屋に祖母がひとりで気ままに暮らしていた。このお祖母ちゃんは小金持ちらしく、早い時期にテレビを購入し、夕方になると近所の人たちが団扇片手に「見せてつかわせえ（みせてください）」といって、みんなで洋画なぞを楽しんでいた。昭和30年代初めのことである。

ある時、児島の夏祭りを楽しみにやってきた私に、祖母が妙なことを言い出した。「フミちゃん、お祭りに連れていってあげるから、その代わりにアンタ、わっちの乳を吸いねえ」。ええっ、どうしてお祖母ちゃんの垂れしぼんだオッパイを、わたしが吸わなきゃならんの？　……と母に訴えると、少し考えていた母は「おばあちゃんの気の済むようにしてあげなさい」と言う。それで7歳にして私は祖母の乳房を口に含むことになったのだった。その時の感触はどうだったか、って？　……まあ、思っていたほど嫌なものでもなく、なんだか懐かしいような肌触りだった。それにおばあちゃんのオッパイは年の割にはむっちりしていて、なんかこう瑞々しかった。

何故に、私が祖母の乳を吸うことになったのか？……いま考えるに、どうやら私が二十歳《はたち》で戦病死した、照次叔父さんに雰囲気が似ていたからではないかと思う。お祖母ちゃんは私の中に叔父さんの姿を求めていたのではと。……まあ、祖母の心の内は測りかねるが、そんなこともあり得る話であった。

居室には父方の家と同じく、昭和天皇皇后の「御真影」が飾られ、大きな仏壇の中には叔父の写真と位牌が安置されている。「照次」という叔父の名前は「次第に照る」という意味で、兄弟みんなで考えて名付けたそうだ。遺影の中の叔父さんは、軍帽の陰からまぶしそうにこちらを見ている。彼の顔は、そう言われてみると私に似ているような。いや、私が叔父に似ているといったほうがいいのかもしれない。若い、というか、まだ幼さの残る、気弱そうな叔父の顔を私は複雑な気持ちで眺めたものだった。

柵原で唯一の娯楽といえば、久木の集会所での映画、演劇、歌謡ショーである。この集会所は昭和7年、従業員のための慰安施設として建設された。収容人数3000人という、当時としては県下では例をみないほど大規模なもので、我が家も大いに楽しませてもらったものである。

ここで観た映画の中で記憶に残っているものを挙げると、ヒッチコックの「裏窓」。売店でラムネを買ったのが、後で空のビンを渡されたことに気が付き、新しいものに換えてもらったことや、映画の画面がちっとも変わらず（それもそのはず、裏窓からお向かいのアパートを覗いているという趣向なので）、退屈して眠ってしまった。しかも、しばらくして目が覚めても、まだ同じ画面だったのにはうんざりしたものだ。戦争映画「わたしは貝になりたい」や「ビルマの竪琴」を観たことも覚えている。しかしどこまでその内容を理解出来たのかは判らない。円谷英二監督の「ゴジラ」も観た。これはあまりにスケールが大きくて、困惑してしまった。怪獣物は苦手だった。

有名スターも続々来演、その中でピカイチ記憶に残ったのは、淡谷のり子（1907～1999年）である。黒い服に身を包んだ彼女のその歌唱力は〝ブルースの女王〟と謂われた評判に違わず、貫録たっぷりで見事だった。薄暗い館内は、ライトがステージだけを照らしている。――満席の中、私は後ろの席で立ち見をしていた。ふと、えもいわれぬ魅惑的な香りが漂い、見るとそばに黒いドレスの女性が立っていた。さっき舞台を終えたばかりの、淡谷のり子その人である。食い入るようにステージを見つめる姿、それは子ども心にも戦慄を覚えるほどの迫力だった。私も歌手になりたい、かなわぬ夢であっても、淡谷のり子のようなプロの仕事をする人になりたいと、その時真剣に思ったのだった。

旅芸人の一行が神社の境内で興行した時、越後獅子の装束姿の幼い姉弟が道に迷って駐在所を尋ねてきたことがある。秋の奉納祭りの頃だった。私たちといえば、姉と私はろくに勉強もしないで、毎晩のように輪投げ遊びに熱中していたのだが、彼らの獅子舞姿を見て、いたく反省したものだった。美空ひばりが映画の中で唄う、「笛にうかれて、逆立ちすれば、山が見えます、ふるさとの。わたしゃみなしご、街道ぐらし。ながれながれの、越後獅子」。まさにその通りの姿だった。当時はこんなちっちゃい子どもでも働いていたのだ。

鉱山で働く男たちの最高の娯楽といえば、なんと言っても「ストリップショー」だろう。

春まだ浅き頃、――たしか昭和32年3月のことで、それから間もなく、我が家は柵原の地を去ることになるのだが――私は久しぶりに岩本家具店の望ちゃんを誘って、吉井川の河川敷のそばの田んぼで遊んだ。前日に雨が降ったために、田の土はぬかるんでいて、粘土を捏ねるにはちょうどよかった。

おままごと用のお碗を作っていると、ふいにトラックが止まり、丸太を持った男たちが田んぼに入ってきた。「おいお前ら、ここは危ないから、あっちへ行って遊びな」。彼らは私たちを追っ払うと、切り株に杭を打ち込んで、丸太を組み立て始めた。

家に帰って、お昼を食べていると、父が巡回から帰ってきた。田んぼの中の工事はストリップ小屋なのだと言う。明後日から3日間の興業で、警察も警備に出ることになるな、と父は渋い顔で言った。

夕方になって田んぼを見にいくと、安普請の小屋は既に出来上がっていた。小屋の裏側はムシロ掛けの粗末なものだが、表側は板張りの建物になっていて、翌日には大きな看板が掲げられた。

ピンク色に染まった女体が艶めかしく、大きなオッパイや剥き出しのお尻が、やたら強調して描かれている。こんなのをオッサンたちが見物するのか、と思うと合点がいかなかった。女の裸を見たかったらお風呂屋に行けばいい、番台からでもけっこう覗けるのに、と子ども心に思ったのだが。

まもなく幌付きのトラックが止まり、出演するストリッパーのお姐さん方が車から降り、その後を衣装などの入った柳行李が小屋に運び込まれる。裸のショーなのに、やはり衣装なんかも必要なのか、と不思議だった。

ストリップショーの3日間は毎夜たいへんな賑わいだった。柵原鉱山に働く男衆のほとんどがこのストリップ小屋に結集したのではないか、と思われるほど大盛況だった。夜店も大繁盛、煌々と輝くアセチレン灯の下では、酒の入った男たちの小競り合いがはじまり、さっそく駐在所に連行されてくる。事務室には応援のお巡りさんが2、3人詰めていた。

第1日目の夜、小屋が退けた後の巡回から帰った父が言った。「おい、毛布かなんか温いもんはないかのう。あんな状態じゃ、女たちが風邪引いてしまうが」。楽屋の床の板1枚下は田んぼである。春とはいえ、夜はまだ冷え込む時期だった。母は押し入れから軍用毛布を何枚か出して父に渡していた。「軍用毛布」というのは軍が戦後に大量供出した衣料で、毛布とは言い条、ただの太い綿織りのシーツなのだが、厚みがあるのでそれなりに防寒にも役立ったはずである。

さて、お騒がせな「ストリップショー」も3日間の興業が終了すると、あっという間に小屋は解体されてしまい、田んぼはまた元の田んぼに還ってしまった。まことに「兵どもが夢の跡」。夥しい男たちの靴の跡と、所々に残る杭の跡。

母の3度目のお産は、思いがけず難産だった。11月の終わりの日曜日の、しかも夕方、突然陣痛が始まったのである。運の悪いことに、当日は産科の医者が不在で、代わりに近所から内科の先生がやってきた。ちょうど、秋相撲の千秋楽だった。父は慌ただしい合間に、ラジオの実況放送を聞き、ご贔屓の若乃花の取り組みを応援しながら、なんとか気を紛らわしていた。しかし、夜になっても一向に生まれる気配はない。

夕食の味噌汁に入れる食材を取りに裏庭に出て、畑の春菊を摘んでいると、灯りが点る家の中から、母の呻き声が弱々しく聞こえてきた。その声に混じって、医師や産婆さんの叱咤激励の声も聞こえる。「あぁっ、いたいーっ」。ふり絞るような母の声を耳にしながら、私としてはどうしてあげることも出来ない。母はただ一人で頑張るしかないのだった。鶏小屋を覗くと、鶏が卵を1つ産んでいた。そうだ、お産が終わったらお母ちゃんに食べてもらおう、卵は体に精がつくから、と思った。

その夜遅く、やっと赤ちゃんはこの世に出てきた。だが、死産だった。産室に当てられた8畳の部屋をのぞくと、母は疲れ果てて眠っていた。その横にオクルミに包まれて、死んだ赤ん坊が寝かされていた。まるで眠っているようにしか見えない。赤ん坊の頭は黒々と髪の毛が生えていて、それがべったりと額に張り付いている。父待望の男の児だったのに、へその緒が首に巻きついて生まれてきたのだった。

翌朝、みかん箱を持って見知らぬ男がやってきた。赤ん坊はその木箱に入れられた。父は赤ん坊の入った棺を肩に担ぎ、見知らぬ男はシャベルを片手に、2人は八幡神社に通じる道をゆっくりと登っていった。藤原社宅の山上にある墓地に埋めるのだという。その墓の場所はどこなのか、父は一度も口にしなかった。そして、私たちも強いて訊かなかった。今も赤ん坊のままの弟は栅原のどこかの墓地の片隅に眠っているはずである。

母は産後の肥立ちが悪く、この年の冬の季節はほとんど寝たきりの状態になってしまった。そこで母に代わって、姉の京子が買い物や掃除洗濯をすることになった。もちろん私も姉のお手伝いして頑張ったのだが、……たぶん役には立たずに姉の足手まといとなっていたことだろう。こんな時こそ、あの岩本家具店の家政婦さんが来てくれたらいいのにと、幼い自分はなにもできないもどかしさを思った。

年が明けても、我が家は暗かった。夕方、遊びから帰ってみると、裏口に大鋸屑《おがくず》のいっぱい入った木箱が置いてある。薪がなくなったので、炊事用と風呂用の燃料として、岩本家具の製材所から出た木屑をもらったのだという。当分の間、この大鋸屑だけでかまどの火を熾して米を炊き、ついでにお風呂も沸かすのである。

まずは姉がかまどの方を受け持ち、私の方は風呂を焚くことになった。焚き口の新聞紙が燃えている間に大鋸屑を少しずつ加えていき、その大鋸屑に火が回ったらまた大鋸屑を足していく……という作業なのだが、むやみに煙ばかり出て、一向に燃え上がらない。火吹き竹で空気を送るその一時だけ、赤い火が見えた。姉が振り向いて「あんた、けむりばっかりだして、なにをやっとるの」と言い、かまどの方と交代してくれた。こちらは赤黒い炎がみえて、一応成功しているようだ。眺めていると、大鋸屑が少なくなってきたので、一握り木屑を加えると……とたんに煙が出てきた。あっ、また炎が消える。

見上げると、いつの間にか台所の天井が煙でボワッーと白くなっていた。いや、家中にけむりが充満している。全く、大鋸屑は扱いにくい。姉の方の風呂は順調にいっているのか、いや、そっちの方も煙がすごいが……。でも、やっぱり姉は2つ年上だけあって、燃やし方は上手だった。

と、そこに、母が寝間着姿で現れた。「お前ら、何をやっとるのかっ。火事でも出すつもりかっ。こんなに家中煙だらけにしてっ。もういい。もういいから、出てけっ」。母の、怒り狂う顔までが、煙で白く霞んでいる。私たちは茫然と、母の姿を見上げた。

とうとう私たちは家から閉め出されてしまった。外は寒かった。着の身着のままで追い出されたので、寒さがひとしおこたえた。しかし納屋は暗くて怖いから、中へ入りたくない。そこで家の周りの、風のあまり当たらない場所を探すと、表の事務室の脇の、出窓の下に行き着いた。そこは川からの風が遮られていて、2人で身体を寄せ合うと少しばかり暖が取れる場所だった。寒い時は暖かいことを思い出すに限る、と思った。

……ああ、この夏は暑かったけど楽しかったな。吉井川で父の背中に乗って泳いだこと、家の周りに植えたサトウキビを収穫した時のこと、齧った茎が甘かったこと。ふと、姉が母のためにスーパー「リッコウ」で揺り椅子を買い、家まで運んだことも思い出した。あの時、母のお腹は西瓜のように大きかった。今は……姉の背中がほんのり暖かい。

思わず、睡魔が襲ってきて目を閉じてしまいそうになる。すると、「ねむっちゃいけんよ、ねむったらこごえしんでしまうよ」、と姉が背中を揺すって、妹の私を起こすのだった。

巡回から帰った父が、私たちを捜しに来た。こわごわ家の中に入ると、白い煙はまだ天井あたりに残っていた。かまどの火は消えていたが、余熱で御飯は炊き上がっている。父が電気コンロで竹輪を煮て、それが今夜のおかずとなった。それにしても、家の中は外より暖かだった。その暖かい家の中で、温かい御飯を食べることが出来る。私にはそれだけで、充分嬉しかった。母はその晩は起きてこなかった。

子ども時代の思い出の中で、一番暗かったのは、この年の1月から3月にかけてだろう。家の中で母が寝ているという状況は、例えていえば太陽が雲間か岩戸に隠れてしまったようなものである。父は外回りの巡回を早めに切り上げ、なるべく家に居て家事をこなすようにしてくれた。また春先になると出る「南方病」も再発したので、栄養補給のために牛乳を2本取り始めたのもこの時期のことだった。私たち子どもは母の産後の肥立ちが早く良くなってほしいと願い、神妙に学校に通っていた。

4月に入り新学期が始まって、姉は小学4年、私は2年に進級した。ところが、数日通っただけで、父の転勤が決まった。学級編成も終わって、親しい友達と同じクラスになったと喜んだのもつかの間、また引っ越しとなった。

7

轢死体を見て震え上がる（神目《こうめ》駐在所）

岡山県警察　加美警察署

住所　岡山県久米郡久米南町神目

時期　昭和32（1957）年4月〜昭和32（1957）年11月

家族　清（39歳）秋野（36歳）京子（9歳）婦美（7歳）……年齢は移動時

産後の肥立ちの悪かった母がやっと立ち直ったのは新学期が始まった4月の頃だった。警察関係の春期異動が終わった頃、遅ればせながら我が家でも慌ただしい引っ越しが行われる。

今度の勤務先は、神目駐在所。「神の目」と書いて「こうめ」と読む。引っ越し前後の記憶はない。建物の側に古い枇杷の木があった。しかし果実は不味くて食えない、というのが前任者からの申し渡しだった（その通り、硬くて不味かった）。

新しい学校で私は小学2年に、姉は小学4年に編入となった。新学期が始まってからノコノコと転校生として学校にやって来るのはきまり悪いものである。これは経験した者でないと解らないだろう。遅れてやってきた者は格好の晒し者となった。それでも、何とかその場をしのがねばならない。好奇心に満ちた児童に対抗するには、堂々と自分の名前を

⑦神目駐在所

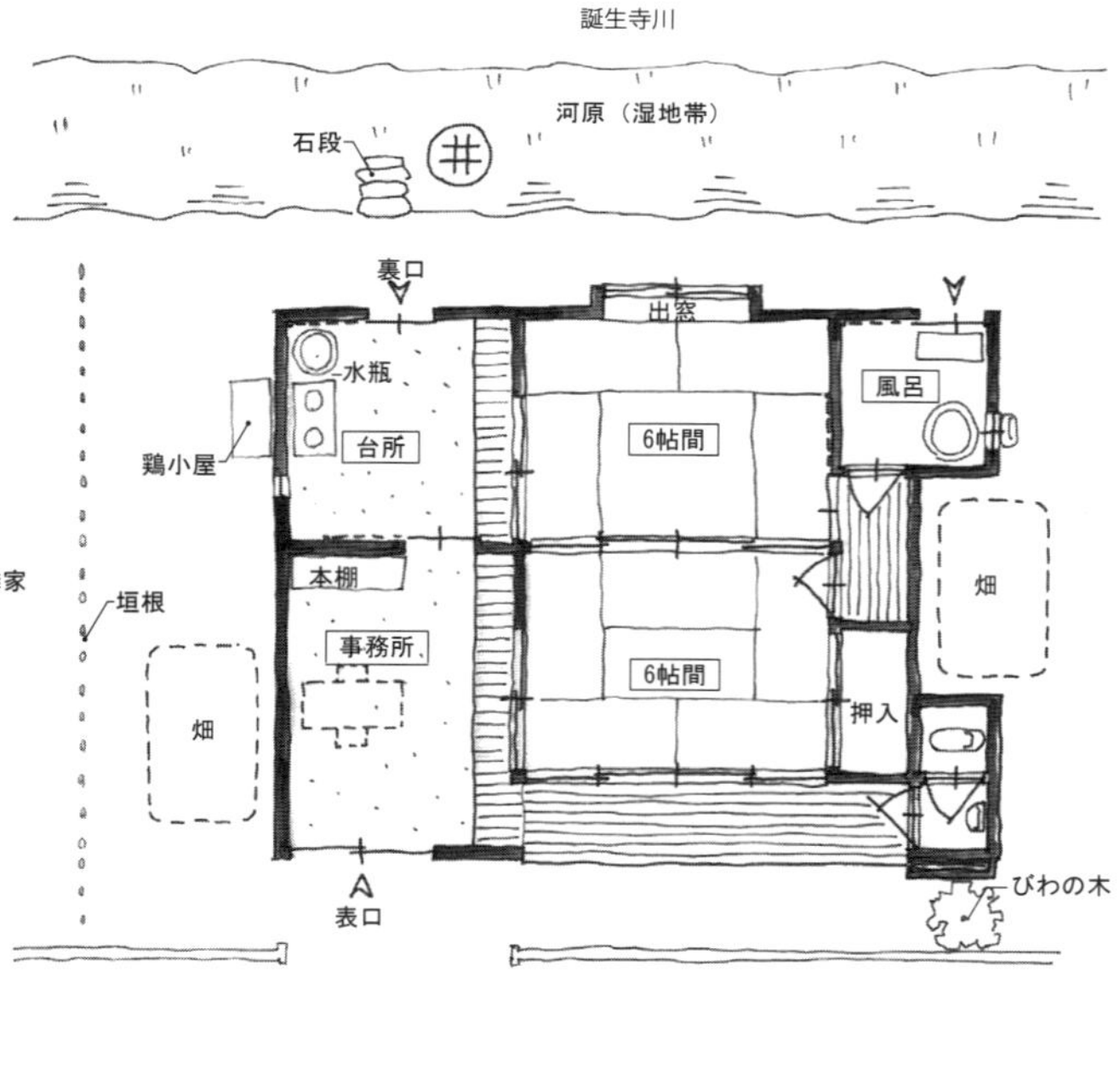

名乗るとともに、元気に「よろしくおねがいしまーす」と挨拶すること。頑張れば、何とかなるものである。

神目小学校は細い道を挟んで、我が家のすぐ前に建っていた。学校のそばは国鉄津山線が走っている。校庭で遊んでいると、列車の窓から乗客が手を振ることもある。校舎は木造の2階建て、全校児童２００人ほどの小さな田舎の学校だった。新しい自分の教室に入る前に、校長室で転入の挨拶をした。転校生がわざわざ校長先生に挨拶をする必要はないとは思うが、父親が公務も兼ね、つまり校区の警察官としての挨拶を兼ねて、お世話になる子どもたちをお願いするという心算だったのだろう。

新学期が始まって間がないので、まだ学級委員も決まってはいなかった。私の担任教師は子どもの目から見ても、相当なご年配の女性、つまりベテランのお婆さん先生である。

さて、転校して1週間ほどして、学級委員2名を選出することになった。候補の児童を名指しするやりかたで上位２人を選ぶことになり、まずダントツで地元名士の家の女の子が決まった。次の候補は、となって、なぜだか私と男の子とが同点で決まった。すると担任は「武田さんは女だから」という理由で、私を委員から退けたのである。つまり、センセイとしては学級委員を男女1名ずつ出したかったらしい。それなら初めから、男と女を別々に選出すればよかったのだ。私はこのベテランらしからぬ、マズイやり方に抗議した。センセイは面白がって「なかなかしっかりしたお子さんだ」と家庭訪問では評したが、しっかりしてないのはアンタの方だよ、と私はむくれてしまった。駐在所の子はどうせすぐ転校してしまうのだから、という学校側の思惑まで感じられて、面白くなかった。父と母は、こんな子どもっぽい私の批判精神を面白がっていたが。

神目駐在所には水道がなかった。台所の勝手口に続く裏庭はすぐそばを誕生寺川の河原が広がっており、井戸は庭から降りて5、6段下がったところにあった。自然のゴロ石で組んだ階段を上り下りして、炊事用と風呂用の水を汲み上げなければならない。この水汲みは子どもたちに与えられた仕事になった。台所にある大きな備前焼の甕に水をたっぷり満たすこと。これは日課として学校から帰ったら必ずやっておかなければならない。

風呂の水も毎日となると大変だった。井戸は深かった。一旦釣瓶を落とすと、ゆらゆらと暗い水底から木桶が重そうに上がってきた。慣れないうちは引き綱が手に痛かった。桶の水をバケツに満たし、石の階段を登って、風呂場まで運びこむ。それから、風呂の焚きつけが始まった。薪を燃やすことにはだいぶ慣れてきていたが、毎日となると大変な仕事である。

しかし、苦労して焚いた風呂に入る楽しみはまた格別だった。「おう、いい湯じゃが、痛いのお、沁みる沁みる」。本署で剣道の練習があった日、竹刀で打たれた腕が痛いのだろうか、顔を顰めながら湯船に浸かっている父の姿を見ると、子ども心にも嬉しかったものだ。ちなみにこの古い家では風呂場に電灯がないので、窓に百目蝋燭を灯して入浴していた。ろうそくの灯が揺れる風呂場の、窓の外の川風が気持ちよかった。

雨が降ると、裏の河川敷はたちまち水が溢れて、井戸の辺りまで水浸しになってしまう。石段は雨に濡れ、足が滑って危なかった。しかし毎日の飲み水を確保するためと、新しい水に入れ換えなければ甕にボウフラが涌くために、雨の日でも傘を差して水汲みをしなければならない。それでも不思議なことに私たち姉妹はさして不平不満もなく、与えられた任務を真面目にやっていた。

大雨が降り続くと、裏の誕生寺川にはいろいろな物が流れてきた。卒塔婆が水草に引っ掛かっていたり、木箱の中に生きた子猫が何匹か入っていたり、それがゆっくりと渦巻きながら川下の方へと流れて行くのを見た。この川面を眺めていると、時の経つのも忘れた。流れる浮き草は私たち家族の姿に似ていた。次の行く先も知らず、ただ流れに身をまかせてさまよう駐在所生活。子ども心にも感じるところがあったのだろうか、私は今もあのゴミの流れる誕生寺川を思い出すことがある。

産後の肥立ちが悪く、いつも頭痛に悩まされていた母も、この駐在所に来て、少しずつ回復していった。坪和の駐在所で親しくしていた黒田の小母ちゃんが、わざわざ立ち寄ってくれたのはそんな時である。私が生まれた時、お産に立ち会ったという人で、もっとも私の場合、産婆さんが来る前に産まれてしまったのだが。黒田の小母ちゃんは死産だった赤ん坊の写真を眺めながら、ハンケチで目頭を拭いていた。病院に入院させて出産すればよかった、と父は後悔しているらしい。そして私は私で……弟なんて生まれなければいい、などと呪っていたことを……。母はそのことを別に責めはしなかったけれど、いやそれだからなおさら心が痛かった。しかし、あの暗い冬をなんとか乗り切った後に、新天地に移ったことはよかったのかもしれない。我が家には新しい平穏が生まれていた。

遠くに遊びにいった帰り道、スクーターに乗った男の人に呼び止められた。見ると、隣家の小父さんである。小父さんは私を後ろに乗せて、穴ぼこだらけの田舎道を帰った。後でこの小父さんは片方の足が義足なんだと知った。

ある日、隣家に貰い湯をしに行った時、ちょうど風呂から上がったばかりの小父さんが、おう来たか、と言ったので、何の気もなく見ると、彼の足が……茶色の義足が地面に転がっていた。

小父さんが片足なのは戦争で負傷したためで、彼は所謂〝傷痍軍人〟なのだそうだ。どういう仕事に従事しているのか知らないが、小母さんの方は小さい雑貨屋を営んでいた。店先には木箱の上に野菜や果物がすこしばかり並んでいた。店の奥のガラスケースにはパンやお菓子、それに文房具や日常品が置いてあった。小学校が道路を挟んで目の前にあるので、それなりに商売は成り立っていたのだろう。だが、お客は少なかったと思う。

ある日、店で売れ残ったアンパンを5個も貰ったことがある。けれども、受け取った母が水屋に仕舞ったまま忘れてしまい、翌朝になって慌てて取り出してみたところ、既にアンコが腐ってしまっていた。防腐剤など一切入っていない時代のことである。残念だったが、人間はもう食べることが出来ない。不承不承、鶏に投げ与えると喜んで食べていた。貰った時すぐに食べとけばよかったものを、惜しいことをしてしまった。などと、食い物の恨みは恐ろしいもので、今でも忌々しく思っているのである。

ところで、鶏の話が出たついでに、ここらで「鶏と駐在所」の関係について言及しておこう。まず田舎の駐在所にとって、「ニワトリ」はいなければ生活に支障をきたすほど、必要不可欠な物であった。毎日1、2個生み落とされる卵は貴重な蛋白源として、また本体は「かしわ（鶏肉の俗称）」としてカレーやすき焼きなどの食材に欠かせない。田舎に客人がやってくると、早速飼っている鶏をつぶして、ご馳走としてふるまわれた。

我が家では、どの駐在所に転勤になっても必ず鶏を飼った。それにまた申し合わせたように、行く先々の駐在所に鶏小屋が設置されていたのである。引っ越しの時は鶏を木箱に押し込んで、一般の荷物と同じようにトラックに積み込んだ。そして次の任地まで運ばれた鶏は、新しい土地でせっせと卵を生み、そのうち卵を産まなくなった鶏から、つぶされて食肉となる。文字通り、「生きている家財道具」なのであった。

鶏の世話はもちろん子どもたちの仕事である。学校から帰ると、まず鶏のエサを作る。いや、その前に鶏たちを外に出して小屋の掃除をする。小屋の床はこびり付いた糞や羽根が散乱しているので、それをスコップで掻きだし、箒できれいに掃いておく。鶏の糞は農作物の肥料になるので、これも貴重だった。

しかし鶏どもはガキだからと私たちを馬鹿にして、小屋から出されたとたんに、「ケェッ、ケッケッケ」と鋭い嘴を向けて威嚇してくる。私はやつらが大嫌いだった。しかし、やつらが産み落とす卵は大好きだった。そのために、米糠に青野菜を混ぜた極上のエサを作って与えていたのである。

こうした家庭でのお手伝いは小学校の「いきもの係」でも存分に発揮されることになる。兎、亀、二十日鼠、十姉妹、鳩など、私の小学校時代はこれらの小動物と共に成長したといってもいいだろう。

この神目での生活は夏休みを挟んで半年あまりという短期間だったために、これといった思い出はない。しかしその短い中で強烈に記憶しているのはやはり列車に轢かれた死体を見たことだろう。

時期はいつだったか、たしか夏休みに入る前だったと思う。日曜日のラジオがちょうど正午の時報を告げた頃だった。昼飯を食べていると、小学校の校庭で野球をしていた男の子たち数人が、息せききって駐在所に走り込んで来た。「警察署のおまわりさんっ、人が、人が、列車にはねられたっ」。母はすぐに警察電話で本署に知らせる。そこへ父が巡回から戻ってきた。食事はもちろん中断である。私と姉は好奇心に駆られ、食器の後片付けは後回しにして、現場を見に行くことにした。

近くの神目駅に走って行くと、場所はすぐ分かった。駅舎のそばの踏み切りに人だかりがしていたからだ。見物人の隙間から覗くと、線路の上に、かつては人間だった肉の一部分がバラバラに壊れて散らばっていた。切断された頭が、ゴロンと枕木に乗っかっている。耳らしき部位の穴から明かりが射していて、鮮やかな血色の光が見えた。とブリキのバケツと炭ばさみを持って、向こうから駅員らしい若い男性がけだるそうにやってきた。散らばった臓物を拾い集めるためらしい。それを見た私は駅のお兄さんの仕事も大変なんだな、と子ども心にも同情したのだった。

　午後を過ぎた頃から雨が降りだした。駐在所には応援の警官が来るかと思ったが、意外にだれも来なかった。父は現場に行っているらしく、夕方まで帰ってこなかった。私たち姉妹は死体を見たのが原因で、食欲をすっかり無くしてしまった。食器を洗うのもなんだか穢れるような気がして、気持ちが悪かった。……その列車に飛び込んだのはお年寄りで、病気を苦にしての自殺だという。次の日は、駅の向かい側の道路脇にテントを張り、岡山大学からやってきた医学部教授の陣頭指揮のもと、バラバラになった遺体を縫い合わす作業が行われた。父はその様子を見学したらしく、「やっぱり岡大の医学部は優秀じゃのう」と、口の端を緩めてニタッと笑っていた。遺体はきれいにつながったらしい。あんなにばらばらに散らばった肉片がまた元の人体に戻る。やはりプロの仕事はすごいと思った。


　夏休みに入ると駐在所裏の誕生寺川が、植物採集や昆虫の生態観察などの宝庫となった。田んぼに流れ込む水路でアメリカザニガニを大量に採取したのもこの川の畔だった。隣家の小父さんの息子である中学生が「このカニは食えるぞ」というのだが、茹でる前からすでに鮮やかな朱色の殻が恐ろしかった。

　また、河原の草叢の中に朽ちかけた神社が建っていた。夏祭りというので、社の庇に真新しい提灯が掛った。そのうちに田舎廻りの芝居の一行が興業をするというので、あっという間に安普請の小屋が出来上がった。柵原でみたストリップ小屋と同じようなものである。

　鬱蒼とした夏草の茂る境内には、小汚い屋台の店が5、6台も並んだ。私は姉とお揃いの夏服を着て、早速お祭りに出掛けた。こんな時に、駐在所は座敷の中まで開け放たれ、夏祭りの本部になった。喧嘩、迷子、スリ、痴漢、落とし物などなど、事務室は人の出入りで賑やかだ。私はこの祭りで初めて聖書の伝道用小冊子を貰った。「マタイ伝」「ルカ書」など数冊。不思議な書だった。それに「養命酒」の試飲でお酒を嘗めたのもこの時だった。芝居小屋は3日間の興業だったが、毎夜おおぜいの村人でごった返していた。しかし昼間、人の絶えた小屋掛けの裏では、若い男が1人、首筋に白粉を付けたまま、ぼんやりと煙草を燻らしていた。昨夜の舞台で大見得を切っていた赤城山の忠太郎その人だった。

夏休みが終わって、2学期が始まる頃、また転勤の話が持ち上がった。荷物もまだ完全に開けてないのに、もう次の駐在所に移動する。引っ越しの準備が始まった。

8

旭川ダムに沈んだ町、その復活再生の歩みとともに（西川《にしがわ》駐在所）

岡山県警察　加美警察署

住所　岡山県久米郡旭町《あさひちょう》西川《にしがわ》853番地

時期　昭和32（1957）年11月～昭和37（1962）年3月

家族　清（39歳）秋野（36歳）京子（10歳）婦美（8歳）……年齢は移動時

山沿いの曲がりくねった道路が急に開けてきた。警察車両であるジープの窓から、旭川ダムの湖畔に町並みが美しく映っている。「西川《にしがわ》橋」と書かれた石橋を渡ると、三叉路に突き当たった。このあたりが西川の町の中心街らしい。ジープは右折した。小さな町であるらしく、家並みはすぐに疎らになってくる。しばらく走ると町の外れに農家の庭先や材木置き場が見え、そばに鉄塔の立つ2階建ての家の横に車は停まった。「岡山県警加美警察署西川巡査駐在所」と看板が掛かっている。

⑧西川駐在所

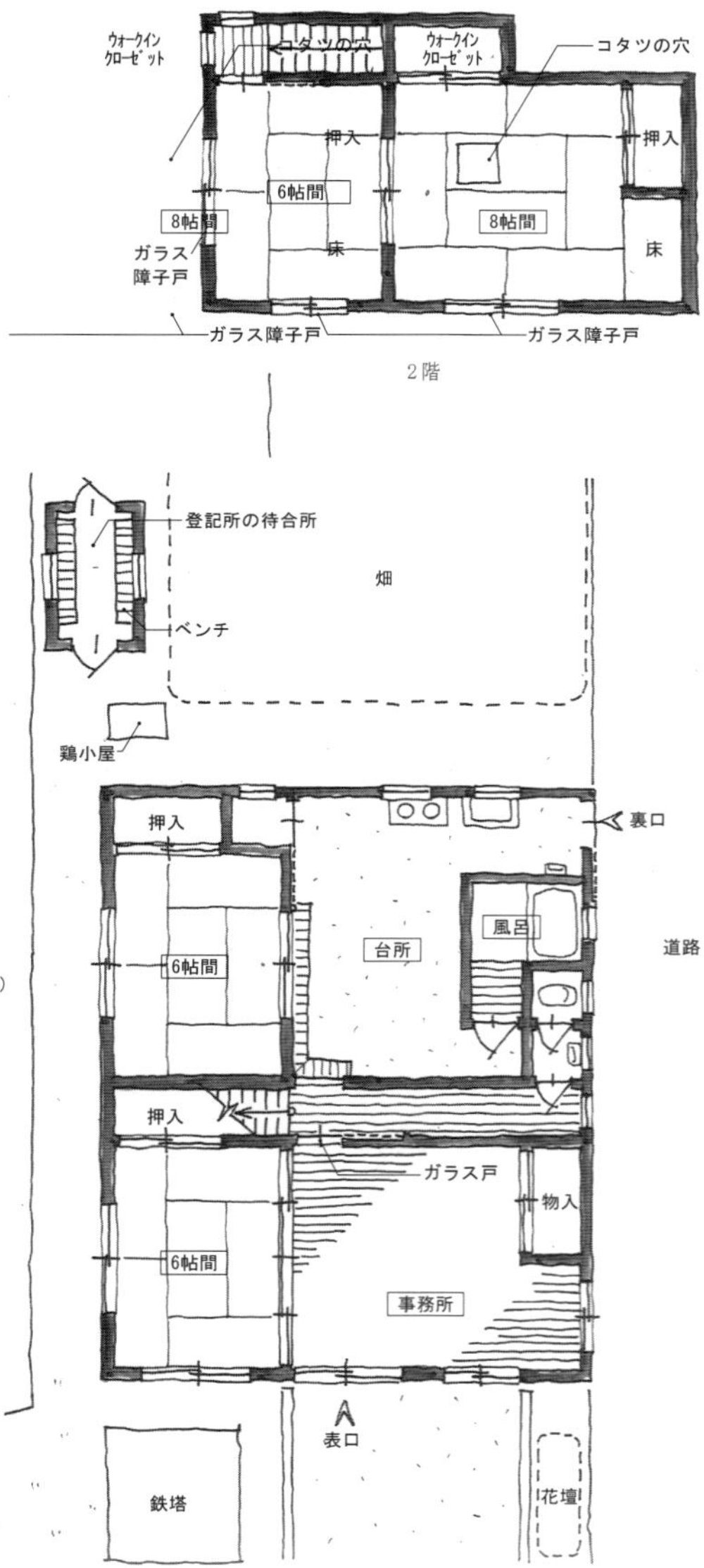

「これが駐在所ですなあ」。材木置き場の空地から降りて、運転手の谷さんが振り返った。我が家がジープに乗って引っ越しするのはこれが最初で最後のことだった。ただし、ジープの乗り心地は必ずしも良好でない。なにしろ当時、道路事情がとても悪かったからだ。

西川巡査駐在所。父の新しい職場であり、また私たち家族の居住区にもなる、その建物は2階建てで板壁が薄いペパーミントに塗装されていた。昭和29年に旭川ダムに沈んだ西川の町を再建した時、同じこの場所に建て替えたという。しかしわずか数年しか経っていないにもかかわらず、ペンキは色褪せ所々は剥げ落ちて、一見したところ安普請という感じだった。それでも前任地の神目に比べると、格段に立派な駐在所である。南向きの玄関脇には一群のコスモスが咲き乱れていた。秋の陽光が鉄塔に撥ね返って眩しい。

表の事務所は板敷きの広々とした空間に、6畳和室が付いていて、ここも事務室として取り調べをしたり調書を書いたりする部屋になる。この表に対して、奥のプライベート空間は便所、風呂場、台所、そして6畳ほどの居間。これまで五回の家移りのうち、初めてとなる2階の間取りは、直線の階段を上ったすぐ西向きに6畳間、奥に8畳間が続く。西側のガラス窓から見下ろすと、空き地に停めたジープのそばで谷さんが若い女性（西川に住む婚約者らしい）と何か話をしているのが見えた。

運転手の谷さんは父の打穴駐在所時代に村の青年団の柔道クラブに属していたことがあり、警察署の職員に採用されたのだという。そして彼は来春にも許嫁と結婚式を挙げるそうだった。この話はいつだったか、夕飯の時に父が話していた。二人はいま流行《はやり》の、といっても田舎ではまだ珍しい「じゆうれんあい」なのだという。つまり見合いなんかしないで、自由に恋愛し、結婚相手を見つけることだった。新しい結婚形態であるらしい。

谷さんと許嫁の女性との語らいは続いているが、荷物を載せたトラックはまだ到着してない。お昼が近いらしく、腹も減ってきた。階下に降りていくと、ミカン箱に板を渡しただけという急拵えのテーブルの上には炊き出しのおむすび、漬物、味噌汁が並んでいた。ご近所の奥さんたちが、そろいの白い割烹着を着て、母となにやら挨拶を交わしている。もちろん大人の話に付きもののお追従もさかんに飛び交っていた。

引っ越し当夜の感傷をこの西川ではじめて味わうことになる。引っ越しのために手伝いにきてくれた警察の人、ご近所の人、その他の地域の人々が帰った後、やっと家族4人に戻った時だった。

とりあえず二階の奥の8畳間に布団を敷いて寝る場所とする。今夜の風呂はなし。階下の歓迎会場の後始末も明日にまわす。……この部屋には二叉ソケットの電球が天井からぶら下がっていた。電気を消すと、急に川の水音が聞こえてきた。ガラス窓から差し込む月の光を見ながら、私はいつまでも眠れなかった。家族はすぐに軽い寝息を立てていたようだが……。

昨日の残り御飯にお茶をかけて朝ご飯を食っていると、制服を着ながら父が「どうせ授業は2時間目ぐらいからじゃから、ゆっくりよくかんで食べとけ」と言う。ところが母はその反対に子どもたちを急き立てた。「いいや、何事も一番初めが肝心でしょうがな。できるだけ遅れんようにしないと」。どちらにしても、私は学校に行きたくなかった。

新しい学校に向かう時の緊張感はなかなか慣れないものである。姉はというと、打穴、柵原、神目、そして今度の西川と、転校は4度目。慣れているのかどうかわからないが、さすがに私よりは落ち着いたものだ。父のあとを澄ました顔でついていく。

正式な玄関は来賓客や教職員の出入りする場所であるが、児童の身にとっては転校初日だけは特別に許される、いわば特権行為だ。父に倣って私たちは玄関先で来賓用のスリッパに履き替えると、校長室へ招かれた。校長室は学校長という、学校で一番偉い人が居る特別な部屋で、学校の顔とも言うべき場所である。壁際には額に入った歴代校長の写真がずらりと並んで、来客を見下ろしていた。色々な顔立ちの男性だが、共通するのはみんな年配者だということである。その一人ひとりの顔をじっくり吟味していると、校長先生が入ってきた。あ、この人もいずれ歴代の写真の中に収まる人なのだなあと思うと、妙な緊張感が戻ってきた。

「担任の先生がただ今、授業中ですのでなあ」

校長は父にソファを勧め、自分は校長用の大きなデスクの前に座った。

「2年生と4年生のごきょうだいですか、そうですか」

私たちを眼鏡越しに眺め、「それにしては少し小柄ですな」と、父の方に顔を向けた。

「お父さんは大きくて立派な体格でいらっしゃるのに、いや、警察にお勤めですから当然ですがねえ」、などと詰まらないことをしゃべっている。

「いやあ、女房が小さい方でしてな、子どもらは母親の方に似たんでしょうな」父はそつなく応じる。校長は白髪頭を掻いた。

「そうですか。それはどうも、いやどうも。ほう、お姉ちゃんの方はずい分と転校してますな、前の神目小学校は半年？　か。いや、夏休みを挟んで7か月か。クルクルと環境が変わるのは大変ですな」

父は鷹揚に頷く。「それもそうですが、学校が変わる度に教科書がまるきり違ってきますからな、それを全部買い替える方が大変ですなあ」

昭和30年代当時は義務教育でも教科書は全額実費で購わねばならなかった。それに、どういうわけか田舎の学校はそれぞれに使用する教科書が違っていた。我が家の経済事情からいうと、教科書代はやはり大変だっただろう。もちろん、そのクルクル変わる教科書を使う当人はもっと大変である。姉はどう思っているか知らないが。

「ところで、武田さんは戦地に行かれた経験は……」と校長は大人たちのよくやる話題を振ってきた。「わたしはね、岡山の師範を出た時、たった5か月だけですが、軍隊生活を経験させられましたがな、いやもう、大変な毎日でした。それでほうほうの体で戻り、とにかくこーんな山奥の小学校の訓導でもええちゅうことで赴任してきて、ずっと戦時下をやり過ごし、まあなんとか終戦の日を迎えることが出来ましてな」。話を聞きながら、父は、ほう、そりゃ大変でしたな、などと頷き、出されたお茶を悠然と飲んでいる。私ものどが渇いたので、茶碗に手を出した。

校長の長い教員生活の話やら父の戦争話やらがとりとめもなく続き、居心地のいいソファに座っていつまでもぼんやりしていたかったのだが、物事には必ず終わりがやってくる。

キーンコン、カーンコン、終業の時報が鳴った。学校ごとに、その鐘の音は微妙に異なっている。静かだった学校がにわかに騒がしくなるのはどこの学校も同じではあるのだが。児童たちが廊下を渡ってくる、その微かな風圧に窓ガラスがぴりぴりと鳴った。と、校長室の窓から顔が覗いた。「わぁ、テンコウセイじゃ」という声。

校長室に先生が2人入ってきた。若い男性と、その横には今で言うところの熟女、というのだろうが年齢不詳の女性が立っている。廊下側の窓には盛り沢山の顔や顔、傍に校長先生の顔、そして警察官の制服に身を包んだ父の顔。……私たちは家で躾けられた通り、丁寧に頭を下げた。

「どうぞ、よろしく、おねがい、しまーす」

私たちはそれぞれの教師に連れられて、次の職員室に入った。姉の方はカッコいい男の先生（片岡ススム。私たちは〝スッちゃん〟と呼ぶことになる）が受け持ちである。オトコ好きな私は京ちゃんはええなあ、と内心やっかんでいると、「こちらにおいでなさい」と熟女の先生に呼ばれた。

「これがあなたの使う教科書です」。みると、小学2年生用の本がきちんと机上に並んでいた。「また要る物があったら、その時に言います。さて、これ全部ランドセルに入りますか」。はい、と私はカバンに詰め始めた。しかし、文房具を取り分けても、全部は無理だった。

「よろしい。わたくしの風呂敷を貸してさしあげます。入り切れなかった本はそれに包んでお帰りなさい。全部持つことができますか」

石田照代先生といった。声が美しく、はっきりと発音をする人である。それで私はいっぺんに石田先生のことが好きになった。ただし先生はすごい厚化粧で、お化粧臭かった。貸してもらった風呂敷もかすかにお化粧の匂いがした。

「これから教室に行きますが、疲れているのなら授業は午前中だけで、後は帰ってよろしい」。先生は玄関を出て、その先に続く渡り廊下を歩き始めた。

校舎は二棟に分かれていて、これから向かっていくのは、裏山を切り崩して建てられた、細長い2階建ての木造校舎の棟だった。南側が全面ガラス窓になっていて、晩秋の明るい日差しを受けて、校舎が白い宝石箱のように輝いて見える。

2年生の教室は一階で、手洗い場や便所に近い場所だった。歩きながら石田先生は説明した。「今はどの学年も1クラスですが、来年は2つのクラスに分かれる予定です。教室が狭くて、ゆとりがありません」。

姉と私の学年は昭和22年生と24年生のいわゆる団塊の世代、つまり戦後もっとも人口が多い世代なのだ。

ガラッと教室の戸を開けて、先生は私を招き入れた。確かに後ろの黒板の所までいっぱいに子どもたちの顔が詰め込まれていた。その顔に付いている二つの眼が一斉に私を凝視している。私は負けまいと、ぐっと見返してやった。

机はまだ用意されていなかった。それで先生用の机を拝借し、椅子も先生用を使うことになった。深く腰掛けると、借りたスリッパが床に着かない。デスクの上には先生お気に入りのグッズが所狭しと並べられていた。北海道土産の熊の木彫り、博多人形、レースの花瓶敷きに丸い金魚鉢（ただし、金魚はいない）などなど。

初めての授業で一番印象に残ったのは、先生の見事な朗読だった。これはクラス全員が何か良いことをした、そのご褒美の朗読だというのだが、転校したばかりの私には詳しいことは分からない。先生の朗読が始まるやいなや、教室が一瞬にして静まり返った。

「『もう何もかも、すっかり変わってしまったんですからね』、ミンチン先生は厳しい声で続けました。『セーラ、あなたはもう乞食なんですよ。ほんとうに、貧乏人になってしまったのです』

セーラは、その痩せた、青白い顔をピクッとさせましたが、じっと立っていました。

『なんて顔をしてわたくしを睨むんだい。訳が判らないほど、お馬鹿なのかい、お前さんは』。ミンチン先生はいらいらして叫びました」

石田照代先生がミンチン先生なのか、いやミンチン先生が石田照代先生か分からなくなるほど、その声は胸に響いた。子どもたちは可哀想なセーラの運命に心を痛め、これからどんな苛酷な生活が待ち受けているかと思いやった。しかしその時、無情にも終業を知らせる鐘が鳴り始めた。朗読はまた次回を待たねばならない。

当時『世界少年少女文学全集』が続々と刊行されていて、私はこの話（『小公女』原作バーネット女史）の続きは図書室で読んだのだったが、最初に聞いた朗読ほど印象深かったものはない。その日はお弁当を持ってきていなかったので、午前中で家に帰ったのだったが、姉はそのまま片岡先生からパンを分けてもらって、午後の授業も続けたそうだ（学校給食が始まるのは2年後の昭和34年まで待たねばならない）。

我が家の洋裁用のテーブルは石田先生のお祖父さんが作ったものだと聞いた。私が生まれた栃原駐在所の近くに住んでいて、その時に和裁用の作業しやすい座卓を注文したのだという。がっしりした猫足に四個ある引き出し、反りのない上板、どれも確かな指物師の仕事ぶりである。田舎には大工さんの他に指物師がいて、村人の注文に合わせ戸棚やら机やら細々した道具類を作っていた。

旭川ダムの川沿いにある西川、その冬の寒さはこれまでの任地に比べて、想像以上だった。寝室にあてた2階8畳間は南側全面がガラスの入った障子窓になっていて、夜になると隙間から風が入ってくる。そこで、軍用毛布をカーテンがわりに吊るした。それでも障子の細い桟の間から雪まで入ってくるのである。この部屋は「前任の人はどうしていたんかしら」と母が不思議がるほど、暖房の備えがなかった。畳を上げて床板を調べてみると、普通ならば掘り炬燵用の床が切ってあるはずなのに、それがないのだ。

それならば、と母は洋裁の製図を引く要領で定規をあてて測定し、ノコギリで炬燵用の火鉢が入る穴を開けてしまった。おいおい、むちゃするなよ、この家は警察から借りているんだぞ、という父の反対を押し切ってである。2階の床と1階の天井との間は60センチほどの隙間があった。母は炬燵用火鉢を嵌めこみ、やぐらを据えて、手作りの掘り炬燵を拵えた。押し切られた父は苦い顔をしていたが、その後別に何も言わなかったのは、とにかく炬燵が入って暖かくなった以上、文句も言えなかったからだろう。

ちなみに、石田先生が下宿している津島さんちは、玄関を入ると、高い天井から炬燵の火鉢が鉄釜の底のように覗いている。初めてその天井につき出た炬燵の底を見た時はギョッとしたものだが、見慣れるとどうということはない。田舎ではよくある造りだそうだ。いわんや、その炬燵が石田先生の身体を暖めているとなればなおさらのこと、である。

冬場の寝室は私が小2（昭和32）年から小4（昭和34）年までは二階の8畳間だった。晩秋に炬燵の準備が出来上がると、ああ冬が来た、という実感が涌いた。やぐらの4か所にそれぞれの足を突っ込んで寝る。そのために敷布団は炬燵の周りにパズルのように絶妙な配置がなされた。またひと晩炬燵の暖かさが続くように、熾き炭を山盛りにした上に灰を被せておく。これで朝まで緩やかな温もりが保たれるのである。しかし、それでも旭川ダム湖畔の町の冬の寒さは半端ではなかった。

4度目の冬（昭和35年）に、とうとう母はひとりだけ階下の居間に移った。ここは狭いながらも風当たりが緩くて隙間風もなく、部屋全体が暖かだった。取り残された形の父はしばらく我慢していたが、そのうちに母の元へと去っていった。それで子どもたちも仕方なく階下に移ることになり、6畳間の狭い居間で家族全員が寝ることになってしまった。

私はこの居間兼、食事室兼、寝室という雑多な暮らしが嫌だった。まるで田舎芝居の楽屋裏そのものではないか。とは言うものの、旭川ダムの冬を過ごした4年間の寒さは半端ではなく、後に『北越雪譜』（鈴木牧之著）を読んで大いに共感するところがあった。江戸時代末期の北陸の寒さほどではないにしても、中国山地の寒さもかなりなものだったからだ。凍ったガラス窓の隅に雪片が入り込み、北側の台所の窓辺には氷柱が下がって、昼過ぎまで消えない。しかし、霜柱を踏み水たまりに張った氷を割りながら登校する風景を、今となっては懐かしく思わないでもないが。

秋田犬「いち」と出会ったのは、西川に移って1か月後の師走の頃だった。

私は犬が嫌いだった。いや、嫌いというよりは恐ろしかった。町なかで犬らしき影をみただけで、遠くからでも怖くてわざわざ道を変えて回り道をしていた。とにかく昭和30～40年代は犬が野放し状態、町中どこでもやつらは大きな顔をして往来を闊歩していたものである。ある時は、犬に追いかけられてスカートの裾を咬みちぎられたことがあった。父の痔が悪化したために1週間ほど西川診療所に入院した時のことだ。お見舞いに行った帰りの夜道で犬に出くわし、とっさに逃げ出したのが悪かったようである。犬にとっては、逃げるものを追うのは習性であり、その本能に従っただけだろうが。

いちが我が家にやって来た日のことははっきりと覚えている。その日、ウサギ当番のエサやりを終えて学校から帰った時、既にあたりは暗くなっていた。ふと鉄塔のそばに、鎖に繋がれた犬の顔を見て、ギョッとなった。最も見たくない犬がそこにいたからだ。

西川に転居してから、私は歯が痛くてもなかなか歯医者に行く勇気がなかった。町でたった1軒の歯科医院は焼き肉ホルモン屋の2階にある。外階段から上がっていくのだが、その階段の下に「猛犬注意」の犬がいて、医院を訪れる患者を威嚇していた。その犬こそ、この町一番の暴れん坊、秋田犬の「いち」というものである。いちはホルモン屋のオヤジが飼っていて、冬場の狩猟に連れていくのだという。気性が荒く、オヤジ以外の人間には懐かない。子どもたちの間では札付きのワル犬だった。

そのいちがなぜ我が家の前の鉄塔に繋がれているのか、と思うよりもさっそく吠えられた。鎖をいっぱいに引っぱり、牙を剥き出して吠える。怖かった。

父の言うには「ホルモン屋が店をたたんで、大阪に帰ることになってな。向こうの生活が落ち着くまで、駐在所で預かることにした」のだそうだ。しかし、その預かる期間がいつまでなのかは不明である。

その夜、父は犬に私たち家族を引き合せた。

「いちよ、これが新しい家族の面々じゃ。よく覚えておくようにな。この白い割烹着を着とるのがお母ちゃん、お前の御飯を作ってくれる人。それからこの小さい2人がまあ、お前の遊び相手になってくれる子どもら。毎日の散歩もお願いする」。そしていちを引き取った当人である父の役目はといえば、「わしは忙しいけん、お前たちでこいつを頼むぞ」、と言うのだった。ええっ、そんな勝手なことを、と不満顔の私たちに対して、犬のほうは了解したというように、太いしっぽを振ってみせた。

次の日には早速、いちが駐在所に引き取られたという話が町中に知れ渡っていた。というのはちょっと大げさかも知れないが、少なくとも学校中で知らない者はなかった。クラスの悪ガキ連中が「おい、おめえんちにイチがいるってほんまか」などと訊いてくるのは小気味好かった。何かとちょっかいを出しては嫌がらせする男の子たちにとって、猛犬いちの存在は少なからぬ脅威となるだろうから。それにしても、日頃から恐ろしいと思っていた、その犬を飼うことになるとは夢のようだった。そしてあれほど犬嫌い、いや犬恐怖症だった私がその日を境に大の犬好きになったのも夢のようだった。

大型犬の常として、いちは大飯喰らいだった。町でただ1軒の魚屋「森田」(この店は雑貨屋も兼ねていて、とにかく何でも品物が揃っていた)で、魚の調理をした後のあらを貰い受けることになった。バケツに入ったあらを家まで運ぶのは子どもたちの仕事である。持ち帰った大量のあらはひとまず鍋で煮ておく。それとは別に1升の麦を炊いておき、一日2回の餌の時に混ぜて与える。

しかし、いちはその1升の麦飯をすぐに食べ尽くしてしまい、母は犬の餌代に苦慮することになる。「貧乏人は麦を食え」とか言った？　池田勇人大蔵大臣（後に首相）の発言も当時は麦の値段が安かったからである。それでもいちの喰いっぷりをみたら、そうは言っておられまい。ただ、母はそのことに対しては一言も文句を言わなかった。

飯を喰った後は運動だが、猟犬の散歩はお遊びでは出来ない。まず、学校から帰った子どもたちが運動場その他の空き地で軽く走りっこする。軽くとはいえ、鎖をつけた犬と一緒に走るのだから、私たちのほうが引っぱり回されていい運動になった。

夜の散歩は巡回を早めに切り上げた父に代わることもあるが、基本的にはこれも子どもたちの仕事である。暗い夜道を散歩させていると、たまに野良犬に出会うことがあった。以前の私なら震え上がるところだが、いちがいれば大丈夫、ウウッと低く唸り声を上げてくれるだけで相手はそそくさと退散、と相成るのだった。

ある晩のこと、その時は首輪から鎖を放して勝手に散歩させていた。賢い犬なので、たまに「放し飼い」ならぬ「放し散歩」をさせていたのである。と、しばらくして、近所の人が知らせに来た。いちが遠藤さんちの猟犬と喧嘩をしているというのだ。遠藤さんというのは駐在所から5、6軒先の材木屋で、その家の隠居したおじいさんが3頭の猟犬を飼っていた。私の友達のこずえちゃんやひとみちゃんの祖父である。猟犬3頭は母犬とその息子たちで、いずれも血統書付の外国犬（犬種は忘れた）だった。いちは無謀にも遠藤家の庭先に放されていた犬たちの中に乱入した。

しかし、いかに喧嘩好きのいちでも多勢に無勢、3対1では敵わなかったようだ。彼は全身に無数の傷を負って帰ってきた。父は言った。「なんでい、いちは弱いやっちゃなあ。喧嘩に負けるとは警察犬の恥じゃ。もっと飯を喰って強うなれ」。いつからいちが警察犬になったのか初耳だったが、これは父一流の慰めの言葉だったのかもしれない。

その晩、事務所の板間の上の毛布（といっても、例の軍用毛布）に横たわったいちは一晩中、クィィーン、クィィーンと泣いていた。よほど悔しかったのか、それとも傷口が痛むのか。ただ、母の割烹着に長い鼻ズラを埋めて泣いていた様子から察するに、たぶん不甲斐ない自分が情けなかったからだろう。あんな恐ろしそうな犬でさえ、辛い時には泣くんだ、そして一番好きな人に甘えるんだ、ということが分かった。子ども心にもそんな素直ないちという犬がいとおしくなった。

それにしても、たった一晩のつもりで家の中に入れたはずが、その快適さに味をしめたいちは外の犬小屋で寝ることを拒否し、その日以降、夜は事務室の片隅で休むという既得権を得てしまった。

昼間は鉄塔下の犬小屋から道行く人々を監視し、不審者には容赦なく吠えたてる。私の楽しみは学校から帰ると犬小屋に入って遊ぶことだった。いちの毛は黒っぽく、「忠犬ハチ公」にシェパードが混じっているような精悍な顔をしていた。図体がデカイので、背中にまたがることも出来た。いちは私を乗せて、鎖の長さの許す範囲でぐるっと回ってくれた。

自家製のおやつを作って失敗した時は、彼に食べてもらった。彼は「おいしいですよ」と言わんばかりに、焦げたホットケーキ（流し焼き、と言っていた）をあっという間に平らげたものだ。

いちと暮らしたのは半年か1年くらいだったか、私の感覚ではそう思っていたのだが、本当のところはもっと短かったようで、せいぜい1か月あまりのことだったらしい。というのは年が明けて早々に、大阪に居を移したホルモン屋のオヤジがいちを迎えにやってきたからだ。

それは今にも雪が降りそうな寒い日のことだった。学校から帰ると、事務所のほうは来客中らしかった。それで勝手口にまわると、母が「いちが……」とだけ言った。が、私にはすぐ分かった。父と話しているお客というのが、あのホルモン屋のおっちゃんだということを。

いつか今日という日がくることを覚悟していた。しかし日々の楽しさの中で、もういちを迎えにくることはないのではないか、ホルモン屋はいちのことなど忘れているに違いないと、自分に言い聞かせていた。だが、現実に、こうしてホルモン屋がいちを引き取りに来たとなると……、元の飼い主に犬を渡さねばならないのか。いや、いやだ。どうしてもいちを渡したくない。いちはもう私たちのものだった。

ほどなく姉も帰って来た。２人で相談していちを何処かへ隠すことにした。隠すといっても、さあどこかへというわけにもいかない。なにしろいちはデカイ犬である。それに今から遠くに連れ出すことは時間的に無理だった。母から「裏の待合所はどうか」と提案があった。我が家で使用させてもらっている裏の畑の一角に、登記所の待合室が建っていた。１坪ほどの東屋風の小屋だが、今は誰も立ち寄らないほどのボロ小屋になっていた。当面はそこにいちを隠しておいて、ホルモン屋のおっちゃんがいちのことを諦めるのを待つという作戦である。

鉄塔の下のいちは元の飼い主が迎えに来たことを知っているはずだった。彼はいつになくソワソワして、私たちの顔を見た。なにか言いたそうな表情だったが、私たちの後に従っておとなしく待合室に入っていった。小屋の中は荒れ放題、蜘蛛の巣が張っていて、窓ガラスの割れ目からは冷たい風が吹き込んでくる。それでもいちを取られるよりはましだ、と私たちはいちを囲んでじっと時が過ぎるのを待った。

……あの時のいちの顔を半世紀以上経った今でも忘れることができない。どうせ無駄な抵抗だと分かっていても、そうせずにはいられなかったのだ。いちと抱き合って、寒さを忍んで、時を待つしか。……

やがて父がやって来て、そろそろホルモン屋さんが大阪に出発せにゃいけん時刻じゃからいちを放してやれ、と言った時、私たちはこの状況をどうすることも出来ず、ただただ泣いた。

いちは迎えのトラックの荷台に括りつけられて、大阪へと去っていった。彼は窮屈そうに繋がれた首輪をまわして顔をこちらに向け、じっと私たちを見詰めていた。一声も吠えなかった。

吠えたのは母の方だった。いままで大飯喰らいのいちがどんなに大飯を喰らっても文句一つ言わなかった母が父に喰ってかかった。

「アンタって人は、初めからこうなると分かっていたはずなのに、ええ加減な気持ちで安請け合いするから、子どもらに辛い思いをさせることになったんよ。考えなしのアンタのおかげで、犠牲になるのはいつもうちら家族なんだからね」

その言葉に、父は一言も反論出来なかった。

ちなみに、いちという名前は漢字で書くと「一」ではなく「市」の方だそうだ。勝新太郎の座頭「市」のようで渋いなあと思う。また、いちは純粋な秋田犬ではなく雑種だったとか。それでもホルモン屋のオヤジの愛犬であることに変わりはない。もちろん私たちにとっても。

いちのことと前後した頃だったと思う。ある旅の芸人一座が町にやってきた。この劇団は県北の村々を定期的に巡回しているらしく、つい今年の春先も西川へやってきたという。田舎廻りの芸人の子どもたちは特定の学校を持たない。転校生といえば、まずは警察の駐在所、中国電力の営業所、林野庁管轄の営林署、そして法務局の登記所の子どもたちが挙げられる。その他に村から村へ、町から町へと巡回する芸能を生業とする子どもたちの存在もあった。私はこれまでも越後獅子の兄妹を見たことがある。彼らは家族ぐるみで仕事をしながら、その土地の学校を転々と移っていた。

みどりちゃん。彼女は9歳の女の子であるが、すでに一座の座長を務めていた。この劇団は旅廻り一座の常として親族だけで構成されているのだが、子どもが座長になるのは珍しかった。「みどりちゃんがまた帰ってくる！」このニュースは子どもたちの間ではまたたく間に話題となった。彼女はたいへんな人気者らしい。それにしても、なぜ小学生なのにみどりちゃんが座長になっているのか、私には不思議だった。

彼女とその家族の一座が町にやって来た日、私も他の友達と一緒になって、芝居の舞台となる講堂の準備を手伝った。緞帳の開閉具合の調整、座席となるムシロを敷き詰める作業、楽屋裏の掃除など、やることは結構あった。これらはみどりちゃんの友達であるなら当然の奉仕活動であり、彼女の方も当たり前の顔で、それを受け入れて恥じるところはない。

私は同じ転校生のよしみで、なんとなく好感を抱いて彼女にすり寄ってみたのだが、……小学2年生にして既に一家を背負っているみどりちゃんにとって、そんな同類相憐れむ感傷など、毛ほどもない。ふん、たかが巡査の子風情がどうしたんか、とばかりに軽くあしらわれてしまった。

3日間だけ西川小学校2年の石田学級に転入、という手続きを済ませたみどりちゃんは、さっそく私たちと授業を受けた。途切れ勝ちに勉強しているせいか、まだ漢字も計算も覚束ないらしい。しかしそれでも学校では神妙に勉強していた。みどりちゃん一家の居住場所といえば、講堂の裏の楽屋一間のはずで、勉強する空間などなかった。彼女は厳しい環境に対して精いっぱいの努力をしている、その姿勢はとかく甘っちょろい考えの私の想念を吹き飛ばして余りあった。

一体、この劇団の興行はどこが主催していたのだろうか。当時の娯楽の乏しかった田舎では特定の劇場はなかった。それでも学校付属の講堂では毎週のように映画や芝居が掛かっていた。そのほとんどが無料で、つまり市町村その他が主催なのだが、たまにチケットが必要なものもある。それにしても当日の夕方になると、校庭隅に設置されているスピーカーから、大音響の演歌などが聞こえてきて、子どもたちはそわそわと浮き足だっていたものだ。

夜の娯楽興行には防犯上、警察官の立ち合いが多かった。タダで色々な面白いものを見られるのだからと、私は父のことを羨ましく思っていた。しかし父に言わせると、「仕事に面白いも面白くないもない。ただ責任というものがあるだけじゃ」ということになる。

どういうわけか、今回は「みどり劇団」を観劇する幸運にめぐり会った。我が家もチケットが手に入ったのである。その日、早目に夕食を済ませて講堂に行くと、既に前方の席は人々がいっぱい場所を取っていて、わずかに照明器機のコードのからまっているややこしい場所に座席を確保することができた。ここからは舞台の緞帳がやっと見えるほどに遠い。しかし座る場所があるだけでも、良しとしなければならない。

いよいよ、待ちに待った幕が開いた。舞台は眩いばかりの明るさである。とその中央にみどりちゃんがスポットライトを浴びて立っていた。昼間の彼女とは別人ようなのみどりちゃんである。真っ白に化粧した彼女は華やかな光の中で、艶然と微笑んでいた。まるで博多人形のようだ。会場からは惜しげもなく盛大な拍手が涌いた。

「いよっ、みどりちゃん、大統領」「きゃあっみどりちゃん、みそらひばりの再来っ」そんな声援に、会場内がどっと盛り上がる。対してみどりちゃんは全く動じる様子がない。それにしてもたいした舞台度胸だった。ただ、彼女の舞踊がどれほどのものだったか、私にはよくわからない。当時は子どものお稽古事の一つとして、日本舞踊が流行っていた。田舎廻りの劇団が正式な舞踊の作法からみてどうなのだろうか。

いや、これは大衆演劇なのだから、ただの娯楽として楽しめばそれでいいのだ、という意見もある。彼女は舞台狭しとばかりに踊り回った。おひねりの飛礫が舞台めがけてバラバラと投げ入れられる。動く人形仕掛けのような踊り、それだけでいやが上にも観衆の興奮を煽っていた。

３日間の興行が終わり、劇団が去った後で、「旭川」旅館からある噂話が流れてきた。毎晩の芝居が終わった後で、旅館の浴場（といっても、普通の家庭用とは一回りほど大きいだけのものだが）を劇団員たちが借用したらしいのだが、その湯船の湯が真っ白に濁っていたという。顔に塗ったドーランやら化粧やらをそのまま湯船の中で落としたのだろうか、真偽のほどはわからない。しかしその噂は劇団に対する、ある種の感情を物語っているように思えた。町の人々は必ずしも「みどり劇団」に好意的ではなかったのである。

また来年の春には帰ってくるといっていた、この一座が再び西川の町に現れることはなかった。少なくとも私たち一家がこの駐在所にいた4年の間には。あのみどりちゃんはその後どうなったのか。あれから後も旅から旅へ、県北の村々を興行していたのだろうか。

昭和33年は東京タワーが完成した年である。私は小学3年生となり、引き続き石田照代先生のクラスとなった。東京タワーは岡山県の山奥ではさほど話題にはならないが、それよりは町内に有線放送が架設されたほうが重大ニュースだった。

「地理的不便の緩和、その他の措置として」（『広報あさひ』より）町の公共施設を利用しやすくするために、個人の家の加入を広く受け付けたとある。我が家つまり駐在所の電話番号は１１０番ならぬ、１０１０番となった。この有線放送の電話は交換室に電話を申し込んで相手方の番号を呼び出してもらう仕組みで、携帯電話の普及した現代では考えられないほど旧式なものである。どこに、だれが、どういう電話をかけたか、加入している全家庭に筒抜けだった。だから例えば駐在所に有線電話がかかると、町中が聞き耳をたてているのではと思うほど受話器があがったらしい。一方で、「セントウ番、セントウ番」の交換手の呼び出し声を聞くと、我が家では家族のだれかが急ぎ電話台に駆けつける、という慌ただしい日々が始まった。学校でも「昨日はセントウ番がようかかっとったなあ、何かあったんか」などと話題になる。それでも、夜は午後9時になると、「おやすみ」のテーマ音楽である「新世界」(ドボルザーク作曲)に乗って、「えー、本日の放送業務はすべて終了致しました。明朝までさようなら」と言う交換嬢の声が「A・S・H」と妙な記号で締め括られた。(今もってこのエー、エス、エイチがなんの略なのか、知らない)。この終了のチャイムが町中の良い子たちの就寝の合図になり、このミュージックとともに、歯をみがいて布団に入るという規則正しい生活の基礎となった。

3年生の新学年が始まった、ある日曜日のことだった。校庭で遊んでいると、肩に大きな機材を担いだ男が3人ほど、子どもたちの方に近づいてきた。昼前でそろそろ御飯を食べに帰ろうか、という時刻である。男の1人が話しかけてきた。

「君たち、ちょっといいかな。おじさんたちの話、聞いて欲しいんだけどな」

「なになに、なんの話?」と子どもらは集まった。男の人たちの年齢は30代かそこら、ここらの田舎のオヤジたちとはどことなく違った、洗練された大人の雰囲気が子どもたちを惹きつけ、またある種の警戒心を起こさせた。

「おじさんたちはね、岡山からきたNHKの者なんだけどさ、今度、旭町にも有線放送が出来たんだってね」子どもたちの1人が言った。「うんそうだよ、うちも申し込んで電話をつけた」。そして私を指さした。「この子んちは駐在所じゃけん、最初に電話が付いた。1010でセントウ番いう」。NHKの者だという男たちは「へえ、そうなんだ」などと適当に話を合わせながら、仲間同士、小声で打ち合わせしている。「とりあえず、このくらいの人数でいいんじゃない？」とか。

「あのさあ、お昼どきで悪いんだけど、ちょっと教室に集まってくれるかな。もちろん、校長先生にはちゃんと許可をもらっているから、大丈夫」

ボク嫌だよ、と言って帰る子もいたが、結局その場にいたほとんどの子どもたち（7、8人はいただろうか）は残ることになり、一番近い教室に入った。私たちの後を重たそうな機材類が運び込まれる。一体、これから何が始まるのだろう。子どもたちの間に大きな期待と一抹の不安がよぎる。椅子が円の形に並び替えられ、そこにみんな腰かけた。

「NHKのラジオ番組『あの町この村　声のお便り』って番組、知ってる？」おじさんの問いかけに、知らないとか知ってるとか、口々に言い合うこどもたち。

「あのね、おじさんたちはその番組の収録に来たんだよ。それでね、君たちに今日集まってもらったのはね、……」つまり、これから出すテーマにそって意見や感想をおしゃべりしてくれ、ということだった。なんだ、終礼時の学級会のようなもんか。

「いろいろ、お話を出してくれないかな。どんなことでもいいんだよ、遠慮なんかいらないからね」。というわけで、今回のテーマは「嘘について」。

うそ、だって。私たちはお互いに顔を見合わせた。そりゃ、人間として10年やそこら生きていれば、ウソの1つや2つ、ついたことはあるが……。

「さあさ、なんでもいいからさ、君たち自身のことでも、ご家族のことでも……」

番組制作のおじさんに促されて、順番に私たちは過去にあった小さなウソのお話を語り始めた。あのね、政本の雑貨屋でくじを引いたら二等じゃったけど、一の字と二の字がはっきりせんので、一等かも知れんて店のおばあさんに言うたら、一等の賞品をくれたんじゃ（賞品は何だった？　という声に、知らん忘れたとの返事）。あのね、うちではウソついたらお大師さんから罰が当たる言われてるけど、この間、ノート買う言うてお金貰ってガム買ったけど、何も罰当たらんかった。……というような話の後、私の順番になった。さて何の話をしようか、と思った時、ふと閃いた話があった。

今年から有線電話が引かれたが、それ以来駐在所には様々な電話がかかるようになった。警察電話よりも、有線の方がうるさいほど鳴り響く。しまいには母が「ええい、めんどくさい。ちょっと、今度かかってきたら、ただ今留守ですって言うときなさい」と、私に言ったことがある。ああ、これだ、と思った。今最も話題性のある、有線のことを盛り込むことが出来る。私は得意になって話した。しかし、話し終えた時、これはちょっとまずいことになるかも、と思い始めた。いやしくも、駐在所にかかってきた電話に居留守を使うのは如何なものか。しかも母がそう言ったのはたった1回だけである。だが、1度録音された声はもう訂正しようがない。しまった、しくじった、と後悔した。しかしＮＨＫのおじさんたちにとっては、面白い話が採録されたとでも思ったことだろう。私は参加記念の鉛筆セットを貰って帰る道々、『あの町この村　声のお便り』の番組が放送される日が空恐ろしくなってきた。

どこからこの話が漏れたのだろうか、ある日、母が「駐在所の奥さんは居留守を使うそうな」という噂を聞き込んできた。そうしてついに私がＮＨＫの番組収録でしゃべったことがばれてしまった。母は烈火の如く怒り狂った。

「もう、恥ずかしゅうて、西川の町を歩けりゃせんわ。考えてもみてごらん、警察の仕事をしている駐在所で、居留守を使うとは何事か、って本署の署長さんが直々に調査に来るかも知れん。そうなったらどうするんよ、あんた」

私は……どうしたらいいか、分からなかった。ひょっとすると、お父ちゃんは警察を辞めなくてはいけんようになるかも、と思うと夜もろくに眠れなかった。ＮＨＫの放送日は夏休みの「某日」、ということが判明して、その日がくるまで、鬱々として毎日が楽しめなかった。すべて私の考えなしでお喋りな性格の所為で、言わんでもいいことを喋るからこんな大変なことになったんだ、といまさら反省しても後の祭りである。

その日、有線放送の「昼のひととき」の時間に、ＮＨＫの録音が加入家庭に流された。耳を覆いたくなる瞬間である。

「さあ、今日は久米郡旭町の西川という町にやってきています。そして西川小学校の、よい子のみなさんに集まってもらいました。今回のテーマは『ウソ』について。いろいろ面白いお話が聞かれますよ……」アナウンサーの声に続いて、あの日の教室でお喋りした話が要領よく編集されて、有線に流れてきた。さて、いよいよ私の発言にさしかかると――

「……また、『うそ』いえばこんな居留守を使うお母さんもいます」という声の後、いきなり低くどもりがちな声が聞こえてきた。

「あ、あのう、うちのお母さんはユウセンの電話がかかってきたらね、ウ、ウルサイから私はいま留守だって、て、そう言えって、ウソをつくんです……」えっ、これが私の声？　生まれて初めて自分の声を聴いた、その衝撃は大きかった。低音でしゃがれ声で、そのうえ吃っているとは。居留守の話より、こんなにも悪声であるという事実のほうが私をはるかに打ちのめした。そのショックに追い打ちをかけるように、母からはさんざん嫌味を言われ、自分と自分の声に嫌悪し絶望した。

この感情は、私の中でNHKというメディアそのものに向った。NHKのおじさんたちがこの町に来なければ、または「ウソ」なんていうテーマを持ち込まねば、私がこんなにも不幸になることはなかったのだ。以来、私はマスコミ、特にNHKに対して一線を画している。

私たちの一家が西川にやってきた時期はちょうど急ピッチで町の編成が進んでいた頃である。『旭町誌』（平成8年発行）によると、昭和33年に有線放送がはじまり（当初320世帯が加入、町内の全世帯の21％）、翌昭和34年には町内3中学を統合して旭町立旭中学校になり、学校プールができ、友清小学校を西川小学校に統合、それに伴うスクールバスの運行、と矢継ぎ早に様々な行政改革を敢行している。
山陽新聞の昭和34（1959）年1月14日付の地方版〈かわらばん〉にこんな記事が掲載されている。相次ぐ設備投資に対して、かなり強烈な揶揄の文章であるが……。

〈御神体は〝地方課大明神〟、久米郡旭町　町長自ら毎朝礼拝〉
「これは杉山朋一町長が地方交付税や町村育成令を一手に握っている県地方課の偉大な力を神体として、〝地方課大明神〟を祭り上げたもので、今後町発展のため事業がスムーズに推進できるよう40人の全職員が町長室の一隅に真剣な祈りを続けている」
「また、同町民も現在、町の産業文化発展のため大きな役割を果たしている放送電話や中学校統合などが県から交付される町村育英金が基礎になっていることや、年間町税収入の二倍にあたる地方交付税の事業を認識しており、全国でも珍しい地方課大明神は杉山町長はじめ全町民の信仰をあつめている」

警察関係では昭和30年に開設されていた西川部長派出所が33年には閉鎖、同年江与味巡査駐在所を廃して栃原の管轄となった。また昭和35年旭町北巡査駐在所を廃して西川の管轄とするなど、人口の動向に伴う統廃合がある。ちなみに、私たち一家がこの町にやって来た時の町内総人口は７７６８人（『旭町50年のあゆみ』編集岡山県旭町、発行平成15年）で、これから年々減少して、45年後の平成15年には約半分の３５１４人まで減っている。

物心つく頃から駐在所暮らしで、私にはこういう生活が当たり前と思っていたのだが、小学校３、４学年になって、我が家はよそとは違う特殊な家庭なのだと気が付いた。

父は毎日決まった時間に起床し、決まった時間になると巡回と称する町内見回りに出掛け、「泊まりの日」や突発的な事件が起こらない限り、夜の警らを終えた後は家族と共に過ごしていた。もっとも家には来客が絶えず、夜ともなれば町内の誰彼なくやって来ては、渋茶と駄菓子をお伴に、母のいう「やっちもねえ（くだらない、の方言）」世間話で盛り上がっていたものだが。その来客の中には、ひとり宿直の徒然を慰めるべくやって来た学校の先生の姿もあり、駐在所の夜は一種の談話サロンという感じになった。それというのも、父、母ともに話好きということもあったのだろう。もちろんこうした町民とのオープンな付き合いが、地域住民の治安に役立っていたことはいうまでもない。つまり、これも警察の大事な仕事の一つなのだった。

ある日、事務室に黒板が備え付けられた。机の後ろの壁ぎわ、出入り口からもよく見える場所である。これ以後、差し支えない限りの、業務日程が書き込まれることになった。

例えば「本署召集日」。これは毎月１回、加美警察署に警察官が全員集合する日である。

その日、父は念入りに手入れした制服制帽及び拳銃を身に着け、バイクに跨って、本署のある亀甲の町まで出掛ける。当日は給料日でもあった。召集日には決まって珍しい食料品を仕入れてきた。例えば「日魯の魚肉ソーセージ」だとか、「前田のクラッカー」「梶谷のシガーフライ」など。初めて食べたソーセージの旨さ。急な事件で一家の旅行が中止となり、そのお詫びにと買ってきてくれたクラッカーの美味しさ。亀甲という町では新しい品物が豊富に出回っているらしい。

父は給料袋をそっくりそのまま母に手渡していた。それは後に銀行振込になっても変わらなかった。父は母に対して全幅の信頼を置いていたのだろう。お母さんは我が家の大蔵大臣だからな、というのが父の口癖だった(その給料袋と明細書の束が今も私の手元に残されている)。父自身はお小遣いとして煙草代ぐらいを受け取って満足していたと思う。一方子どもたちには「勉強に必要なものは(惜しげなく)買ってやる」というのが方針、従って勉強に不必要な漫画本や雑誌などは御法度で、それらは友達に見せてもらうしかない。そのかわり、押し入れには画用紙と半紙がたっぷり用意されていた。

この頃、警察官にも教養を、というわけで本署の片隅に図書コーナーが出来た。平巡査である父の本俸1万7310円(昭和34年12月当時)の給与の内、教養図書費として50円が徴収されている。わずか50円でも元を取らにゃいかんと考えたらしく、召集日ごとに父は本を借りてきた。しかし、忙しいのか読む気がしないのか(おそらくその両方で)、大抵はそのまま事務机の上に置かれたままだった。父の読書の傾向として例えば『石川啄木詩集』、『花笠浪太郎』(山手樹一郎著)、『杏っ子』(室生犀星著)、『華麗なる醜聞』(佐野洋著)など、詩歌、大衆文学、純文学、推理小説、とジャンルもみごとにバラバラである。しかも借りてきた本人がちっとも読もうとしない。それをいいことに、小学生の私がもっぱらそれらを代読して、活字による大人の世界を味わっていた。

ある時、警察署ご推薦の文学書が出た。なんと井伏鱒二氏の『多甚古村』。これは古い。なにしろ戦前は昭和15年頃の、四国徳島の、とある田舎の駐在所に勤務する若いお巡りさんの奮闘記である。文学作品であるから上手く描けているとは思うが、社会情勢が全く違っている上、現実はそんなに調子よく事件が解決するわけない。それにうちのお父ちゃんだって、多甚古村のお巡りさんに負けず劣らず奮闘していると思った。ただ、本の中で印象に残ったのは「事件というものは癖をもっている」という井伏氏の見解である。

「事件というものは何だか癖を持っているような気持がする。ぱったりと事件が起こらなくなったと思うとまた続々と発生して、それも同じ系統の事件が続発することがある。……何の事件も起こらない日が二日も三日も続くかと思うと、取るに足らない小さな事件が重なりあって発生することがある」と。

これは多甚古村の経験則であるが、わが旭町においては、事件は一定の周期で回っていると思われた。例えば、近頃さっぱり事件らしい事件がないなあなどと、西日の激しい2階の窓から外を眺めつつ、そっと呟いてみる。お父ちゃんとお母ちゃんの仲がまたぞろ険悪になってきた。何が原因なのか子どもの私には分からない。階下ではお父ちゃんが所在なさげに事務所の整理などやっているが、居間ではお母ちゃんが黙々と頼まれ物の洋裁をしている。そういえば今朝から2人とも少しも会話を交わしていないようだ。何か弱みでもあるのか、お父ちゃんはいつもお母ちゃんに低姿勢なのが解せない。まあ何にしても、ここらでちょっと事件でも起こらんかな。……などと思っていると、タイミングよく事件がドカーンとやってくるのだった。それは放火事件だったり、米の盗難事件だったり、水路をめぐる喧嘩だったりと、事件の種は様々。さっそく駐在所に捜査本部が置かれ、一日中慌ただしい人の出入りが続く。そして、やっと事件が一応の決着をみたその夜遅く、誰もいなくなった事務所では、父と母が火鉢を囲んで何やら仲よく事件の総括をしている。そしてしばらくは平穏な日々が続くのだが、そのうちまたぞろ夫婦間の雲行きが怪しくなって、するとまた事件が発生して……という繰り返しの、周期が展開するのだ。

これは地震などの自然災害現象にも通じる一定の周期現象なのではないだろうか、と西日の激しい二階の窓にもたれて、こましゃくれたガキである私は考えるのであった。


ある日、黒板の日程表に「岡山県警本部、○○警部補殿、巡回日」という文字が書かれた。一体誰がやって来るのだろう。県警本部とは県庁の中にある警察の中心部署で、警部補というのは署長に次ぐ？　偉い階級の人であるらしい。

夕食の時に父から説明があった。１泊２日の予定で、署内の実情視察に県警本部から警部補さんが来られる。従ってその日は極力家の中では物音をたてないように、というのが父のお達しだった。ひょっとすると私的な場所まで見学するかも知れんとのことで、私たちは自分の勉強机まで整理整頓を心掛けた。階下の和室が警部補さんの寝室になる予定なので、母は客用の寝具の準備をしていた。事務所内外の手入れはもちろんのことで、父は書類戸棚をはじめ、事務机の中まで丁寧な掃除をやっていた。

当日は小雨の降る、あいにくの天候だった。谷さん運転のパトカーから降りてきたのは小柄な若い男性だった。この人が例の県警の警部補さんらしい。姉の担任だったスッチャンこと片岡先生ぐらい、いやちょっと年上だろうか。学校に行く前のことだったので、私たちはちゃんと挨拶したのだったが、その若い警部補さんから、ああどうも、とか何とか、至って気のない返事が返ってきた。彼はとにかくこの天候が気になる様子だった。すぐにでも所轄の地域を巡回したい意向で、駐在所の内には立ち寄らず、雨の中を出発していった。

父が警部補さんを伴って帰ってきたのは夕方も遅くだった。２人ともかなり疲れたようすだった。「おい、準備は出来ているんか」父が呼ぶと、「はい、ただいますぐに」と母は手際よく夕食のお膳を和室に運んでいた。父たちは会話らしい会話もなく、静かな食事を終えたらしい。しばらくして風呂の用意が出来て、その若い男性は我が家の一番風呂に入り、すぐに就寝となった。母に言わせると「これも仕事のうち、給料の一部」なのだそうだ。納得である。駐在所が警部補さんの臨時宿舎になっただけの話であるから。翌朝、朝食が終わった頃に谷さんのパトが迎えにきて、県警のエリート警部補は次の視察地へと出発していった。ほとんど挨拶らしい挨拶もなく、すべてが終了したのである。

一体、あの警部補さんは何者だったのだろう。父の説明もすこぶる歯切れ悪かった。「まあなんじゃろう、大学をでて県警に入ったエリート組が、加美署のようなど田舎の警察署に興味を持った、それも多甚古村なんかを読んで、駐在所の実態を知りたくなった、というところかも知れんな」と言うのだが。それにしても、あんなに若くしかも礼儀知らずの男性が、警部補という階級にいること自体が不思議なことである。いや、世の中は案外そうしたものかも知れない、と私は子どもなりに納得したのだった。

ある日、黒板の日程表に「栃原駐在所の◯◯巡査夫妻、来訪日」と、父の達者な字で書かれていた。栃原、といえば私の生誕の地である。もっとも私たちが住んでいたのは昭和24年の1年ちょっとの間だけであり、昭和29年にダムが出来ると、その地区のほとんどが湖の底に沈んでしまった。だから今の栃原駐在所というのは、ずっと山奥の方に移転した新しい駐在所のことだ。春の異動の時、何かの理由で空いたままになっていたのを、いよいよ新任のお巡りさんが入ってくることになったらしい。空き駐在所の間は父がその地区を兼任していたのだろう。引き継ぎの事務のためと新任の挨拶かたがた、西川に立ち寄ることになったらしい。

新しい巡査とその奥さんは、新婚ほやほやで、まるでうちの両親をうんと若くしたような夫婦だった。ちょうど学校から帰った時だったので、表の事務所から入って、お客さんにちゃんと挨拶をした。奥さんはとても美人だった。しかし、おとなしそうな人だった。

夕飯時に栃原の巡査夫妻が話題に出た。母は「あの人、大丈夫かしらねえ」、などと言っている。私と同じことを思ったらしい。駐在所というのは、西部劇でいえば保安官事務所であり、保安官はもちろんだが、保安官助手の果たす役割も大きい。我が家でも、父が巡回やら事件の呼び出しやらで、駐在所を離れていることが多く、その留守中の事務処理をこなしているのは母の方である。つまり保安官助手に相当する母がいなければ、駐在所は回っていかない。美人でおとなしいだけでは警察官の妻は務まらないのだ。

「まあ、大丈夫じゃろうて。うちのお母さんでも充分やっていけるようになったんだからな」父は母の方を見ながらえらそうなことを言う。「なにしろ、わしと一緒になった時分は、ご飯の炊き方も知らんかったからなあ。それが今ではわしがおらんでも、いや、かえってわしがおらん方がうまく仕事がいっとる。まあたいしたもんじゃ」。

この言葉に、満更でもない顔をした母が言う。「まあ、何事も初めはみんな素人だからねえ。あの人もいろんな経験を積むうちに、この仕事が分かってくるでしょうよ」。

母は県南部の、瀬戸内海が見える町で育った。しかも「ご飯も炊いたことがない」お嬢様育ちだったらしい。それがまさかこんな山奥の、それも駐在所の奥さんになるとは夢にも思わなかっただろう。だからこそ、人生は面白いのかもしれない。自分の置かれた状況の中で、とりあえず頑張ってみる。そして出来ないことはみんなに助けてもらう。

母だって、栃原地区の人々にどれくらい助けられたことだろうか。あれから10年の歳月が経つが、地区の人たちは西川まで出張ることがあると、ついでに駐在所まで立ち寄ってくれる。そして私の顔を見る度に、「あん時の赤ん坊が、まあこんなに大きゅうなってのう」などと言われる。私としてはどんな顔をしていいか分からないので、曖昧に笑うしかない。つまり地区の人達のお陰で、母は一人前の警察官の妻、いや一人前の人間に成長したのだった。

栃原の巡査夫妻の来訪があって、1か月ほど後のことである。

本署から緊急連絡が入って、父は急ぎバイクに乗ってどこかへ出掛けていった。母は「栃原で事件か事故があったみたい」と言って心配していたが、詳しい情報は入ってこない。

夕飯時になっても、父は帰って来なかった。有線放送の終わりの「新世界」の曲が流れる頃になって、やっと帰ってきたが、疲労困憊といった呈で、遅い夕飯を食べていた。

翌朝、山陽新聞にかなり大きな記事が載った。

「栃原の駐在所で巡査、妻に撃たれる」。そして撃たれた巡査の顔写真も付いていた。あの時の若いお巡りさんの顔が一転して犯罪者のように写っている。さっそく記事を読んでみた。

「昨日午後1時頃、巡回先から帰った○○巡査（28歳）が、その妻（25歳）と口論となり、かっとなった妻が、ミシンの台に置いてあった拳銃を取ったところ、銃から弾が暴発し、夫の巡査のわき腹を貫通した。幸い急所は外れており、巡査の命に別状はない。加美署では妻から事情を聞くとともに、巡査の回復を待って、銃の取り扱いに問題がなかったかどうか、調べることにしている」

銃の取り扱いに問題がなかったか？　って、そりゃ問題おおありだよ、と思った。「家に帰ったら、すぐに拳銃の弾は抜いておかねばいかん」、父は至極まっとうな意見を吐いていた。それにしても、栃原の巡査夫婦はどういう喧嘩をしたのだろうか、そっちのほうが知りたいところだ。喧嘩というと、我が家ではつまらない喧嘩がしょっちゅうである。特に夫婦ゲンカは日常茶飯事で、とばっちり食うのはいつも子どもたち、と相場は決まっている。だからといって拳銃など振り回したりはしない。……となんだか釈然としない事故だった。栃原駐在所はまたしばらく、空き駐在所となって、父が兼務することになったらしい。

いったい、私の生まれた栃原駐在所には何か因縁めいたものがあるのだろうか。5年程前にもこの駐在所に勤務していた巡査が事故で命を落としている。ちょうど、私たちが打穴にいた時分である。その時のことは「打穴駐在所」のところで書いた。なんにしても、生まれ故郷で事故や不祥事が起きるのはやりきれない。

さて、私の交友録の中ではこの西川での小学時代が一番華やかだった、と断言できる。みんなすぐに仲間に入れてくれた。特筆すべきは転校早々にボーイフレンドができたこと。きっかけは隣の席になって話しかけられたからで、彼、政本君は西川橋たもとの水道屋の息子だった。なにより魅力的だったのは、勉強がよく出来たことである。

小学2、3年生という、子ども時代の最も楽しい時期に、石田先生が担任だったことも天の恵みだった。先生は学校最大のイベントともいうべき「学芸会」で、私を2度も主役に抜擢してくれた。まず、2年時に、『巡礼お鶴』という劇をやることになった。これは人形浄瑠璃や歌舞伎の演目で、あきらかに小学生の嗜好ではなく先生個人の趣味と思われた。いや、だれかのツテでかつらを貸してもらえるという話から、それに合わせた時代劇を、ということになったのかもしれない。もともと田舎廻りの劇団ではよく上演されていたらしい。それにしても小学2年生で『巡礼お鶴』とは泣けてくる。この『巡礼お鶴』の正式名は『傾城阿波の鳴門』といい、お鶴という女の子が幼いころに生き別れた両親を捜し求めて巡礼姿で旅をする話である。

「ととさんの名はじゅうろべえ、かかさんの名はおゆみともうしますう」

このセリフは今も私の記憶の底に残っている。学芸会では、お鶴はせっかく母に会えたのに、親子の名乗りもできずに別れてしまうところで幕となった。しかし、本番の歌舞伎では、お鶴が「金は小判というものをたんと持っております」と言ったために、実の父親である十郎兵衛に殺されてしまうという残酷な話である。

2度目の主役は次の3年生の時で、なんと「シンデレラ姫」だった。踊って歌って芝居してという、まるで「みどりちゃん」も顔負けの活躍をすることになる（しかしこれは遠い昔の話で、今となってはお恥ずかしい限りだ）。

3学期の学芸会が終わると、春休みがやってくる。しかし、もう少しで終業式という頃、政本君は風邪をひいて1週間ほど学校をお休みしてしまった。さっそく私は先生から頼まれた宿題を届けに彼の住む店に行った。

前にも何度か遊びに行ったことがあるのだが、いつ行っても店内はガラーンとして、人の気配がなかった。今日も出入り口に水道工事の機材が積まれていたが、それに赤い短冊のような紙がぺたぺた貼られていた。

政本君は店の続きの間で寝ていた。だいぶ熱も下がって元気になった、と小母さんは言うがまだ少し赤い顔をしていた。彼の頭は鉢が開いたような変てこな形で、後ろがみごとな絶壁だった。私はその頭を眺めて、だから脳みそがたっぷり入って、その分だけ頭がいいんだと思っていた。彼は私の親友でありかつ強力なライバルでもある。

宿題のプリントを受け取りながら、政本君は意外なことを言った。「ぼくはフミちゃんといっしょに、3年生にはなれんのんじゃ」と。ガーン。もっとも私は大人になってからもこれに類したセリフを何度か聞くはめになる。曰く、「ぼくはきみを幸せにすることができんのんじゃ」とか、あるいはそのものズバリ「ぼくはきみとは結婚できんのんじゃ」とか。ともかく政本君の発したこの言葉は、私の脳みそに植え込まれた最初の不条理な言葉となった。いっしょに3年生になれないとはどういうこと？

政本君は新学年になる前に西川の町を去って、岡山市内に引っ越するのだという。そう言えば部屋の隅に荷物用の木箱が積み上げられ、家の中の家具に赤い貼り紙が貼ってあった。父の説明によると、政本水道店は倒産したために財産を「差し押さえ」されたのだそうで、赤紙はその印に貼っているのだった。政本くんの勉強机の脇にもぺたりと赤紙は貼られていた。しかもその紙は勝手に剥がしてはいけない。差し押さえとはそういうものらしい。

でも、と私は意を決して言った。中学生になる頃には、私も岡山に引っ越すはずだ。うちはもともと備前岡山藩の下級武士の家柄だから、いずれ城下町である岡山市に帰らなければならない。だから中学生になって市内の学校で再会した暁には、一緒に英語を勉強しようではないか、と。私がそう提案すると、彼の顔はみるみるうちに朱に染まっていった。

これは暗黙の了承だった。決して風邪の熱がぶり返したためではない。たわいないガキの戯言と笑うなかれ。生意気かもしれないが、私たちはその時、ほんとうに未来に希望を抱き、それが実現すると信じたのだった。またの再会を約束して、私たちはお見舞い用の紙風船を飛ばして遊んだ。風船は赤紙だらけの部屋の中を天井高くぽわんと飛んでいった。政本君は布団の上で赤い顔をして屈託なく笑っていた。そして……彼の一家は春の終業式を待ちかねたように町を去った。その後、音沙汰なしである。

黒田の小母ちゃんの家に遊びにいったのは、小学3年の夏休みも終わりに近い頃だった。私はバイクのガソリンタンクの上に乗り、姉の方は後ろの荷台に跨って、通谷《かいだに》川沿いに東垪和経由で栃原へと向った。1台のバイクに小学生を前後に2人も乗せて運転することは今だったら交通違反、完全にアウトであろう。しかも警察官、である。父はゆっくり単車を走らせていたが、後ろの姉がこわいこわいを連呼して、父の気分を害していた。「なあにが怖いことがあろうか、こんなにわしが安全運転に努めとるちゅうに」などと怒鳴っている。こわい、と思うのは私の方だ。ガソリンタンクの上は硬く不安定でしかも熱かった。普通、ここは人が乗るべきところではあるまいが、と文句も言いたくなる。父のバイクが左右に傾く度に、ずずっとタンクからずり落ちそうになる。この曲芸まがいの状況は恐怖そのものであった。

父の運転に慣れて周囲を見る余裕が出てくる頃、山風が心地よく顔を撫でていく。細い道がいつの間にか、トラックでも通れるほどの道幅になった。「これが県道じゃあ」、そしてしばらくバイクを走らせるとまた細くなり、道端に生い茂った萱の葉をかき分けるほどになると「町道じゃあ」ということになる。西川から栃原に行くには、もう一つ旭川に沿っては浜尻経由という手もある。しかしその道は車が多いので、もちろん3人乗りなどの曲芸は出来ない。今私たちが走っているのは、数年前に警察官が事故死した大瀬毘川の西側を通る山道だった。このあたりは葉タバコの生産が盛んで、出来上がった作物を運送するために道幅を少し広げたそうだ。それでも舗装などされていないので、ひどいデコボコ道である。舗装道路になるには、西川の町の中でさえ、それから3年後の昭和36年まで待たねばならなかった。

「このくらいで、ちょっと休むか」父はバイクを停めた。タンクがかなり熱くなっている。地面に足を着けると、すこしふらつく。ひと息ついた。

なだらかな山には段々状に田んぼが広がっていた。いわゆる「棚田」と呼ばれ、半世紀後の平成の世には、全国の「棚田百選」にも選ばれた「岡山県坍和の棚田」の風景である。

とむこうから、あらあ、と農家のおばさんがやってきた。この人が黒田の小母ちゃんか、と気が付いた。

「今、下の店まで買いもんに行こうとしてたとこですりゃあ。まあまあ、こがな遠いとこにようおいでなったで、ほんにまあ」小母ちゃんは喜びで顔をくしゃくしゃにしていた。

農道は牛車が通るので、道幅は少し広くなった。小母ちゃんの後について歩いていくと、背後に山を背負って、瓦屋根の農家が見えてきた。最近は藁屋根の農家が減って、こうした瓦屋根に葺き替える家が多くなってきたという。坂道を登りきると、広い前庭のある家が現れた。バイクを押して上ってきた父が「おお、見栄えがようなったなあ、たいしたもんじゃあ」。振り向きざま、小母ちゃんは顔いっぱいに皺を寄せて笑った。

「あそこが仕事場になりましたんじゃあ」と小母ちゃんは母屋に接した新しい小屋を指差した。さっきから流行歌が流れていてそれは三橋美智也という新人歌手の歌声だった。黒田の小父ちゃんは息子さんたちと葉タバコの燻製作業をしながら、ラジオを聴いているのだという。早速父は玄関先にバイクを停めて、作業場に挨拶にいった。

「さあ、あんたらは家ん中に入りんさいなあ。遠慮はいらんでな、親類の家に遊びにきたとおんなじじゃあ。ゆっくりせられえ」

玄関口は和土の広い空間があり、上り間が二間続きになった典型的な農家である。昔、小原というところに住んでいた頃を思い出した。床の間のある縁側の突き当たりに「上便所」といって、お客用の便所が付いていた。この家も同じ間取りである。

田舎の便所といえば、便所と風呂場が続いていて竹のスノコから風呂の湯水がそのまま下の肥え壺に流れ落ちる仕組みになっているのを見たことがある。このような風呂と便所のドッキングは衛生上の問題があって、いまではほとんど見かけなくなっている。ただ、おばちゃんちには、庭先にも便所小屋があるのだが肥壺がはるか下の方にあるため、汚物が暫くして、ポッチャーンと落ちるのは怖いながらも面白かった。『昭和の日本のすまい―西山夘三写真アーカイブスから―』（創元社刊）には岡山県建部《たけべ》の農家の写真が残っているが、それによると家の南に便所を配置するのはよい肥料を作るためであると説明されている。つまり、排泄物が日当たりのよい場所で充分に発酵されるということなのだろう。

父は仕事があるから、といってすぐ西川に帰っていった。明日の昼過ぎに迎えに来るという。私たち姉妹はこの家にお泊まりすることになるのだった。

「ほら、ここも、新しく直してなあ」と自慢げに小母ちゃんが言うには、台所はかまどに並んで流し場と調理台が窓際にあり、中央にはデコラ張りのテーブルとパイプ椅子が備え付けてあったことだ。普段はここで食事をするのだが、板間の囲炉裏も残っていて、冬場はこちらに集まることが多いのだそうだ。

戦後の農業改良政策に伴い、旭町でも農村生活を改革しようという気運が高まっていた。地区の婦人会で新メニューの導入と銘打って、毎月のように料理教室が開かれるようになっている。我が家でも習いたての「肉団子の甘酢あんかけ」「野菜サラダ」「チャーハン（焼き飯）」などが食卓に上ったばかりだ。最も人気なのがチャーハンである。

「今夜はごちそう作るからなあ」。家で採れたトマトやキュウリ、ナス、インゲンを裏山から引いた水道で洗いながら、小母ちゃんは大はりきりだった。

その夜、野菜の天婦羅、自家製の豆腐の冷や奴、野菜サラダ、自家製糠漬などがテーブルに並んだ。特に美味しかったのが、手作りのマヨネーズで作った葡萄入りのサラダであった。以来、私はこの時に出されたサラダより美味いサラダを味わったことはない。我が家でも何度かマヨネーズ作りに挑戦してみたのだが、卵黄とサラダ油と酢の調合が上手くいかず、結局は市販のキューピーマヨネーズに頼ることになってしまった。

夜、縁側で涼みがてら、花火をした。近所から、同じ年頃の子どもたちが集まって賑やかになった。山深い部落でも子どもたちはいるのだ。

「あんたらのお父さんが、下の駐在所に赴任して来られた時な、ほらダムに沈んだ駐在所のほうよ。お母さんは大きなお腹をかかえて大変じゃったが、一人で頑張っとってな。お父さんは広島の講習会に行っとってじゃが、その間に赤ちゃんが生れてな。だけど小雪婆さんの出番はなかった。たいそうな安産じゃっよってな、産婆の出番はまるでなかった」おばちゃんはよほど、私の安産が自慢ならしかった。

小父さんたちは今年の葉タバコの出来具合を話していた。ここらは米よりは収入になるというので、こちらが本業になりつつある。黒田家が家を改築したのも、葉タバコ生産のおかげだった。牛もちょっと前までいたのだが、次第に耕運機に代わりつつある。すこしずつ農家の生活も向上しているのだなあ、と思った。父の仕事とはまた違う、農業という生産性のある仕事がここにはある。それにしても田舎の地域にとって、警察の役割とは何なのだろうか。はたして何かの役にたっているのか、私には分からなかった。

約束通り、翌日には父が迎えにやってきた。帰りの道は慣れたのか、それほど怖くはなかったが、やはり山道を縫うようにして走るバイクの三人乗りはなかなかスリルがあった。当時は舗装などなく、雨が降れば山道はすぐに川となった。それでも父はこまめに山奥のまたその奥地まで足を運んでいる。自分の受け持ち管内をしっかり把握すること、これが父の警察官としての任務だそうだ。

小学生時代の私にとって「恩師」、と言えば石田照代先生を先ず思い出す。それほど、私の中では先生の印象は鮮やかなのである。大人になって私が職業として教師という道を選んだのも、この石田先生の存在が影響しているのかも知れない。先生の渾名は「エノケン」。エノケンとは昭和の時代に活躍した喜劇俳優の榎本健一のことである。しかし私はエノケン本人の顔を知らない。ずっと後になって、映画のポスターか何かで実物を見た時、それほど石田先生に似ているとは思わなかった。しかし姉に言わせると、目や頬のあたりがソックリだとか。特にドングリ目やらタマゴを孕んだような頬のあたりやらが。全く失礼な話である。そもそもエノケンは男ではないか。それが女性でしかもあんなにお洒落でお化粧上手な（?）先生の渾名になるのか、全く解せない。

前にも述べたように、石田先生は2年次に続いて、3年生の学芸会でも私を主役に抜擢してくれた。今回はなんと「シンデレラ姫」の主役シンデレラ姫である。チビで、そんなに可愛いとも思えない私が何故主役に選ばれたのか、今もってよく解らない。しかしこの役は演ってみると大変だった。歌って踊って演技して、と三拍子揃った大役である。

ある日、日曜日まで特訓の稽古をすることになった。先生は主役の私、相手の王子役の定本君、魔法使い役の女の子など数人を集めて、本格的に演技指導をするというのである。休日までお稽古のご褒美に、なんと昼食は先生の手料理が振る舞われる約束だった。しかし、お昼が過ぎても、なかなか料理を始めようとなさらない。ひょっとしてセンセイは料理が苦手なのではという疑惑を持ち始めた頃になってやっと調理室に入り何かを作り始めた。

もちろん私たちもお手伝いをすることになり、ジャガイモや人参、玉葱を刻んだ。そしてようやく出来上がったのはスープのように薄味の、パンチのないカレーだった。しかし（他の人はどう思おうが）私は美味しく頂いた。先生御手ずからの料理、そう思えば何だって美味しい。……だが大人になった現在、つらつら考えるに、先生は教師としてはとても優秀だったが、女性というか家庭婦人としてはイマイチだったかも知れないと。もちろんそんなことは生徒の私には、全くどうでもいいことである。ただ母は石田先生に対してなにかと批判的だった。生活上のことや同僚の片岡先生との恋愛沙汰について、はっきりと意見を持っていた。それは私にとって、あまり気持の好いものではなかったが。

シンデレラの衣装合わせの時、先生の下着をお借りすることになった。母はベンベルグの裏地でドレスを縫ってくれたのだが、ギャザーの多いスカートの下に着けるペチコートを先生はお持ちだったのだ。さすが衣装持ち、と私など感嘆したのだったが。そしてその時初めて先生の家にお邪魔する栄光に浴することになったのである。

下宿先の津島さんちは玄関を入ると広々とした土間があり、高い天井からは例の釜の底が丸く突き出ていた。先生の炬燵の底である。２階の突き当たりの６畳間が先生の部屋だった。女性の部屋らしく細々とした家具に囲まれていたが、意外にもきちんと片付いていた。先生は小袖ダンスから着馴れてちょっと薄汚れたペチコートを出して私に試着させた。ウエストを少し詰めると着ることが出来る。だが持ち帰ったその下着を見るなり、母はさっそく洗濯した。確かにペチコートは少々汚れていたのだったが……ちょっと嫌みな母のやり口だった。

学芸会での「シンデレラ姫」の衣装は華やかで、それを着用した私は結婚式の花嫁衣装を着たように嬉しかった。これも石田先生や母のおかげである。そして私としては「馬子にも衣装」を返上するように、一生懸命役を演じた（つもりである）。それは一世一代の芝居だった。以後、これほどの役を演じたことはない。

石田先生は翌年の春にどこかに転勤されたと思う。その後のことは不思議にも記憶にない。先生はお大師様の熱心な信者らしく、町のはずれの御堂によく参詣されていた。津島のおばあちゃんと一緒に不動橋を渡り、山腹までの小径を登っていく姿を何度かお見かけした。私は先生のことを女性としてではなく、教師として、いや人間として尊敬している。しかしなぜ母が先生に対してあれほど批判的だったのか、それを理解するには、私自身がもう少し大人になるのを待たねばならなかった。

私が5年生のころだったか、1、2週間ほど父の姿を見かけないことがあった。そして久しぶりに帰ってきた父は、お土産だと言って旅行鞄から小さな紙包みを取り出した。見ると「大宰府　天満宮」という金文字入りのお守り袋である。どうやら父は警察の仕事かなにかで福岡の大宰府まで出張していたらしい。しかも後で山陽新聞の記事から、「三井三池争議」のデモ隊阻止の動員に駆り出されていたことが判明した。

しかしこれは本当にあった話なのだろうか、父の口からこの話を聞いた記憶がない。ただ、私たちは学問の神様である「菅原道真公」のお守りを貰って、困惑したことを憶えている。姉はどう思ったか知らないが、私は神様にすがってまで受験に合格したくないなどと不遜なことを思っていたのだ。なんせまだ小学生の身である。高校受験にはまだ間があった。一方、姉は既に中学生になっていたと思うが、相変わらず呑気な学校生活を送っていた。

私はお守り袋を持て余して筆箱の底に隠していたが、そのうちに袋の中身が知りたくなって中を開けてみたことがある。厚紙が一枚出てきた。「天満宮」という文字が印刷してある。たったそれだけであった。まるで福沢諭吉が幼少の砌に神社のご神体を暴いたら、その正体は変哲もない小石だった、という逸話と同じである。その時は、なんだ、神様ってほんとうに「紙様」なんだと思い、そのうちにそのお守り袋も失くしてしまった。

三井三池争議のデモ隊阻止に駆り出された話はひょんなところから明らかになった。約50年後の平成25（2013）年、亡き父の友人だったという山本正夫氏から連絡を受けて、父のことを話しているうちに詳しい状況が判明したのである。山本氏はそのデモ隊阻止の岡山県警隊の小隊長として、つまり父の直属の上官として参加していたという。

山本正夫氏。彼は岡山第一中学（現朝日高）3年生だった昭和20（1945）年の岡山空襲で自宅と父親の経営していた工場を焼失。、進学を断念した彼は昭和25年岡山県警に入り、三井三池争議の時は勝山警察署で警備係長として勤務していた。当時29歳にして警部補（しかも争議から2カ月後、東京にある警察庁に出向）というエリート警察官である（ちなみに当時の父といえば42歳で平巡査）。山本氏は中学時代から日記を付けていて、動員の慌ただしい中でも簡単な記録を残している。以下、許可を得てその日記を参照しながら、山陽新聞の記事をたどってみる。

昭和35（1960）年7月16日（土）

〈山陽新聞〉

三池に警官一万人

九州管区警察局出動要請に備える

村井九州管区警察局長は三井三池港務所仮処分問題について、

(1) 仮処分執行をめぐっての会社側と労組側の話し合いが行き詰っている

(2) 仮処分執行の期限（7／21）が迫り、執行吏からの援助要請が出る公算が強くなった

などから警察隊の出動は避けられないとし、万全の警備態勢を固めるため、同日九州7県と大阪、京都、兵庫、岡山、広島、山口の各県公安委員会を通じて警察隊の要請出した。この要請による動員数は福岡の３５００人をはじめ、九州７県７０００人、近畿２０００人、中国１０００人、全計1万人となり、機動隊を中心とした精鋭部隊が17日中に大牟田に集結。

〈山本日記〉

岡山大隊（3個中隊）の第1小隊長として「1分隊―加美署、2分隊―勝山署、3分隊―新見署」を引率した私（山本正夫警部補）は同日23時に岡山駅発臨時列車により、大阪、京都部隊とともに出発。大移動を秘密裏に行うために真夜中の乗車である。

昭和35（１９６０）年7月17日（日）

〈山陽新聞〉

三池争議最高の緊張へ

労使激突は必至　双方、続々と応援隊

三井三池争議は三池港務所についての仮処分を執行するため、警察当局が実力行使に踏み切ったの

で、三池現地は最高の緊張を迎えた。三池労組は〝ホッパーを守り抜く〟との決意をいささかも変えず、これを支持する総評のオルグも16日で約1万人、17日は正午過ぎからホッパー前で十万人の大集会を開いたのち、引き続き1万人のピケ体制をとり、一方、警察隊は17日早朝に到着する宮崎県警を皮切り同日中に近畿、中国、九州から1万人の集結を終り、21日の執行期限までに出動する方針だ。この段階で労使が話し合いで事態を収拾する見通しはなく、激突は必至の情勢である。

〈山本日記〉

岡山の第1小隊（隊長山本警部補、総勢30人ほど）は朝8時50分、雑餉隈《ざっしょのくま》に到着。同駅よりバスで九州管区警察学校に入ったのが9時過ぎ。同校の講堂の床に、畳1枚分のマットを敷いて、毛布3枚配給される。夏のこととて、とにかく暑い。そのまま待機状態は18日まで。

昭和35（1960）年7月19日（火）

〈山陽新聞〉

三池一両日中に激突必至　双方、極度に緊張

三井三池の大争議はいよいよ最悪のヤマ場にさしかかった。さる7日福岡地裁から出されたホッパー周辺の執行吏保管移行など仮処分の執行をめざし、会社側は18日までに3回にわたり現場に出動したが、いずれも労組側のピケ隊に阻止された。中村執行吏ら3人は18日正午、警察側に対し、出動準備を要請、19日以降いつでも警察の出動を求めることになった。集結を終わった約1万3千5百人の警察隊はすでに出動態勢を完了、一方、組合側も応援オルグ隊約1万5千人が現地に到着、ホッパー周辺のピケ小屋に約7千人が徹夜で警戒している。

〈山本日記〉

午前5時起床、同10時大牟田の現地到着。デモ。

昭和35（1960）年7月20日（水）

〈山陽新聞〉

三池　激突の危機一応回避

舞台は中労委に　徹夜で予備折衝

警官隊（新聞ではこの日付から「察」から「官」の表記に変わる）出動を中止

〈大牟田発〉三池特別警備本部は20日早朝仮処分援助のため警官隊の出動を予定していたが、中労委の休戦申し入れという新事態に伴い、同日の出動を中止した。これは同日朝仮処分執行のため会社側から出動要請がある予定だったが、新事態で会社側の要請が取りやめとなったためで、午前3時半から緊急幹部会議を招集、協議をした結果、動員体制を解除した。

〈山本日記〉

午前2時起き、警察学校の校庭に集合……。（山本日記の記載はここまでで終わり）

昭和35（1960）年7月21日（木）

〈山陽新聞〉

緊張ゆるむ三池現地

ピケ姿、記念撮影　会社側、電話待つ留守番……一方警官隊は本格的な建物に入っているだけに暑さも一しお。中国、近畿など九州以外の応援隊は「まったくあきれるような暑さ」と語るのが精いっぱい。「待つ身はつらい。早く片づけてくれ。この暑さで鉄カブトをかぶるのはこりごりだ。会社側も組合も人間だから話し合って解決に進んでほしい」と〝大牟田暮し〟はうんざりといった表情。

昭和35（1960）年7月22日（金）
〈山陽新聞　夕刊〉
全学連　警官と乱闘　大牟田で
学生23人検挙、重軽傷者276人

三井三池争議支援の総評オルグ団は22日午前9時半から市内笹林公園で決起大会を開いたが、大会後のデモ行進の途中、三池新組合本部前と大牟田署前でデモ隊が警戒中の警察隊（ここでまた「察」になっている）ともみ合った。負傷者は警察側重傷4、軽傷59、計63、デモ隊側重傷40人、軽傷165人、計213人となっている。

昭和35（1960）年7月23日（土）
〈山陽新聞〉
三池争議あっせん　中労委が回答せまる―期限25日一ぱい
右翼の動きの警戒　〝戒厳令〟の解けぬ三池
三池の町にまたもや乱闘騒ぎが起こった。せっかく中央で〝休戦交渉〟が進んでいるのに……三池の治安はいつになったら確立されるのか。

〈警察側〉大牟田市内に駐留する1万3千5百人の警官隊（また官になる）はしばらく撤退しない方針だ。〝ホッパー決戦〟のため遠く京都、大阪、広島から集めたのだが、今後予想される三池労組と新組合との対立を警戒する必要があるとしている。

いったい父たちはいつまで福岡に留まっていたのだろうか。冷房設備も何もない講堂で寝起きし（もちろん風呂にも入れず）、ただただ待機する毎日が続く。実際にはデモ隊との衝突は7月22日だけだったのだろうが、1万人もの警察（警官？）隊の人々の苦労が偲ばれる。山本日記の記録は7月16、17、19、20日の4日間のみで、それもメモのようなもの。おそらく記録するほどもない、無為な日々だったのだろう。まあいずれにせよ、帰路に着いた加美署の署員たちはせっかく福岡までやって来た記念にと、大宰府に立ち寄って、お守り袋を買い求めたのだろう。そう考えると、私はお守り袋に対して、もっと鄭重に遇してもよかったのではあるまいかと、今は少々後悔が残る。

父は警察官として、もう一度デモ隊阻止に参加することになる。これから10年後の岡大紛争時（１９６９年）、管内の機動隊員として出動したのがそれである。しかし、これは岡山西警察署に異動してからの玉柏駐在所時代での話である。

半年以上にもなろうか、ともかく長い期間だった。駐在所の事務所の物入れの奥に問題の「斧」が保管されていたことがある。小学生2人の血を吸った凶器の斧。事件の取り調べが終わった後、押収物は直ちに持ち主に返還されるところを、何故かくも長い間我が家で保管することになったのか。とにかく母は「縁起でもねえ、早く持ち主に返されえ」と父に苦情を言い続け、ようやく所有者本人が受け取りにやってきたのである。

奥と事務所との境にあるガラス戸は格好の覗き窓だった。すぐ側の階段2段目ぐらいに腰掛けて、私は来客の話に聞き耳を立てていた。男性は痩せていて、みるからに貧相な顔だった。「どうもお世話になりまして……」とか言っている。母はいつもの渋いお茶を出して男となにか挨拶を交わした。珍しく母にしては優しい声だった。父はお茶を勧め、男性は低い声で話し始めた。

……長い間ありがとうございました。やっと気持ちが落ち着きましたんで、引き取りにやってまいりました。駐在さんとこにも子どもさんが2人おられるそうで……、はあ、うちとおんなじ、そうですか、いやまあ、うちとこは二人ともダメになってしまいましたんで……、とうとうわしだけになっちまいました（洟を啜る音）。ああ、奥さんすみません、お見苦しいところをお見せして……。わしの家も女房と所帯をもった当初はまあ、貧しいながらも平和な暮しでしてなあ。わしは乙種の補充兵として昭和20年の終戦間際に中国に渡りまして、もう散々な目に遭いました。命からがら還ってきたのは翌年の暮れのことでしてな、女房とは幼なじみというか、おんなじ部落で育ったもんで、すぐに所帯を持ったわけでして。次の年に女の子が、翌々年には男の子が生まれ、他の家とおんなじような暮らしぶりだったんですがなあ。女房はもともと神経質なおなごでしたが、子どもらが小学校に上がる頃になって段々それがひどうなって、とうとう津山の精神病院に入院することになりましたんです。そこで1年ほど治療に専念しましたかな、去年の夏に、ようやっと一時退院の許可が下りまして、子どもらも母親が帰ってくるのを楽しみにしておったんですが。あれが帰宅した時は、ああやっと家族が揃った、とそれは嬉しかったもんです。……しかし次の朝、子どもらは夏休みの宿題の書道をやっとった時ですな、わしは裏の畑に行っとったんですが……ほんの僅かの間でした、女房が納屋にあった斧を持ち出して凶行におよんだのは……子どもらは縁側から庭へ逃げたんですが逃げきることができず、……返り血を浴びた女房は自分が何を仕出かしたんかわからんまま、茫然自失の体で立っておりました……。そうです、頭を一撃でした。姉ちゃんの方は弟を庇おうとして背中もやられていましたが、しっかり筆を握ったまま、息絶えておりました。ああ、かれこれ一年になろうとする、今もあの光景は忘れられません。中国での苛酷な戦争をくぐり抜け、やっと所帯を持ったというのに……、わしはこの先もずっと忘れられない、いや忘れないで生きていくしかありません。奥さん、駐在さん、長い間預かっていただき、ありがとうございました。ご迷惑かけましたが、ふんぎりがつきました。斧を持って帰ります。

この事件は新聞には報道されなかったと思う。あまりにも凄惨な事件だったからだろうか。なんにしても私たちは凶器の斧がなくなって、ほっとしたものだった。それにしても、我が家にはこうした「訳あり」の物品が持ち込まれるので油断ならなかった。

ある時は事務机の上にゴツイ荒縄が無造作に置かれてある。聞けば、この荒縄で誰かが首を吊ったのだという。ある時は机の引き出しの中に、骸骨の写真があった。聞けば、殺されて土中に埋められていた女人だそうだ。「この骸骨の女は何人もの男を手玉に取っておっての、とうとうそのうちの一人に殺されてしもうたんじゃあ。しかしまあ、いくら美人でも骸骨になってしまえばみんなおんなじような骸骨じゃが」と、父は変な講釈まで入れる。またある時は、石膏に採られた大きな足跡の塊りが運び込まれた。これは農協に忍び込もうとした盗っ人の靴跡だとか。当時、父は鑑識の講習を受けて、署の鑑識係も兼ねていたらしい。

書類棚に『実際の現場写真集』なる冊子を発見したこともある。これは殺人や自殺者の鑑識を実習するための写真集で、とても子どもが見る様な代物ではなかった。しかし私は怖いもの見たさにこっそり本を覗いては、あまりの恐怖に妙な快感を覚えていた。好奇心は恐怖に打ち克つ？　のか、なるほど怖いもの見たさ、これである。

さていよいよ、昭和34（1959）年から旭町にとっては教育設備の大変革がはじまった。旧中学校の隣に広大な敷地の新しい中学校校舎を建設（完成は翌年）、そして友清小学校が西川小学校と統合することになり、町営のスクールバスが運行する。合併によって学校給食もはじまった。しかし閉校になる予定の友清小学校では反対運動などがあり、かなり紛糾したらしい。だがそれは大人たちの事情であり、私たち子どもにとっては単に友達が増えるということにすぎない。

「カッコいい男の子、いたよ」と釣り具屋のかずこちゃんが言う。大崎君という子だった。彼は新しい学校では野球チームが出来ることが楽しみだ、と自己紹介の時に言った。友清小の時は人数が足りなかったそうだ。大崎君の父親は反対派リーダーの1人で、同盟休校までして反対行動を起こしたが、実際に通学するようになった息子を見て、一安心したのではなかろうか（しかも可愛いガールフレンドまで出来た?）。初めの頃は確かに西川の子どもたちは田舎の友清の子どもたちを侮る気持ちがあったと思う。しかし、彼ら友清の子どもの中にもお手玉や縄跳びの上手な子がいたり、のぶこちゃんのように蛇を手掴み出来る子がいたり、蜂蜜業者の父兄から一升瓶の蜂蜜の差し入れがあったりと、なかなか侮れないことがわかってきた。

余談であるが、合併した年に、友清小の卒業生であり郷土の偉人だった高嶋象山師が東京で暴漢に襲われ死亡した。〝高嶋易断〟として「黙って座ればピタリと当たる」のキャッチフレーズで有名だった、あの高嶋易断の創始者である。母校の友清小に寄贈したグランドピアノが講堂に運び込まれ、早速始業式の時に使われた。しかしながら、易で人間の運勢が分かるのなら自分の凶運も占うことが出来たのでは、と秘かに子ども心に思ったものだが、それは黙っていた。

ともあれ、過疎が続く山間部の子どもたちにも公平な教育の機会をと、杉山町長は懸命だった。そうした教育に対する町の行政の熱意は子どもたちにも感じられた。山陽新聞の記事の如く、県の地方課大明神のおかげである。

今でも私は当時の岡山県知事の「三木行治」氏と山陽新聞社社長「小寺正志」氏の名前を憶えている。書道、絵画、作文における各コンクール主催者として、表彰式ではお馴染みの名前だった。教育こそが戦後の日本、いや旭町の将来を造る基礎であるという、この考えは間違ってはいなかったと思う。

駐在所の前の川を挟んだ、向かいの田んぼに学校用プールが出来た。このプールのことだが、私にとってこれだけはよけいな施設だった。今までは夏になると通谷川の浅い水流に浸かって遊ぶだけだったのが、プールが出来たおかげで、水泳の練習をしなければならなくなったからだ。プールの深い所は1メートルもあり、足がやっと立つかどうかのところで、油断したためにもう少しで溺れるところだった。

私が泳げないと知った父はさっそく特訓をかってでた。「ふみよ、さあ、飛び込んでみい」、言うが早いか私をプールに突き落とした。不意を突かれ、水中でアップアップしていると、急に体が浮いた。気が付いたら、父が水の中から体を支えてくれていた。少し手足をバタバタやってみた。すると不思議なことに、自然に体が前に進んでいく。しばらくして、父の支えなくとも泳いでいた。こうして体育全般に苦手な私だったが、水泳だけはまあ嫌いではなくなった。
しかもこのプールで、父は日赤から表彰を受けた。

表彰状　水上安全法救助員　武田清殿
昭和36年8月11日人命を救助されたことを表彰いたします
昭和36年10月27日
日本赤十字社社長　島津忠承

この日のことはよく覚えている。夏真っ盛りの暑い日だった。長い間泳いで、疲れたので2階の窓辺で揺り椅子に乗ってウトウトしていたら、「おまわりさーんっ」と女性の叫び声。ちょうど巡回から帰ったばかりの父がステテコ1枚の恰好で、あわててプールに走っていくのが見える。何か事故でもあったのだろうか。しばらくすると、2、3人の大人たちがぐったりした男の子を抱きかかえて走っていく。男の子はこれから病院に運ばれるらしい。

一体なにがあったのか。話によると、こうだ。幼稚園児の男の子が中学生の姉と一緒にプールで遊んでいたが、いつの間にか姿が見えなくなった。驚いた姉は友人たちと一緒にプール中を捜したあげく、一番深いところに沈んでいた弟を発見。すぐに引き上げて、駐在所に助けを求めたのだった。水中に沈んでいた時間はどれくらいだったのか、男の子は仮死状態だった。父は先頃に研修したばかりの「マウス・ツウ・マウス」の蘇生法を実践した。するとしばらくして、男の子は息を吹き返したのだった。それにしても、たまたま父が家にいたこと、そしてたまたま新式の蘇生法を受講していたこと、これが幼い命を救ったのである。警察官として人々の治安と生命を守るのが仕事とはいえ、本当によかった。私はすこし前に自分も溺れかけたことがあるだけに、この幸運を喜んだものである。

友清から来た大崎君たちは西川の町を物珍しく探索しに出掛けた。そしてしばらくして帰ってくると、担任の武本邦彦先生に報告した。「先生、この町には貴族がたくさん住んでいるんじゃなあ」。先生は言った。「大崎よ、よう見てみい、それは貴族ではのうて、遺族じゃろう」。大崎君たちは驚いた。「そうか、遺族かあ、遺族の家だったんかあ」。戦死者を出した家の玄関にある金属製の札、それが「遺族の家」という表札だった。この西川の町にも古くは日清日露の戦役から、新しくは先の世界大戦まで、たくさんの人々が戦地に赴き、そして英霊となって還ってきた。戦後10年を過ぎた昭和30年年代には「もう戦後ではない」などという言葉が流行したが、それは経済的な側面のことだけで、悲惨な戦争体験の残滓は人々の心の奥底に重く沈んでいるはずだった。

ある晩、祝い事の帰りだと言って、某中学校の校長先生が我が家に立ち寄ったことがある。「今日はすっかり飲まされましてな、いやあ奥さん、水を1杯だけ、1杯だけ頂戴しますわ」、校長さんはぐらっと椅子に座った。だいじょうぶですか、すっかりご機嫌さんじゃが、という父に校長はへらへら笑った。「なあに、これしきのことで酔っちゃいませんわい。いやあ、今日はよかった、よかった、これで教育の体制が整って旭町の子どもたちもしっかり勉強してもらわにゃいかん、てな挨拶を落成式でしてきたわけですが」、と突然校長のメガネの奥の眼が据わった。

「戦前はここらの地区からも満蒙開拓団の少年義勇軍ちゅうて、尋常小学校、いやその頃には国民学校いう名前に変わっとったですが、その高等科出たぐらいの14、15歳の少年ばかり、今でいやあ中学2、3年生ぐらいでしょうかねえ、そんな子どもを満州の開拓団に行かせるちゅう募集がありましてな。学校ぐるみで取り組んだものですが、その中でもえらい熱心な教師がおりまして、いや、私じゃあありませんよ、断じて私じゃあないが、まあ国や県、市町村あげての募集じゃいうんで何十人か満州に送り出しましたがな」と、校長はゴクッと水を飲み干した。

「満州の地は武田さんもよくご存じのことじゃろうが、あの満州の国が敗戦のどさくさでどんなことになったか、それに関東軍がなにをしてくれたか、いや、あんたが関東軍の兵隊じゃったからいうて、いまさら文句言うても始まらんが……」、彼はここで言葉を切って言った。「わしら教師が送りだした子どもらは一人も還ってはこんかった。一人もじゃあ」……校長はメガネを外して、背広の袖口で拭いた。

「あの子らが、どんな目に遭い、どんな最期を遂げたか、いまさらわしは知りとうないですわ。いくら国策じゃいうて、なにも知らんほんの中学生ほどの子どもを中国の東北部、極寒の地ですわな、そがなところに開拓団義勇軍ちゅう名目で送り込んだ、わしらの罪は深い。これは言うてみれば本土防衛、日本の生命線を守る砦ですがな、いわば防人みたいなもんです、まあ太古の昔から国家のやることはおんなじですわ、弱者ばかりがひどい目に遭うという構図が……」、校長は酔っぱらうとなかなか饒舌だった。「いや、わしは酔っちゃいません、これしきのことで。しかし、わしは今でもあの子たちのことを思うと……」と言いながら、不意に顔を歪めた。そしてちょっとションベンを、と外に出ていってしまった。

父はお茶を啜りながら黙っていたが、母は嫌な顔をして言った。「まったく、あの校長先生という人は、あんな泣き事を言いながらそのくせ手のほうは油断も隙もならんのよ。なんかと理由をつけちゃあ、すぐ人の尻を触ろうとするんじゃから」。

私はいつもの覗き戸から興味深く見守っていた。すると外でなにやら話し声がする。と、同じ中学の先生がひょっこり顔を見せた。「すんませんが、校長さんはこのままボクが連れて帰りますけん」と彼は言う。「まったく酔うと昔の話がひつこいんですわ、それもいっつもおんなじ話ばかり、よっぽど気に掛かっとるんでしょうかねえ」。先生はブックサ言いながらも、校長を抱えて夜の闇に消えていった。

昔の話、といってもそれほど大昔のことではない。ほんの10年かちょっと前の、しかし人々の心の奥底にまだ生々しく残っているわだかまり、それが戦争の記憶なのだった。

私は駐在所の前を、1人の老人が杖をつきながら歩く姿を見たことがある。母があの人は昔の偉い軍人さんだと教えてくれた。そういえば軍服を着ていたような、そんな錯覚をしていたが、いやそれはないだろう。しかし背筋をしゃんと伸ばして、かくしゃくと歩いている姿は元帝国高級軍人としての侵しがたい威厳があった。昔読んだ芥川龍之介の短編小説『堕ちた偶像』？ の老将軍そのものだった。あの老人は一体何者だったのだろうか、もしかしたら私の記憶違いではと思っていたところ、幸いにも『旭町誌』に彼のことが記録されあった。いわゆる郷土の偉人の1人なのだろう。

板倉一生（いたくら　かずお）　明治33（1900）年、垪和村中垪和谷に生まれる。父板倉太郎左衛門が警察官のため（岡山市に）転任して、岡山市内山下小高等科一年終了から陸軍幼年学校に入学、陸軍士官学校（第33期生）卒。大東亜戦争では近衛師団参謀としてシンガポール攻略戦に参加、ボルネオで負傷。昭和20年善通寺師管区高級参謀兼四国軍管区参謀、陸軍大佐で終戦を迎える。勲四等功三級受章。戦後は帰郷して晴耕雨読の生活に入っていたが、病を得て昭和40（1965）年没、65歳。

板倉大佐も垪和（栃原）で生まれた。しかも父親が警察官だったというからには、あの旭川ダムに沈んだ古い方の駐在所だったのだろうか。彼の経歴からなにかを読み取ることは可能だろうが、私にとってそれはどうでもいいことだ。ただ、戦後帰郷した彼がどういう思いで日々を過ごしていたのかに興味がある。私が見た板倉元大佐は還暦に近い歳だったと思うが、記憶では古希を過ぎた年寄りに見えた。「国破れて山河あり」、杜甫の漢詩の初句であるが、彼はまさにそういう心境だったのではあるまいか。敗戦後から20年の歳月をどのように過ごしたのか、私の目にはただ彼の寂しげな後ろ姿が妙に印象深く残っている。

昭和36（1961）年初夏に起きた事件、それが西川駐在所での最後の事件簿となった。

1通の有線電話がかかってきた。「もしもし、駐在さんですか」、これが事件の始まりだった。息せききった男の声で、「今、見知らぬ女の人がうちに助けを求めてきましてなあ……」。昼を少し回った頃である。母が電話を掛けてきた家とその女性の様子を手早くメモしていると、そこに折よく巡回から父が戻ってきた。ざっと聴取した結果、この白昼の田舎道で女性が背後から襲われて暴行を受けたと判明した。本署に連絡をして指示を仰ぐと、すぐに応援部隊を向かわせるとのこと。ここまでが母の談話である。

私が学校から帰って来ると、駐在所の前や隣の材木置き場に警察車両が何台か駐車していた。すわ事件が起きた、私は逸る気持ちを抑えながら、勝手口に回った。台所で母がお茶の用意をしている。私の顔を見るなり、「あんた、上の部屋も使うかもしれんから、必要な勉強道具はここに運んでおかれえ」と言う。慌ててランドセルに教科書やら遊び道具などを詰めて下の居間に行くと、なにやら急に表の事務所が騒がしくなっている。どうやら、被害者の女性がやって来て、これから事情聴取が始まるらしい。例のガラス戸からそっと覗きこんだ。

女性は腕に白い包帯を巻いていた。町の診療所で診察を受けたばかりらしい。俯いたままではっきりは見えないが、長い髪の隙間に白い顔がすこし覗いていた。女性は話し始めた。

「ええ、バスを降りて歩いていた時……。ちょうど発動機なんかを置いている小屋のそばで、いきなり後ろから……ものすごい力で押し倒されてしまって……そうです、この傷はその時のもので。え、相手の顔？　いえ、見ていないです。目をつぶっとけ、見たら殺すぞ言われてもう怖くて……（ここで急に当時を思い出したらしく、女はしくしく泣き出す）」

話は要領を得ないが、犯人は男であることは間違いない。

「……そういえば、白い服のようだったと思います、上着が。カッターシャツだったかも……とにかく白い上着のようなものしか見ていません。逃げたのは車かバイク？　ですか、いえ分かりません、物音も聞いていません。もうなにが起こったのか、近くの民家までどうやって歩いて行ったのかも……」

「暴行」、「強姦」、「手ごめ」、表現はいろいろであるが、私はここで初めて男特有の犯罪を知ったのだった。ただの暴力ではない、女に対する凌辱、これは許せないと思った。なんにしても、白昼堂々、こんな田舎町で婦女暴行事件が起きるなんて信じられないことだった。

一体犯人は誰なのか。早速、付近の住民への聞き込みが開始される。次々と参考人が呼ばれてきた。夜になってからも複数の事情聴取のため、やはり2階の部屋も使われることになる。

中学校から帰った姉は応援のお巡りさん達の夕食用の食材買い出しに行かされた。献立は塩鯖の焼き魚に冷や奴、南瓜の煮物など。なにぶん暑い日なので食中たりしないようにと、母は随分と気を遣っていた。余談であるが、それから暫くして我が家では冷蔵庫を購入することになる。昭和36年当時、一般家庭で冷蔵庫というのはまだ珍しかった時代である。宿直の中学教師がうちの冷蔵庫を当て込んで、夜食用の豆腐を持ってきたほどであったから。

その夜は遅くまで捜査が続けられたらしい。表の騒がしさは父の仕事の領域と割り切って、明日も学校がある私たちは普通に寝たと思う。朝になって事務所を覗くと、もう誰もいなかった。男たちのむっとする人いきれだけが昨夜の喧騒の痕跡を残しているだけで。

学校から帰ってみると、私たちの勉強部屋になっている2階の部屋で、誰か見知らぬ男性が布団で休んでいた。「あの人は昨夜遅くまで捜査していた、本署のお巡りさんよ。明け方まで走り回って、疲れているからね」。母の説明で、私はお疲れのお巡りさんを起こさないようにそっと階下に降りた。

事件のほうはどうなったのか。犯人は捕まったのだろうか。昨日まではこれといった進展はなかったように思われたが。しかし母の話では容疑者はすでに逮捕勾留されて本署に移され、今そちらで取り調べを受けているという。へえ、と驚いた。全くのスピード逮捕ではないか。

昨日の話では有力な目撃情報はなかった。「いつもと同じ昼下がりで、特別変わったことはなかったよ」。事情聴取を受けた村の人たちは口を揃えて言ったものだ。「ああそういえば、配達に回っているクリーニング屋を見かけたぐらいだっけ。たまにほら、集落に洗濯物を集めにやって来る、あの兄ちゃん。その店員は白い上着を着ていたか、って？　ああ着てたよ。今は魚屋にしろ、肉屋にしろ、医者が着るような白いユニホームみたいなもん、みんな着とるからね」。

というわけで、捜査員は隣町にある某クリーニング店の店員に事情を聴きに出向き、そこであっさりと容疑者として彼を逮捕、身柄拘束となったわけである。

昼下がりだった。そのクリーニング店の店員は配達を終えた後、たまたま農機具小屋の陰で一服するために、自転車を停めたのが間違いの元だった。そこは初夏の暑い陽射しを遮って、川下から涼しい風が吹いていた。

ぼんやり田舎道を眺めながらタバコを吹かしていると、先程すれちがったバスから降りたらしい、1人の若い女性が歩いているのが見えたのだ。後ろ姿の、特に白い足首が目に入った瞬間、男の心の隙間に「魔」が差し込んできたのだった。あの女を襲いたい、襲って我がものにしたい、という魔が。「ほんとにちょっと魔が差しただけなんで」と彼は捜査官に言った。「全くの出来心でして、魔が差したとしか思えませんや」。しかしその「魔」とやらを飼っているのもテメエ自身だろうが、と捜査官は男を窘めたのだったが。

翌日の山陽新聞の地方版には、この事件はごく小さく掲載された。もちろん「魔が差した」云々も記事としては載っていない。悪いことはみんな「魔」のせいであるというので、我が家ではしばらくの間、「魔が差す」のフレーズが流行った。曰く、「魔が差して、成績が上がらんかった」、とか「魔が差して、つまみ食いした」とか。

西川での冬がまたやってきた。この地で足かけ4年目、いよいよ来年には姉は中学3年生、そして私も中学校に進む年である。かねて父は私たちを県北随一の進学校である津山高校に入学させる意向を持っていた。しかしこのまま来年もこの地に留まっていては、近場の落合高校に進学することになってしまう。それに同じ駐在所での勤務が既に4年目というのはどうみても長過ぎる。いままで短期で約半年、平均で2年ぐらいの間隔で転勤していたからだ。当然本署の人事部でもそんなことは承知しているらしく、年が明けるとすぐに我が家は津山校区にある駐在所に転勤が決まった。

この話は警察内部の事情として秘匿していたのであるが、いつの間にか外部に漏れ、町内住民に知れ渡ってしまった。そして人々が餞別の挨拶に訪れるようになった。そのなかでも私が特に記憶に残っていることがある。それは2月半ばの寒い日曜日だった。小学生と思われる兄妹2人が、駐在所を訪ねてきたのである。お手製のリュックを重そうに背負っている。彼らは管内の山奥からわざわざ餞別のお米を届けにやってきたのだった。

母はすぐに2人を温まった炬燵に招じ入れ、姉をお菓子の買い付けに走らせた。帰りには重たかったお米に代って、彼らのリュックの中はロッテチョコレートや前田のクラッカーや梶谷のシガーフライやら春日井のゼリービーンズやら味覚糖アメやらのお菓子類が詰まっていたことだろう。丹精こめて収穫した米を餞別に贈りたいという、その農家の気持ちは私たち家族にも痛いほど通じていた。そして嬉しかった。父の警察官という仕事はやはり人々の役に立っているということがわかったからだ。少しは誇りを持っていいのだった。お使いが済んで帰っていく兄妹の、真っ赤な頬っぺたが今も忘れられないで目に残っている。

9

超ボロい家での暮らし（倭文《ひとり》駐在所）

岡山県警察　加美警察署

住所　岡山県久米郡久米町里公文《さとくもん》1679番地

時期　昭和37（1962）年3月～昭和40（1965）年4月

家族　清（44歳）秋野（41歳）京子（14歳）婦美（12歳）……年齢は移動時

⑨倭文駐在所
（元タクシー会社）

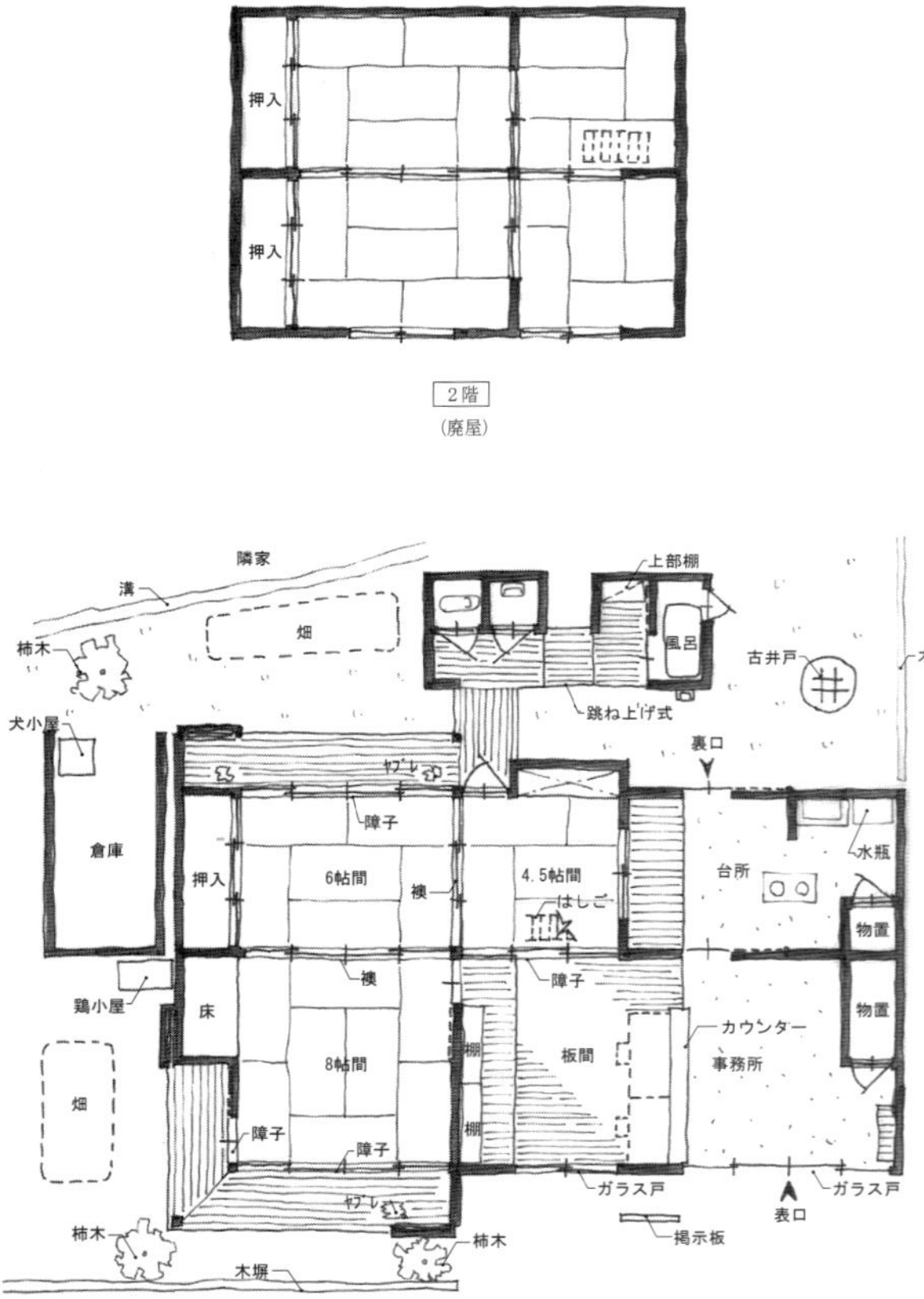

引っ越しの日は雨が降り出していた。西川の町を北に流れている通谷川を津山の方向に沿って車を走らせると（今は国道429号線になっているが）、休乢《やすみだわ》峠に出る。そこを境界線として、父の新しい勤務地である倭文《ひとり》駐在所の管内に入る。ここからが津山高校を含む津山学区の西の端になるのだった。既にトラック1台分の荷物は先行して到着し、荷物の運び入れが始まっていた。それにしても次なる我

が一家の駐在所はこれまでに見たこともないほど古びた家屋だった。道路にせり出して建つその家は元タクシー会社の事務所だったという。なるほどそう言われてみると、表玄関は4枚のガラス戸になっていて、事務室は受付用のカウンターがあり、土間には待合所ふうな造り付けの長椅子もある。

その奥は農家によくある作りの台所になっていた。だだっ広い土間の中央には今は使われなくなったかまどもあった（このかまどは後に父によってぶち壊されることになる）。家は典型的な田の字型の間取りで、どの部屋も陽の光が届かず、雨が降っているので昼間なのによけい薄暗い。居間の鴨居に下駄の鼻緒のようなものがぶら下がっていて、よく見るとマムシの干物だった。前任者が忘れていった代物である。これを焼酎に漬けてマムシ酒にでもするつもりだったのだろう。

2階に上がる梯子があって、埃だらけの階段を上っていくと、これまた塵と埃の部屋が広がっていた。この2階部分はもう何年も使われた気配のない廃屋そのものだった。足元に大きなネズミの死骸が転がっている。破けた襖には雑誌『明星』から切り抜いたグラビア写真が貼ってあり、よく見ると若き日の三船敏郎とその家族の写真だった……など、どこを見渡しても薄気味悪い空間が広がっていた。そうっと階下に降りると、荷物を運ぶ人々が忙しく働いていた。台所では白い割烹着姿のおばさんたちがさっそく宴会用の料理の準備に取り掛かっている……。

西川駐在所を出立する時に、父は町民の一人から手紙を託されていたらしい。薄いハトロン紙に自筆で認めた送別の辞で、これは50年後に父の遺品の中から見つかったものである。赤茶けて今にも破れそうになっているが、父は最期まで大切に保管していた、その手紙の全文を掲載しておく。

別辞

長い間旭町の治安行政の為にお尽くし下さって有難う存じました。一市井人として満腔の感謝を捧げます。

お別れするとなると旭町の在任が短かったように思われてなりません。任地が変われば、気分刷新にもなって武田さんにとっては御都合のよいことであろうと感じますが、残された私達は言いようのない寂しい気持に襲われます。

新しい任地は、津山市に近いだけに、旭町とは異った意味の人情、風俗のあろうことが想像されます。従って或いは、激務が待ち受けているやも知れません。

どうか任務は勿論大切でしょうが、お互いに健康であることが最大の資本である筈です。健康な人生から歓楽が生じ、平和な家庭の雰囲気も生まれる訳で、これまでのお宅の他人もうらやむような楽しい家庭を毀さない為にも、体に御無理をなさらないように、身体強健を過信され易い体格の所有者である為に苦言を呈しておきます。一日に例えたら、気分は午前十一時頃でも、年令からくる体は午後三時頃です。

いつまでも平和な幸福な御家庭であることをお祝いします。

昭和37年4月1日　　久米郡旭町江与味《えよみ》　　香川幸一

武田警察官殿外御令室並びに御令嬢様

この香川幸一氏とは如何なる人だろうか。しっかりした文章から察するところ、かなりの学識を有する人物と見受けられるが、詳しいことは一切分からない。だがこの香川氏が予見したごとく、「旭町とは異った意味の人情、風俗」の久米町は私たち一家とって、彼の言う「激務」とまではいかないにしろ、ある種の厳しいものが待ち受けていたのは事実である。

高校受験を控えていた姉には、中学3年時での転校というのは大変だったはずだ。私にとってもこの倭文駐在所での中学生活3年間はあんまり楽しいものではなかった。文字通り「石の上にも三年」、このことわざを常に肝に銘じて過ごした期間だった。父が子どもたちの進学のために望んだ転勤であり、それを知っている以上は何も文句をいう立場ではない。我慢して次の転勤の時を待つしかなかった。まあいつかはここを出ていくのだからという気持ち、これが心の支えだった。

「倭文」と書いて「ひとり」と読む。住所は「里公文」。こちらは素直に「さとくもん」と読めばいい。古書によると、倭文という名前の付いた場所は官吏などが神に仕える時に着用する帯を織る一族が住む所だと言われている。どうやらこの地方は養蚕が盛んだったらしく、近くには「桑上《くわかみ》」「錦織《にしこり》」などの地名もある。飛鳥・奈良時代には既に美作の国として成立していた歴史のある土地らしい。津山市までバスで30分余り、ここは津山学区の西の端である（50年後、倭文駐在所のある里公文一帯は津山市に編入、この倭文駐在所も津山警察署の管轄となる）。

先にも書いたが、ここでの中学3年間は、あんまりどころか「全然」、「全く」、「ちっとも」、楽しい期間ではなかった。それは私が思春期に差しかかった時期だということも大いに影響している。しかしそれを割り引いても地区全体が西川に比べて活気がなかったし、閉鎖的だった。津山市に近いということもあるのだろうが、西川とは明らかに人情の温度差が低いように感じた。私は中学校では1人も親しい友人が出来なかった。だいたい入学したその日に、「アンタとは友だちにはならない。なぜなら、すぐ転校するから」と一人の女子生徒から早々に絶交宣言されたほどだった（その女の子はその後、ゴメンと謝ってくれたが)。何の差別も偏見も競争もなかった良き子ども時代、つまり小学校時代は終わったのである。それでも中学校生活は否も応もなく過ぎていく。この駐在所は単に高校入学のための通過地点、と割り切って考えることにした。

唯一嬉しかったことと言えば、この中学校では新学期から学校給食が再開されたことだった。話によると前年度に食中毒騒ぎが起こったため、一時中断されていのだという。私は学校給食が大好きで、給食にありつけるだけで学校生活は苦痛ではなくなった。食べ物に好き嫌いはないが、特にあの薬臭い脱脂粉乳が好きでたまらない。それで給食当番になると、つい自分用のアルミ椀にはドボドボと、ミルクを入れすぎてしまうのだった。

編入学した学校の名前は秀実《しゅうじつ》中学校といい、駐在所とは道一つ隔てた隣に建っていた。私たちと同時期に、営林署員の家族で、姉と同じ3学年に転入してきた男の子もいた。めったに転出入する生徒のいない田舎の学校で、私たち3人組はただ津山高校入学を目的に中学生活を送ることになる。

駐在所に来て3か月ほどして、梅雨末期の大雨が降った。

1学期の期末考査が近づいている頃だった。私は中学校では卓球部に属していた。試験の1週間前になると部活動は一時中止になる。その最後の練習が終わって、校門前の雑貨屋でパンと牛乳を買った。しかしお金を払う段になって、財布の中には1円玉と5円玉の小銭しか入っていないと気付いた。「すみません、細かいお金ばかりですが」と言うと、「ええよ、1円玉だって5円玉だって立派なお金じゃあ」、そう言って店主である小父さんは快く受け取ってくれた。

家でこの話を美談として披露したところ、思いがけず母は眉をひそめた。「あの雑貨屋のおじさんのこと、最近影が薄くなっているような気がして、ちょっと心配しとるのよ」。母に霊感のようなものがあると気付いたのはいつ頃からか、時々妙なことを口走るのだが、それがまたまた妙に当たるようなのだ。しかしその時はたいして気にも留めていなかった。例の「影」霊感が始まった程度にしか。

期末考査の最終日、家で昼食を摂っていると小雨が降り出した。帰宅途中だった女子中学生が2人、雨宿りするため駐在所に立ち寄った。すぐ止むだろうと待っていたのだが、雨は次第にひどくなってくる。ちょうど同じ地区に帰る男の人が通りかかったので、母はその人に女の子たちを託して、一緒に帰ってもらうことになった。ところが彼らが出て行ったのを合図に、雨足が一段と激しくなった。

午後を少しまわった頃だろうか、いきなり水が土間まで入ってきた。あっという間である。地べたに置いてある洗濯機を床の上にあげた。しかし事務所の板の間はそのまま水浸しとなった。

外は道路と川の区別がつかなくなっている。父が大急ぎで巡回から帰ってきた。大雨でどこも危なくて通れなくなっているという。本署へ連絡しているうち、消防団の人たちが集まってきた。家の中は2階からの雨漏りがひどく、壁伝いに水滴が流れている。壁際に勉強机を寄せていたため、出してあった教科書が全部濡れてしまった。家にある貴重品だけを2階の廃屋部屋に上げることにして、タンスの引き出しを抜いてホコリだらけの2階の間に運んだ。ついでに2階の窓から外をみると、家の前はまるで太い川だった。その濁流の中を雨ガッパの男たちが歩いていた。外のニワトリ小屋で飼っている鳩は天井近くに取り付けた巣箱に止まっているらしく、時折ククッと鳴く声が聞こえた。

その夜、町内からおむすびの炊き出しが届いた。我が家では食べ物は充分に備蓄してあったが、せっかくだからとその塩結びのおむすびをいただいた。こういう時の心尽くしの食べ物は美味しさも格別である。

停電になって明かりがないので、事務机の上にろうそくを何本が灯していた。そこに山陽新聞の記者だという若い男が駐在所に辿り着いた。この大雨の中を津山支所から取材に来たという。頭にハチマキをしめ、雨ガッパの上から腕章を付けている。彼は炊き出しのおむすびを美味しそうに食べて一息つくと、また取材にと飛び出して行った。報道機関である新聞がこういう元気な記者によって作られていることを実感したものである。

翌日になると、水は引いていた。幸いにも我が家は床下浸水にだけで、それは大いに助かったのだが、その後の始末が大変だった。汲み取り式の便所は肥壷がいっぱいになっていた頃で、そろそろ汲み出しをしなければという時期だったが、あの大量の糞尿は何処へいったのやら、きれいさっぱり何も残ってはいなかった。泥水の掻き出しに消毒にと、消防団や地区の人々が協力して家々の清掃に回った。夏休みに入ると今度は私たち生徒が部活動の前に、校庭の掃除や校舎の後かたづけに追われることになった。

あの雑貨屋の小父さん、母が「影が薄い」と心配していたあの老人は、今回の大雨における数少ない犠牲者の1人となった。店の裏庭で飼っていた牛の様子を見に行って行方不明となり、その後、川下の方で遺体となって発見されたという。

この地区ではこれからも度々、大雨による河川の浸水に悩まされることになる。

コロという犬を飼うことになったのはいつ頃のことだろう。それまでにも、学校で保護された鳩の番いをニワトリ小屋で飼ったことがあったし、駐在所の敷地は広いので、拾得された動物の受け入れは当然のことだった。コロは隣の倭文幼稚園で拾われたのを貰い受け、我が家にやってきた。裏庭の倉庫が彼の居場所である。

痩せたシバ犬の雑種で、ただただ喰い意地の張った、何の芸も出来ない雄犬だった。私は部活が終わった後など、彼と一緒に川向こうの田んぼの畦道をゆっくり歩いた。「いち」とはまた一味違った、優しい気性の犬だった。

古い駐在所の周囲には柿の木が3、4本もあって、毎年のように鈴生りに実った。高い枝の柿は熟しきるとポトリと落ちてくる。それを下から待ち受けて、コロは器用に種だけ残して喰っていた。冬が来ると、今度はお風呂場の焚口のそばに小屋を移動した。コロは私たち一家がこの駐在所に住んでいる間は幸せだったと思う。私もここでの生活をなんとかやり過ごすことが出来たのは、ひとえに彼のお陰である。

コロを飼う前は鳩を飼っていた。中学校の校庭で迷子になっていた番いの鳩を保護したのだが、駐在所には立体的なニワトリ小屋がある、というのでそこで飼うことに決まった（当時、もうニワトリを飼うのは流行らなくなっていた。卵が安く出回るようになっていたからだ）。人によく慣れた鳩だったが、まもなくしてあの大雨に遭遇した。幸いにも餌場も寝場所も高い場所に設置していたので、大事には至らなかった。しかしまもなくして、雌の方が死んでしまった。原因は羽毛に虫が涌いたためだった。1羽ぼっち？になった雄の鳩は寂しそうだった。気を紛らせるために、時々外に放してやった。初めのうちはちゃんと帰宅していたのだが、そのうち段々と帰らなくなってきた。

どうやら2軒先の乾物屋の若い雌鳩と仲よくなったらしい。そこの小母さんが、「ごめんねえ、うちのポッポ（その家の雌鳩の名）が連れ込んでしもうて」と謝っていたが、私はそれでよかった。妻を失くした鳩が再婚して婿に入ったとは、めでたい話ではないか。そしてまもなく雛が誕生して、ポッポ一家も益々の繁栄をと願っていた矢先……、同じ乾物屋で飼っているネコにやられて、一家全滅してしまった。禍福はあざなえる縄の如し。憎っくき犯人は店のガラスケースを前足で開けては商品の干し魚などを失敬するような茶トラの雄猫だった。

姉、中学三年の夏休みになった。のんきな彼女もさすがに高校受験の正念場と腹を括ったらしく、津山市まで出掛けて風呂敷包みいっぱいの参考書や問題集を買い込んできた。なにしろ当時の公立高校の受験は国・英・数・社・理の主要5科目に加えて、美術・技術家庭・音楽・保健体育の4教科、そのうち美術は実技試験もあった頃である。全科目すべてが受験対象というのは勉強する方にとっては大変であった。

次の表は津山高校の生徒募集人数の推移を並べたもの。

昭和36（1961）年入学時――500人定員（昭和20年生）
昭和37（1962）年入学時――500人定員（昭和21年生）
昭和38（1963）年入学時――605人定員（昭和22年生）
昭和39（1964）年入学時――605人定員（昭和23年生）
昭和40（1965）年入学時――605人定員（昭和24年生）
昭和41（1966）年入学時――550人定員（昭和25年生）
昭和42（1967）年入学時――480人定員（昭和26年生）
：　　　　　　　　：
平成26（2014）年入学時――280人定員（平成10年生）

この表を見ると昭和22年から24年生まれのいわゆる団塊世代の受験生に対しては、前年度の昭和37年（21年生）に比べていきなり105人の増加である（それから50年後の平成26年度の募集人数は約2分の

1の280人まで減少）。それだけ団塊世代の人数が多かったのであり、必然的に競争も激しかったのだろう。渦中にある私たちにはピンと来ないが。

入学定員の状況を単純に考えると、津山高校に合格するには成績順位が学区内で上位六百番目までに入っていればいいとわかる。とにかく600番目までが勝負である。津山学区の各中学校では「柿木《かきき》書店」の模擬テストが月に1度の割で実施されていた。その模擬テストの結果が合格順位のおおよその目安となる。それによると、どうやら姉の成績は600番までに入っていない、いわゆる危険水域にあるらしい。つまり、このままでは津山高校に入学出来ないことになる。

……受験まで2か月を切ったある日、姉は試験勉強に集中すると称して、2階にある廃屋部屋に上ってしまった。塵埃の中の、机まわりだけを掃除して、その中に練炭炬燵を据えつけた。これで家族に気兼ねなく勉強できる。こうして階下の家族の生活とは別世界の、廃屋の中での孤独な猛勉強が始まった。

さて、高校入試はどうなったか。父は「わしの子なら出来る」が口癖だったが、はたして父の期待通りになったのか。

結果はなんと、合格だった。秀実中学校の3年生85人ほどの内、10人ほどが津山高校を受験し、そのうち8人ほどが合格（人数については推定。2年後の私の受験の時もほぼ同数だったと思う）。

この中で、不合格になった生徒の1人は土地の名士の子弟だったから収まらない。「どうしてうちの子が落ちたのか」と学校に怒鳴り込んできた。それは600番目に届かなかったからでしょ。しかし、父兄は納得しなかった。おかげで、何故かこちらに矛先が向ってきた。父兄は言った、「駐在所の娘が受かったのはおかしい。うちの子より成績が悪かったはずじゃ。たぶん、父親の権威で教育委員会に入れてもらったんじゃろう」と。これには呆れてしまった。たかが一介の巡査風情にどんな権威や権力があって、県の教育委員会を動かすことが出来るというのか。駐在所、というか警察に対して、何かとんでもない誇大亡想を抱いていたとしか思えない。今ではとても考えられないような思考である。

さて、合格したものの、その後の津山市までの通学は大変だった。自転車で1時間以上かかる距離である。バスも通ってはいたが、定期代が高すぎる。こんな環境では高校の部活などは体力的、時間的にとうてい無理だった。毎日の通学が即ロードサイクリング部だったからだ。朝は7時前に家を出て、帰りは4時過ぎ。学校の往復だけでヘトヘトになった（50年後の現在、さすがに通学事情は改善され、第三セクター方式による地区の生徒を対象にしたスクールバスが運営されているらしい）。

この倭文駐在所での一番の思い出は、家族旅行が実現したことだろう。大阪の伯父伯母の家に2泊3日の旅だった。これまでも何度か一泊ほどの旅行を計画したこともあったが、直前になって事件が起きたりしてすべてご破算となっていた。

私、中学3年生の夏休み。コロと裏の畑の世話は近所の農家の小父さんがやってくれることになった。時は昭和39（1964）年8月、東京オリンピックが開催される3カ月前のことである。

その頃でも宿泊となるとお米持参が常識となっていた。いわゆる配給米制度がまだ続いていて、春の修学旅行で奈良・京都の2泊3日の旅にも2合ほどの米を持っていった。この家族旅行では大阪の夫婦2人の生活に4人分の家族が加わるというので、一升ほどの米を持参したはずである。

タクシーで津山まで出、国鉄姫新線で津山駅から姫路駅まで、そこから乗り換えて大阪まで約3時間という旅程。父はぜひ大阪城に登るぞ、と張り切っていた。私は道頓堀に行きたかった。何かの雑誌で、大阪一の繁華街と聞いていたからだ。昼過ぎに伯父と合流。伯父は朝日生命に勤めていて、この日は私たちのために午後は休暇をとったという。みんなで大阪名物の通天閣に上った。母は下を見ると眩暈がする、などと言ってぎゅうっと私の腕を掴んで放さない。みると買ったばかりのハンドバックの口金が歪んでしまっていた。ここで母が高所恐怖症だということが判明した。また、デパートのエレベーターにも乗れなかった。乗り込むタイミングが取れないというのである。いやはや、大変な旅行だった。母にはとても都会生活は出来ない。

伯父の家は摂津市正雀にあった。阪急電鉄が分譲した、大阪の郊外に建つ新築の家。サラリーマンの伯父が10年がかりで手に入れた憧れのマイホームというわけである。我が家の間取りとは違って、部屋が細かく分かれていたが、台所と食事室が合体した所謂ＤＫ（ダイニングキッチン）、椅子に腰かけて食事をするのが目新しかった。私はこんな家に住みたいと思った。

檜の風呂は都市ガスで沸かすのだが、風呂の水はそのまま換えないで「ずっと継ぎ足して入っている」のだという。なんでも、たった2人きりでは水道代がもったいない、ということらしい。さすがに私たち家族がやってきた二日間だけは水を入れ替えたようだったが。

どうやら伯母たちは大阪でいうところのガメツイ人種であるらしい。大阪の人全てがガメツイというわけではないが、大阪に住むと人間はガメツくなるのかと思った。淀川で拾ったという雑種の犬を飼っていたが、それは残飯整理のためらしかった。その犬はきゅうりのヘタやらリンゴの皮はもとより、生ゴミ残飯なんでも喰ってしまうすごい雑食犬だった。

この家自体は住み心地が良さそうだったが、伯父伯母夫婦との生活はどうだかわからない。伯母は「将来大阪の大学に進むんやったら、うちから通えばええ」と言ってくれたが。竹次郎伯父は苦学して関西大学を出ているそうだ。戦地から帰還した時、30近くになっていた彼は黒門市場で働きながら関大の夜間部で勉強した（卒業時には昼間部に移籍）。大学を卒業する頃はひどい就職難の時代だったそうだが、なんとか大手の企業に入社することができたという。そんな伯父の生き方は私の人生に幾ばくかの影響を与えているかもしれない。私の半生を振り返ってみると、そういうことになる。

毎年秋の頃になると、コロの散歩を兼ねて薪拾いに行くのが楽しかった。田舎の暮らしで最重要事項は燃料の確保である。大阪など大都市では既に電気ガスが普及し始めていたが、田舎の生活では煮炊き用風呂用にはマキが欠かせない。冬場に備えて、一家総出で薪の調達に追われた。

家の前の橋を渡ると、コロはすぐに鎖から解放される。彼は待ってましたとばかりに喜びいさんで古い墓地群の方に走っていく。お供え用の喰い物を漁っているらしい。私たちが農道に続く道へ曲がると、慌てて戻ってくる。農道のそばには下刈りした枝がそこかしこに束ねて置いてあった。あらかじめ農家の人に頼んでいた、我が家用の薪である。手分けして、それぞれが背負子に載せられるだけの木々を背負い、ゆっくりと家まで持ち帰る、冬が来る前にやっておくべき仕事だった。もちろん村の燃料店などから安価に薪を購入することも多かった。それら燃料を裏の倉庫に運び込んで、やっと冬の支度が終了となる。

風呂の準備は毎日の重要な家事の一つだった。井戸から水を運び込んでいた神目の駐在所時代ほどではないにしろ、風呂釜一杯の水を沸かすのはかなりの時間と手間がかかった。この家にも裏手に古井戸があり、かつては風呂水を汲み上げていたらしい。今はさすがに水道が通っていて、その分だけ楽になっているが。

我が家のお風呂を楽しみにしている人がいた。秀実中学校の数学教師である山崎先生である。先生は旭町西川の在で、この久米町まで休屾峠を越えてバイク通勤をしていた。先生の奥さんも家庭科の教師で、私も西川小学校で教えて頂いたことがある。ちなみに先生のお父さんもソロバンの先生で、これまた教えを受けた。

山崎先生の宿直日はだいたい10日ごとにあり、その日は部活の剣道指導でたっぷりと汗をかいた後、駐在所にやってくる。そして風呂からあがると、例の渋茶に駄菓子で話に花が咲くというわけだった。先生は青年学校を出ただけで教員資格を得たという。戦後の教育改革の中で、田舎の中学校に勤めるようになった経緯には複雑なものがあったらしい。しかし私はこの先生のお陰で、数学は得意教科の一つとなっていた。高校に進学してからも微分積分幾何までなんとか学力を保持できたのは、中学での基礎がしっかり身に付いていたからだと思っている。

テレビを購入したのは遅かった。確か昭和39（1964）年の暮れだったと思う。大晦日の紅白歌合戦はそれまではラジオで聴いたのだったが、やはり実際に見るほうが面白いと分かった。テレビ購入が遅れたのは子どもたちの方が「勉強の邪魔になる」と言って反対していたからだが、これは世間とは真逆の事情である。まあテレビが入ったからといって、それほど勉強の邪魔にはならないのだが。要するに邪魔になると思えば、それを観なければいいだけの話なのである。

ちなみに、アメリカ大統領J．F．ケネディが暗殺されたのがその前年の昭和38（1963）年11月22日、学校では生徒たちがテレビのニュースで見たと言って大騒ぎしていた。そう言えば、アイヒマンが絞首刑になったのがその前々の昭和37（1962）年6月1日。このニュースも我が家ではラジオで聴いた。「わたしは必ず蘇るだろう」と言い残したアイヒマンの遺言。それを真に受けて、当時中学1年生の私は戸締まりをきっちりした上、戦々恐々と眠りに就いた。ひょっとして彼の魂がこのボロ家に蘇ってくるのではないかと思ったからだ。今となって考えるに、彼はそんなに深い意味もなく、ただキリストの真似をして言ってみただけかも知れない。しかしその言葉を本気にした人間が、イスラエルから遠く離れたこの日本の地にもいたのである。

この倭文駐在所では事件らしい事件はほとんど無かった。そのうち、母は縫い物の内職の傍ら、地区の好事家に誘われて、当時から流行し始めていた菊の栽培に手を染めるようになった。大輪の菊の栽培と観賞、これは今でも秋になると後楽園で「菊花大会」と銘打って開催されている。こうして事務室の待合には菊の鉢が所狭しと並ぶことになったが、本署でも菊作りが流行していて、母も作り方などの情報交換をしていた。

ある日、その本署から電話がかかってきた。受話器を取ると、「おい、わしじゃあ。今度署長として加美署に赴任してきたんじゃが、オヤジはいるか。いるならちょっと替わってくれ」と言う、伝法な男の声。母は一瞬でカチンときた。「もしもし、アンタは誰ですか」。母の問いに対して相手は怒鳴った。「本署の署長じゃが。そう言うとるやないか」。母は言い返した。「そんなはずないでしょう。本物の署長さんなら、ウチの主人をオヤジなんて、そんな下品な言い方しないですよ」。その日、電話の主はよほど虫の居所が悪かったのか、それとも巡査風情の女房と侮っていたのか、母を相手に散々言い争ったらしい。

それから暫くして母が菊作りのために本署を訪れた時に、その署長だという人物に会う機会があった。そこで改めてお互いを確認して、呆然となったという。本物の署長だという人物は小柄な男だった。母も小柄な女である。小さい者同士、電話口で花々しく喧嘩したことが可笑しくなったのだろう、「どうもこの間は……」、と署長は照れ笑いしていたそうだ。彼は身体が小さいために虚勢を張っていたのかもしれない。しかし、小柄な母も負けてはいなかった。

ところで父は妻のそんな態度、つまり職場の最高権威者におもねらない母のことをどう思っていたのだろう。「仕事の足を引っ張るとんでもない妻」と姉と私は思ったのだったが、父はついに何も言わなかった。

私の中学卒業、それに続いて高校入学、そしてやっと転勤の時期がやってきた。次は亀甲の官舎だという。父が内勤に異動したためである。ただ問題は今度の住まいは長屋なので、犬は飼えないという。可哀想だがコロはこのまま駐在所に置いていくしかない、ということになった。そしてコロは引き継ぎの警察官に託されることになった。

新任の巡査がやってきた。ちょうど、私が風呂の焚口で不用な物を燃やしていた時だった。「あ、すんませんねえ」、振り返ると、そこに若い男性が突っ立っていた。何がすんませんだか、と私その軽薄そうな巡査を一瞥した。しかしコロの飼い主になるという、この巡査を見たのは後にも先にもその時限りだった。コロは無邪気にも新しい御主人様に愛想を振りまいていたが。

10

はじめての官舎の生活
――警察とは階級社会であると知る（亀甲《かめのこう》官舎）

岡山県警察　加美警察署　内勤　防犯係

住所　岡山県久米郡中央町原田１７４１番地

時期　昭和40（１９６５）年３月～昭和43（１９６８）年３月

家族　清（47歳）　秋野（45歳）　京子（17歳）　婦美（15歳）……年齢は移動時

コロは置いていかなくてもよかったのだ。

官舎の裏手には1坪ほどの空地があり、ここに犬小屋を置くことは充分に出来た。五軒長屋のそれぞれが菜園畑に、物干し場に、または物置にと、各々の土地を自由に使っていた。むしろ、防犯のためには犬を飼ってもよかったぐらいだった。今だったら「もっと事前に調査しろよ」と親に抗議するところだが、如何せん当時はまだそんな生意気なことを申し上げるような立場ではない。

しかし官舎入居の大きな利点は、「転校生」あるいは「余所者」というレッテルがなくなり、警察官と

⑩亀甲官舎

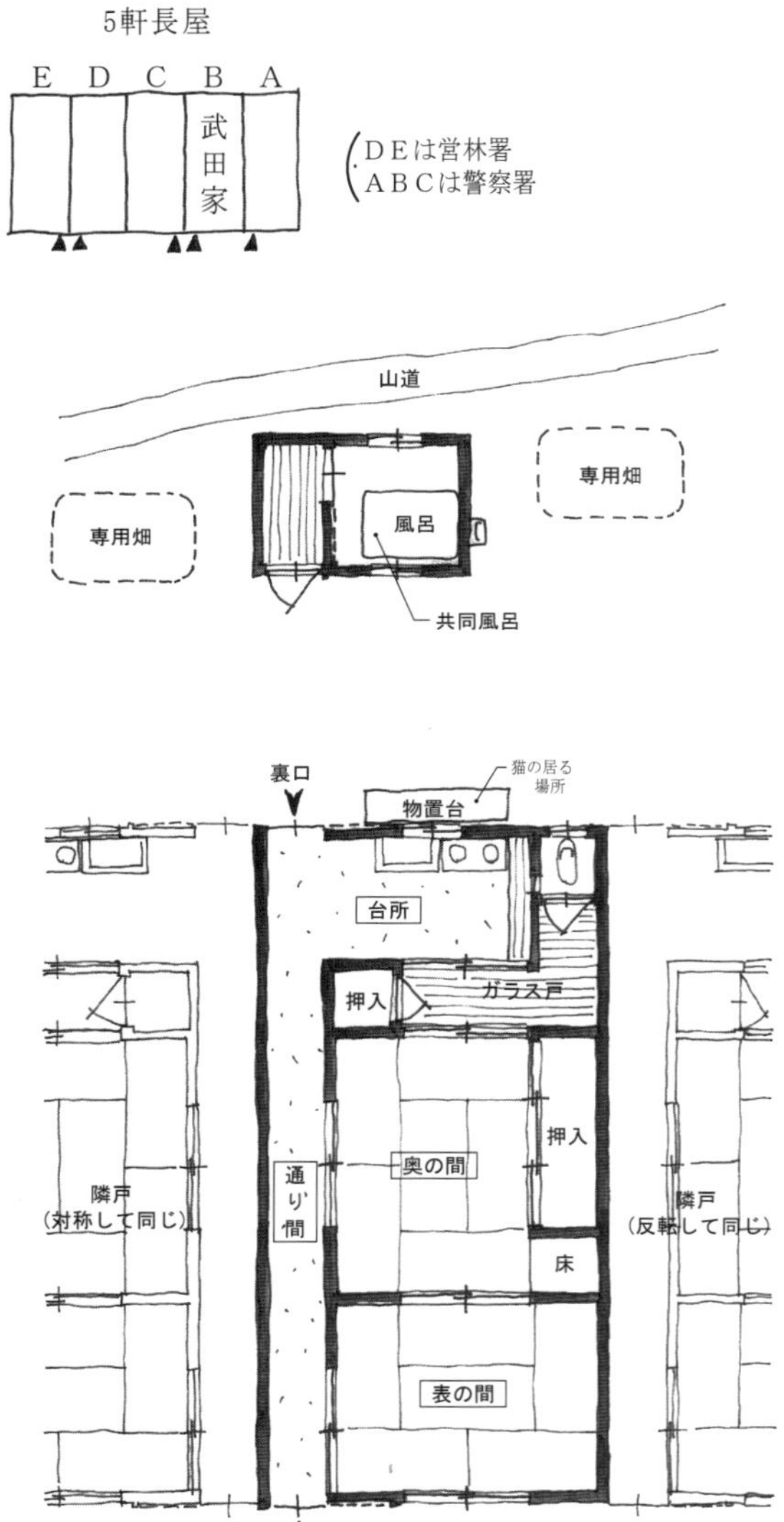

いう父の職業を意識する必要はなくなったことだ。周り全てが社員寮ならぬ警察官舎という環境なのである。だがその反面、同じ職場の家族が狭い地域に住むことの窮屈さを初めて知ることになった。それはいままでの一国一城の主たる駐在所生活では思いもしなかったことだった。

我が家は五軒長屋の右から2番目で、いわゆるウナギの寝床のような間取りの家。引っ越ししたその日、西隣の山田巡査（外勤課勤務、主にパトカーに乗務）の奥さんからお昼ごはんのお誘いを受けた。そしてはじめて東芝の炊飯器なるものを知った。意外や電気で炊いた御飯は美味だった。もっともよそんちの食物は物珍しさも手伝って、何でも美味く感じるものではあるのだが。それで早速我が家でもこの手の家電を購入することとなる。かまどに薪を燃やし、お釜でごはんを炊いていた手間が著しく省ける。味もそこそこに旨い。不用になったかまどは上に板を渡し、鍋や食器の物置き台として活用することになった。

家の荷物は6畳・6畳の部屋にぎっちり収まった、というか無理にでも収めなければならない。それで押し入れは勿論のこと、玄関から台所に続く通り土間を物置にすることでなんとか解決した。これも一軒屋住まいだったころには考えられなかった苦労である。家の中は買い足してきた大型家具に占領されて、狭い部屋が益々狭くなった。

部屋の使い方としては、玄関脇の6畳間が居間兼食事室兼両親の寝室となった。初めは中の6畳間が食事室だったのだが、一日中薄暗く空気が淀んだ部屋を敬遠して、次第に表の明るい部屋に集まることになったのだ。その上この部屋は母の裁縫室も兼ねていた。まだ母の内職は続いていたのだ。警察署内での口コミで仕事の依頼があると、断れないものに限って引き受けているようだった。しかし家の中は湿気がひどく、「針が錆びつく」と母はよく愚痴っていた。中の6畳間は必然的に私たち姉妹の勉強部屋兼寝室に決まったが、ここは広い通路のような部屋で落ち着かず、そのうえ姉は私と机を並べるのを嫌って、便所の前の通路を勉強コーナーにした。

私と姉は揃って「岡山県立津山高等学校」(正式名称)の高校生になった。姉は自転車通学から電車通学に変わって随分楽になったと言っていた。なにしろ国鉄津山線亀甲駅まで歩いて2分とかからない。後は自動的に汽車(電車)が津山駅まで運んでくれる。こういう時に交通の利便性は身に沁みるというものだ。

内勤の警察官の子ども達は近くの亀甲小、中学校に在籍していたが、学校側は転勤の多い彼ら子弟を特別扱いして(というか面倒くさがって)、学級名簿には「最後尾」に載せることが暗黙の了解事項となっていたという。今では考えられないことだが、ありそうな話ではある。また、警察官の子たちはたいてい津山高校に入学していたはずだ。そこに「警察官」としての矜持があり、子どもたちはよく父親たちの期待に応えていたことになる。もちろんその警察官同士にも階級によっては、子弟の出来不出来に対する嫉妬、優越感、競争心など、諸々の感情があったことはいうまでもない。母は毎日針仕事しながら、今までの駐在所とは異なる環境の中で、3年間を過ごすことになった。

官舎の風呂は五軒の共同風呂である。風呂当番に当たった家が一番風呂というわけで、この日ばかりはまっさらのお湯に入ることが出来た。入浴の時間は「各家庭で責任を持って速やかに」、これが暗黙のルールである。長屋の人数は1年目18人、2年目16人、3年目13人だったと思うが、この人数で一つの風呂を共有していた。他人と一つの風呂に入るという習慣は現在ではほとんど皆無となったが、当時は「貰い風呂」などという言葉もあったほどで、共同風呂自体そんなに珍しくなかった。とはいえ、毎日10人以上が一つの風呂を共有して使うことはあまり気持ちのいいことではない。この長屋暮らしがいつまで続くのか、はこの共有風呂がいつまで続くのかと同意語でもあった。

1軒長屋というのは屋根裏を共有した、1軒の大きな家屋だということを実感したのは入居の当夜からである。ズズッとネズミの走る音がする。警棒で天井を突くと、さっと遠くに走り去っていくのだが、しばらくたつとまた足音が戻ってくる。先輩住民の話によると、この宿舎は署内でも有名な「ネズミ長屋」だそうだ。まあ、玉島署にあったとかいう「ナメクジ長屋」よりはいくぶんマシ？ではあるが。警察署の官舎は戦前からの物件が多く、ましてここは営林署の官舎で、それを加美署が賃貸しているのだから文句は言えない。しかし毎晩のように続くネズミの運動会はやかましく、慣れないうちは神経が尖って中々眠れなかった。

引っ越して1、2か月ほどした頃だった。我が家の台所の窓で、1匹の猫がしきりに家の中を窺うようになった。白地に鯖模様がぽつぽつ入った、大柄の雌猫である。彼女は我が家の窓辺が気に入ったらしく、それからは一日の大半をそこで過ごすようになった。基本的には心優しい母のことだから、そのうち水やら残飯やらを与えるようになった。名前もみいちゃんと名付けた。ミイと鳴くからみいちゃん。いかにも安易な名前である。

初夏になるとみいちゃんはご近所で出産したらしい。仕事帰りの父はみいちゃんに誘われて、後について行ったそうな。彼女は雑貨屋の納屋の前でふと足を止めると、一声みゃあ、と鳴く。小屋の中の薄暗い片隅には、産まれたばかりの子猫が数匹いたという（しかし雑貨屋の人によってすぐに捨てられたらしいが）。

クリスマスの夜だった。雪の降誕祭。しかし降り出した雪は次第に積もってきた。一家でテレビを観ていると、ガタンと表のガラス戸が鳴った。風のせいだろうと誰も気に留めてなかったが、そのうち何度もガタンガタンとうるさく鳴った。さてはとガラス戸を覗いてみると、外に猫が佇んでいる。みいちゃんだ。

彼女は雪の降る寒空に堪えられなくなったらしく、家の中に入れてくれとミイミイ鳴いてはガラス戸に体当たりしていたのだった。「一度家に入れると、癖になるぞ」、と父は許さない。しかし、猫は飽くまでしつこい。みいちゃんは自分の要求が入れられないと知ると今度は裏口に回った。そしてここでもガタンガタンと体当たりを試みていた。

こうして暫くの間、家の内と外との攻防戦が続いたが、自分の身を賭した猫の体当たり行動に、とうとう父が根負けした。「しょうがない、しっかり足を拭いてから、家に入れてやれい」。こうして、その夜からみいちゃんは武田家公認の猫となった。動物というのは一度獲得した権利を決して手離さないことは秋田犬いちの例で実証済みである。その夜からみいちゃんは暖かい住まいを手に入れ、そのうち私たちと一緒に寝るまでになった。ただ、風呂の焚き口が好きで、冬場はよくその中にもぐり込んで、毛を焦がしていた。

猫を飼うメリットは意外に大きい。確実に「ネズミ長屋」から鼠が減った。みいちゃんは名ハンターだったのだ。気の強い彼女は裏庭に迷い込んだノラ犬にまで挑みかかり、みごとに撃退したこともある。彼女の評判を聞きつけた山の上の官舎でもみいちゃんを貸してほしいと要請があった。しかしよその家では文字通り「借りてきた猫」状態で、なんのお役にも立たなかった。どこがお気に召したのか、我が家を自分の家と決めたみいちゃんはそれから2度の引っ越しを経験し、最後の家で行方不明になるまでの約10年余の歳月を私たちと共に過ごすことになる。

父は防犯係に任命された。勤務地の本署は宿舎のすぐそばにある。お昼がくると徒歩1分の我が家に帰って、ゆっくり昼食の時間を過ごしていた。宿直の日（泊まりの日のこと。官舎住まいでは回数が増えた）

の夕食は三段重の弁当箱にぎっしりと詰まった料理が職場まで届けられる。父は女性陣合作の豪華弁当を喜んで食っていた。

本署での防犯係のコーナーは玄関受付から近いところにあったと思う。ある宿直の日、母がお弁当を持っていくと、父は段ボールから布キレを出して何かを調べている最中だった。どうやら盗難被害に遭った下着類の調査らしい。「お父さんちゅうたら、いまどきパンティを『ズロース』なんて言っとるんよ。女の下着の名前、知らんにもほどがある」。そこで、母が女性用下着についての最新名称を一通りレクチャーすることになったらしい。ランジェリーを手にした父が「この乳当てはなんと言うのかな」などと尋ねている図を想像すると可笑しくなる。

父は署内ではたった1人きりの防犯巡査であった。しかし無骨なわりに几帳面なところがあり、内勤の事務も苦ではなかったらしい。普通のサラリーマンのように、毎日決まった時刻に帰宅する生活は我が家では初めてのことであった。家に帰ると表の部屋で縫物をする母を相手にテレビを見る、これが父の日課となった。

正月が明けると、母は署長夫人主催の新年会に出席した。「署員家族の相互の親睦」と称する恒例の行事であるらしい。当の署長夫人の気苦労も大変だろうが、招待される方もそれなりの気づまりやら思惑がある。たとえば座敷のテーブル席は夫の階級によって座る場所が自ずと決まってくる。署長を中心に、警部、警部補、部長とお偉方の夫人の後に、その他おおぜいの巡査の妻たちが席を埋めていく。これは3年間、判で押したように繰り返された。その時の様子が今もアルバム写真に残っている。1年目、2年目、3年目、どのスナップ写真を見ても、ほぼ同じ顔ぶれがほぼ同じ場所に座り、さすがに毎年違った服装で写っている。

別段何の議題もないタダの集まり、これを私は署長宅の「猫の集会」と呼んでいた。母は「これも仕事のうち、給料の一部」と思っていたか、どうか。新年会から帰宅すると、黙って縫い物の続きをしていた。夫の地位がすなわち妻の地位、身を以てこれを実感する一日だったのだろう。

1年後、姉が岡山操山高校専攻科に進学、彼女はひとり岡山市内に下宿することになった。この頃からだろうか、我が家では秘かに「脱」加美署計画が進行しつつあった。父の警察官としての任期もあと数年、このまま加美署に勤めて定年を迎えることになるのか。いや、父としては、なんとしても自分の故郷である岡山市内の警察署に異動したいらしい。しかしそれは一介の巡査という階級では叶わぬことだった。そこで父はある「裏技」を考え出した。それは岡山市内に土地を買って家を建てること。この既成事実によって、例外的に署から署への異動を認めさせようというものだった。さっそく祖父方の知人のツテを頼りに、市郊外に土地を収得。この土地の代金はキャッシュで支払ったらしい。これも長年積み立ててきた母の内職の功である。

高3になると、私も進路も考えなければならなくなった。私としては大学進学の目的はただ一つ、就職のための資格修得である。常々母をみていると、あれだけの才能を持ちながらそれを生かせていないのは勿体無いことだと思っていた。どうして女は女というだけで、専業主婦の道を選ぶのだろう。「夫の地位が妻の地位」だなんて、これで女は満足なのだろうか。これで死ぬ間際に「ああ、いい一生だった」と思えるのだろうか。例えば母。この人は私たちの母親としてまた父の妻として、それだけで満足しているのか。他に何かやりたいことはなかったのだろうか。

私は不躾な質問を試みた。「どうしてお父さんと結婚したのか」と。母は一瞬嫌な顔をしていたが、ふと思い出したように言った。「無理やりに結婚させられたんよ」と。誰に?と訊くと、「大阪の伯母さん、あの静ちゃんよ」。終戦直後の男旱《おとこひでり》の中で、今摑まえとかんと一生結婚出来んよ、と脅かされて無理やりに。母は洋裁の勉強をしたかったそうだ。小さくてもいいから洋装店を開くのが夢だった。しかしウヤムヤのうちに、空襲で丸焼けの岡山市内で父と所帯を持ち、そこで子どもが生まれ、そのうち田舎の警察官の妻となり……と、人生は自分が思ってもみなかった方向へと展開していく。

我が家では昔から『装苑』（昭和11年創刊　文化出版）を定期購読していた。母はこの本を教材にして独学で最新の洋装を勉強し、立体裁断の技術を学んだ。私は今もその雑誌の中の、あるグラビア写真を憶えている。それはあの森英恵さんが幼い息子たちと一緒におやつの羊羹を切り分けている写真。彼女は小さな洋装店を開いたのを契機に仕事を拡大し、戦後日本のファッション界のリーダーとなった。母も森英恵さんのように成り得たかもしれない、そんな人生。

私は母のような道を歩みたくない。私は自分が納得のいく道を歩みたい。そういえば母は職業を持った女性には殊更に厳しい人だった。それは自分の夢を形にした同性に対する、ある種の嫉妬心だったのではなかろうか。西川駐在所時代の石田先生への批判は母のそんな心理が働いていた気がする。

コロが保健所に送られた、と聞いたのはいつ頃だったか。新任巡査の手に負えなくなったコロはついに保健所に送られて殺されたらしい。しかも、あの巡査は風呂の焚口の不始末から、駐在所そのものも全焼させたとも聞いた。いや、火事の方はもともと廃屋同然だったから全然惜しくもなんともないが、愛犬コロを死なせたことは辛かった。一緒に連れて行けばよかった。今でもあの犬のことを思うと、古傷が疼くような気持ちになる。

どうやら「脱加美署」計画は上手くいきそうだった。これで私の進路が決まればいうことはない。岡山大学教育学部、あるいは関西大学文学部。どちらに合格しても教員免許の資格が修得できる、と私は納得していた。

ある日、母がなにやら浮かない顔で、「どうしょうかねえ」と言い出した。なにごとかと訊けば、駅前の精肉店の奥さんから和服の仕立てを頼まれたのだが、どうしても気が乗らないのだと言う。「正月用の晴れ着なんだけど、私には喪服に思えてしようがないんよ」。そんなに嫌なら断れば、と言うと「そうしようかねえ、悪いけどなんか気になってねえ……」。母の霊感、つまり例の「影」ではなさそうだし、単なる母の思いすごしだろう、とその時は単純に思っていたのだったが……。

その年の大晦日も雪が降っていた。除夜の鐘を聴きながら、一家揃って近くのお寺にお参りに行った。そして明けて昭和43年元旦のことだった、精肉店のご主人が自宅二階で首を括って自死しているのが発見されたのは。母はやっぱり、と言ったきり絶句した。あの喪服のイメージは母の思いすごしではなかったのだ。

私は関西大学に進学することになり、当面は大阪の伯母の家から大学に通うことになった。父は岡山西警察署の外勤巡査を拝命し、念願の岡山市内に転居が決まった。

加美署の変遷

明治時代、岡山県に統合された美作地方は警察機構の変遷に伴い、警察署の名称は様々に変わってきた。最も長く使われてきたのが「加美」という名前の警察署である。

（1）1876（明治9）年、津山に設置された第五警察出張所の所属として桑下村と弓削村に巡査屯所が置かれたが、翌年にはそれらを統合して桑下分署と改めた。

（2）1886（明治19）年、桑下分署は廃止し、弓削警察署と坪井警察署の2つが置かれた。

（3）1900（明治33）年、坪井警察署を廃し、弓削警察署を豊岡警察署と改称。さらに、4年後の1904（明治37）年、豊岡署を加美警察署と改称。庁舎は明治36年、久米郡中央町原田1722の1番地に平屋建てを新築。その後、昭和18年に2階を増築、同じ敷地内に道場および道場の階下に車庫などを建築した。

（4）1948（昭和23）年、警察法の制定により、従来の警察署は市町村自治体警察署（人口5000人以上）と国家地方警察署の2つの組織に分かれた。加美署は人口数から、国家警察久米地区警察署となる。この年には大量の警察官を募集し、復員後の武田清（当時30歳）も職を求めて警察官の道に進むことになる。この時の久米地区（加美）警察署の定員は警察官31名、一般職員6名である。警察官の内訳は警部1名（署長）、警部補3名、巡査部長4名、巡査23名。

（5）1954（昭和29）年、警察法改正により岡山県警察が発足し、自治体警察は廃止、久米地区警察署は元の岡山県加美警察署に復活する。当時の岡山県警察全体の定員は警察官1700名、職員306名。この時の加美警察署の定員は42名、一般職員は5名である。

（6）　1976（昭和51）年、署庁舎の老朽化、モータリゼーションの普及により、国道53号線沿いの久米郡中央町打穴中1082の2に新築移転、名称も「久米警察署」と改称された。建物は鉄筋三階建て、敷地6560平方メートル、建坪約1275平方メートル、総工費1億4559万円（当時）となっている。

（7）　2005（平成17）年、いわゆる平成の合併で、久米警察署の管内はかなり縮小され、名称も新たに「美咲警察署」として出発することになった。かつて父が勤務した駐在所中、福渡や倭文の駐在所はそれぞれ岡山市と津山市にもっていかれた。また、坪和（栃原）、打穴は消滅。このまま、縮小を続けていけば、美咲署はいずれ両都市に分割され消滅するかもしれない。平成27年現在残っている駐在所は9か所、その内訳は三保、加美、大垪和、西川、柵原、吉ケ原、弓削、誕生寺、神目、である。

11

これって栄転ですよね？　やっと岡山市に戻ってきた一家

（玉柏《たまがし》駐在所）

岡山県警察　岡山西警察署

住所　岡山市玉柏2128番地の5

時期　昭和43（1968）年3月～昭和46（1971）年3月

家族　清（50歳）秋野（47歳）京子（20歳）婦美（18歳）……年齢は移動時

「そんな汚い猫、ここに置いていかれえよ」。

冗談とも本気ともつかないそんな声に見送られて、いよいよ加美警察署を後にする。私の腕の中で神妙に抱かれているみいちゃんの毛は薄汚れ、ところどころ焦げていた。風呂釜の下の温い灰に包まれて寝こんでいる間に少々焼けたらしい。まあ猫のことはともかく、晴れがましい門出を祝して、これまた晴れがましく挨拶を交わしている父や母の顔……、車を取り巻く加美署の人々の顔……、これって栄転ですよね。私は何度かそう心の中で反芻してみる。そして見送りに出た人々の羨望とも寂寥ともつかぬ顔を車中から眺めていると、しみじみとした感慨が涌いてくる。長い間過ごした亀甲の田舎町とも、これでお別れだった。もう二度とここに戻ることはないだろう。

岡山県のど真ん中に位置する久米郡、そ

⑪玉柏駐在所

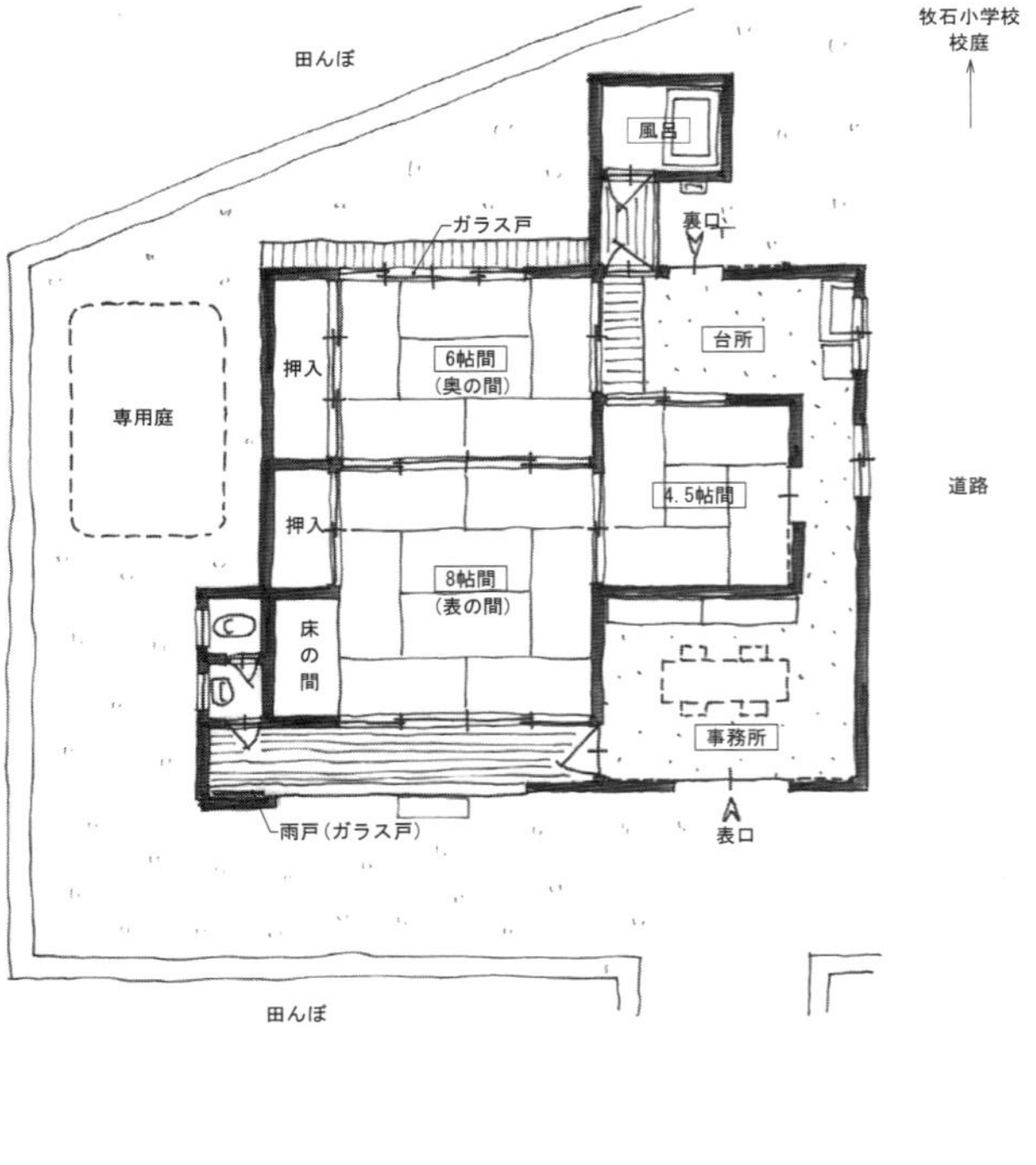

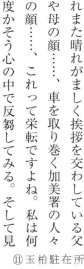

のほぼ全土を管轄する加美警察署から、県庁所在地の岡山市を二分する東西警察署の、一方の雄である岡山西警察署に異動。これは普通の警察官としては異例のことだった。定年まであと5年、岡山市内に宅地を購入済みという既成事実によって、同じ署内ではない、全く別の警察署への異動が実現したのだった。

思えば敗戦後のドサクサの中で、職と住を求めて警察官となり、以来20年という歳月を平巡査として主に駐在所に勤務してきた。狭い地区をぐるぐる転居し続けること20年、やっと念願叶って加美署を脱出することが出来たのだった。我が父武田清巡査の喜びは大きかったことだろう。自分が生れ育った郷里岡山の地に（といっても郊外の玉柏《たまがし》地区ではあるが）、とにかく帰ることが出来たのだ。加美署前の鄙びた商店街から乗用車に乗り込んだ時の一家の思いは、これから始まる新しい生活へ向けて、過去の古い殻を脱ぎ捨てていく不安と共に、嬉しさや高揚感で大きく膨らんでいた。

朝からどんよりと曇った春の日、一家4人（と猫1匹）を乗せた車は国道53号線をひた走りに走っていく。運転席にいる中年の男性は父とはどういう関係の人か判らないが、気さくな人柄らしく運転しながらしゃべくっていた。「いやあ、よかったたっすねえ。西署ですかあ。そりゃご栄転ですなあ。田舎の警察と違って、あ、いやこりゃ失礼（ほんとうに失礼だよアンタ）、なんといっても中四国の玄関口、岡山駅から鉄道をはさんで西側の管轄でしょ、人口が多けりゃそれだけ事件も多くて、これから忙しくなりますなあ」。

彼は私たちだけでなく、猫の状態にまで気に掛けてくれるのだった。「どうですか、猫ちゃんの様子は。犬や猫でもたまに酔っちゃうことあるんすよ、大丈夫ですかね、ちょっと休みましょうか」。猫のみいちゃんは慣れない首輪に紐をつけられて私の膝の上に乗っていたが、心配したほどのことはなかった。時折背伸びしては外を眺め、怖じるようなそぶりをみせたが、しまいには観念したように丸くなって眠ったふりをしていた……。

旭川の土手沿いに走っていた車は急に脇に逸れて、田んぼの多い道に入っていく。線路がみえる。踏み切りを渡って国鉄津山線の玉柏駅と備前原《はら》駅のちょうど真ん中に岡山西警察署玉柏駐在所は建っていた（この、中途半端な場所がいかに生活上不便なものかを、後に思い知らされることとなるのだが）。用水路に架かる橋を渡ると、農協玉柏支所、そして隣に駐在所がある。裏道に沿って牧石《まきいし》小学校の校庭が見えた。田んぼの中の一軒家という風情、ここが駐在所だと言われないと普通の民家と変わらない建物だった。確かに入り口の玄関先には「岡山県警　西警察署　玉柏駐在所」という看板が掛かり、玄関にはお決まりの夜間電灯が取り付けてある。夜はこの丸いガラスが赤く点り、「駐在所ここに在り」と知らせている（ちなみに、電気代がもったいなくても、赤色灯は夜通し点けておくのが規則である）。

私たちを待ちうけていたのは、前任者の巡査だった。といっても制服を着用していないせいか、普通の中年のオヤジさんそのものだった。いや、制服を着ていてもごく普通の中年男性にみえる人だった。そのオヤジさんが薄くなった頭を掻きながら言った。「わたしもここが最後のお勤めになってしまいましてな」。聞くと今年が定年だそうで、新しい家の方は既にこの近所に建てたという、なんとも用意のいい人だった。普通の中年オヤジそのものにみえるこの退職警察官はなかなかの人生の達人と感心させられる。そういえば、当時は55歳という、まだまだ充分働き盛り歳で定年を迎えていた。我が父も後5年、つまり私が（順調にいけば）大学を出た頃にちょうど定年を迎えることになる。姉は操山高校専攻科を卒業して就職が決まっていた。

前任の警察官から事務の引き継ぎをしている間、私たちの方は後からやってくるトラックを待って、一休みすることになる。その前に猫が外に逃げないようにどこかに閉じ込めておかねばならない。裏手にある、いかにも増築しましたといわんばかりの風呂小屋にとりあえず押し込めておくことにした。みいちゃんは長旅に疲れたのか、それともただ「猫を被っている」だけなのか、とにかくおとなしくじっと蹲ったままである。知らない場所に連れて来られたために自分のテリトリーを失くしてしまった、というところだろう。慣れるまでの間、当分は外には出さない方がいい。

間もなく荷物を乗せたトラックがやってきた。すると、いつものように近所の人達が集まり、それぞれの部屋に大まかに家具や荷物を運んでくれた。慣れたものであっという間に完了、後は引っ越しのお礼と新任の挨拶を兼ねて、8畳間の和室で簡単な昼食会となる。私と姉は風呂場で猫の相手をしながら、その宴会が終わるのを待つだけである。……と朝から天気が悪かったのが、とうとう降りだしてきた。裏口にはまだ冷蔵庫や洗濯機などがそのまま放置されている。そこで宴会は急遽打ち切られ、とりあえずは全ての荷物類を家の中へ運び込んで、引っ越し行事はお開きとなった。

新しい住まい。引っ越しの第一日の夜の事はずっと記憶に留めてきたのだったが、最後の駐在所生活となるこの玉柏駐在所での初めての夜は覚えていない。4月から私は関西大学に入学することが決まっていて、この駐在所は大学の休暇に帰省するだけの、いわば仮の宿にすぎなかった。まもなく新しい土地に我が家が建つことも決まっているのである。

大学1回生の夏はギリギリまでアルバイトをしていたので、玉柏駐在所に帰省したのは8月も末のことだった。駐在所は周囲を田んぼに囲まれているせいか、虫や蚊がやたらに多い。みいちゃんは新しい環境にすっかり慣れたらしく、帰ってきた私を迎えて大喜びで、しばらくはミシンの足と私の足、交互に身体を擦り付けて狂ったようにはしゃいでいた。

裏手にある台所の土間は開け放した戸口に簾を掛けて、涼しい風の通り道になっている。久しぶりの我が家で、私は台所に立って夕食用のカレーを作っていた。すると、簾がひょいと持ち上がって小さい顔が覗いた。「おねえちゃん、なにつくっとるの？」保育園の帰りらしく、青色の制服を着た幼児だった。こらこら、よそ様の家の台所を覗くとは何事じゃあ、とその闖入者を睨んでやると、男の子は「おおこわ〜い」と奇声を発して顔を引っ込めた。あの無法者のガキは誰なん？　母に尋ねると田んぼ向こうの住宅地の子どもだそうで、田んぼの通り道にある我が家の台所を覗いては剽軽なことを言って笑わせるのだと言う。「そんなことより、ちょっと気に掛かっているんよ……」、母は心配そうに言った。「何だかねえ、あの子の影が、ふつうより薄いのでねえ」。また例の「影」が始まったと思ったが、今までにも母の予感が的中したこと、少なからずあったような気がした。試みに私の影は？　と尋ねると、母はじっと娘の顔を見つめていたと思ったら嫌なことをのたまう。「早くそのニキビ面を治しなさい」と。そこで私は怒り、話はおしまいになった。しかし、この影の話にはまだ続きがあったのだ。

僅かな夏休みが終わって私が大学生活に戻った、秋も暮れの頃だったという。夜になっても子どもが帰ってこない、と男の子の母親が駐在所に駆け込んできたのは。保育園から帰った後、同じ園に通うお友達の家に遊びに出掛けたらしいのだが……。母はその知らせを聞いて、すぐに悪い予感が的中したと思った。駐在所の前を流れる用水路に沿って捜していくと、男の子の三輪車が柵の近くに乗り捨てられていた。さらに用水路を遡ると、……小さな橋のたもとに引っ掛かっている男の子を発見したのだった。誤って柵から水路に落ちたまま流されたのだろうか、男の子は既に息絶えていたという。

やっぱり、母の予言通りになってしまった。それにしても人の命とは、ちょっと影が薄いという直感だけでこんなにも脆く、終焉になるものなのだろうか。母によると影とはその人間の持つ生命力、つまり一種のエネルギーの波長のようなもので、その濃淡を感知したからといって自分に変える力はないと言うのだった。それにしても、母はいつからそんな霊能力を身に付けるようになったのか。母は「そう言えばねえ……」と遠い昔の出来事を語ってくれた。

あれはねえ、昭和20年、終戦の年のことじゃったと思う。私は重い腸チフスに罹ってな、家の裏手にある倉の中に隔離されて、高熱と下痢で生死の境を彷徨っていた頃よ。意識朦朧とした状態が一週間ほど続いていたある日、ふと目を開けると裏口に照ちゃんが立っとってね。照ちゃんてほらあんたらの叔父さんに当たる、私の4つ下の弟で「照次」という名前じゃが、その照ちゃんが戦地の中国に渡ったらしいと通知が入ったばかりの時で、変じゃなあ、どうしてここに照ちゃんが？　てその時気が付いたんじゃけど、着ている軍服が一瞬真っ赤に見えたんよ、まるで血を浴びたようにねえ。ぎょっとして「どうしたん、帰ってきたん？」て尋ねると照ちゃんはにっこり笑い、「うん、もう戦争には飽きたし、嫌になったから戻ってきた。家に帰る前にちょっと小学校に寄るて、お母さんに知らせといてな。お世話のなった先生方に帰国の挨拶せんといけんから……」と言いながら、見ているうちに裏庭に消えていってしもうたんよ。

ところが私はその日を境に、薄紙をはがすように少しずつ病気が治ってな。起き上がれるようになってしばらくして、照ちゃんが戻ってきた夢の話をすると、お祖母ちゃんに「そげな縁起でもねえこと言いなさんな。他の人に知れると非国民じゃいうて特高に連れて行かれるけん、この話はしてはならん」てえらい怒られて、相手にしてもらえんかったんじゃが。戦死の公報が入ったのはいつ頃じゃったか、台湾の陸軍病院にて死亡って。終戦の年に兵隊にとられた照ちゃんは、台湾に渡ってすぐにマラリアに罹ったらしい。戸籍には昭和20年12月5日死亡となっとるけど、これって本当かどうか。

……人の影が見えるようになったんは、照ちゃんの夢を見てからだと思う。考えてみると、こんな霊感なんて生活にはなんの役にもたたん。え、生保のオバちゃんになれるって？　あほらしい。生命の薄い濃いが見えても、いいことはなんもない。ただ気色が悪いだけじゃ。自分の影はどうかって？　それが全く分からんのよ。他人のことは分かっても肝心の自分のことは分からんなんて、ほんまにやっちもねえ能力じゃと思うわ。

玉柏地区は裏山に「金山休暇村」というレジャー施設が出来てから、若者たちによる車やバイクの事件や犯罪が増えた。静かな田舎の地区がにわかに騒がしくなったのである。次に私が帰省した年の夏には、勤め帰りの若い女性が車内に連れ込まれて暴行されるという事件が頻発していた。

事件が起こる度に、現場に近い駐在所に捜査本部が置かれるのが常識である。そして表の事務所だけでは手狭だというので、急遽8畳間が臨時の取調べ室となった。いつもは居間兼食堂兼両親の寝室となっている部屋である。部屋のど真ん中にテーブルが置かれると、事情聴取の準備が整った。

この情景はどこかで体験したことがあるとつらつら思い起こせば、そうだった、西川駐在所でも婦女暴行事件があったなあ。私が小学生の頃である。あれから数年経つが、またまた同じような事件、同じような捜査が繰り返されるとは。

奥の間から用心深くそっと1センチほど襖を開けると、隣の部屋の全貌が見渡せる。被害者の女の子は近くの内科医院で検査を済ませ、さっそく事情聴取を受けていた。

「津山線備前原駅で降りてからずっと玉柏の方へと歩いていっとったわけじゃな」と捜査官のおじさん。

備前原駅と玉柏駅の間は暗い旧道が続いている。夜はほとんど街灯もなく、田んぼの中にぽつんぽつんと民家が点在しているだけだった。道に沿って例の用水路が並行して流れている。

「はい……、遅くなるとバスに乗ることもあるんですが、今日はバスの便が悪くて」と被害者のＯＬはハキハキと答える。中鉄バスは旭川の土手を走っているが、回数が少ない。

「そいで、歩いとると……」と捜査官。

「後ろから車が近づいてきて、声を掛けられ乗りました」とＯＬ。

「それはいかんがな、声を掛けられても絶対に乗っちゃあいかんが」、つい捜査官は教師か父親のような説教口調になる。すみません、と女の子の方は涙声になった。

「勧められるままに、……つい乗っちゃいました」。

「乗っちゃいましたって、あんたな、今生理中じゃそうな？」、中年捜査官の、これはまたデリカシーのない物言いである。ハイとＯＬは素直に頷く。

「生理中なのに知らん男の車に乗って、それからどうなるかって予想しなかったんか」と、また捜査官。ええい、生理中だからって、それがどうしたというのか。私はもうちょっとましな取調べの仕方があろうが、とその捜査官に歯噛みする思いだった。確かに見知らぬ兄ちゃんの車に乗ったのはいけないことである。しかし、生理中であろうがなかろうが、それはどうでもよいことだろうが。

　さっきから盗み聞いていると、男である捜査官の言い方には何か女性に対して偏見があるような気がしてならない。こんな時に女性の警察官だったら、もうちょっとはまともな取り調べになるのではなかろうか。しかもこの地区で頻発している痴漢や暴行事件も、女性警察官の囮捜査やらによってかなりの成果が期待できるのではと思った。だが昭和40年代当時、大阪や東京といった大都市でやっと婦人警官の大量採用が始まったばかりである。残念ながら岡山では平成の時代まで待たねばならない。

などと思考に耽っている時も時、俄かに便意を催してしまった。しかし便所は今取り調べに使っている部屋を通った廊下の先にある。これは困った。便所が使えないとなると、どこで排泄すればいいのか。まさか裏の田んぼにうずくまって済ますというわけにもいくまい。といって牧石小学校の運動場隅にある、真っ暗な便所を使用するのも怖い。

どうするかと苦慮した揚げ句、お風呂の流し場に新聞紙を敷いて、そこに脱糞と相成ったのである。こんな時平安朝の女房が使っていたという虎子（オマル）でもあれば、いや平安朝まで遡らんでも幼児用、または病人用、あるいは旅行用のオマルが我が家に一つでもあれば、こんな苦労をすることはないのに。いや、そもそも家族用の部屋まで取り調べ室として提供しなければならないという、警察施設の貧しさこそが問題なのである、とは当時は思いもつかない発想であった。恥ずかしながら、使用後の新聞紙はそのまま鄭重に丸めて、風呂の焚き付けに燃やしたのはいうまでもない。

街からはずれた郊外の地は意外に事件が多いものらしい。

ある早朝、母が猫のトイレ用の砂を採りに旭川の河川敷に降りて行ったら、2人組の男たちが、鉄の箱のようなものを壊しているのに出くわした。なんとなく事件性を感じた母はすぐに駐在所に戻った。知らせを受けて父が駆けつけると、男たちはブツを放り出して逃げた後だった。この鉄箱は一体何だろう、と見るとバーナーで焼いた跡があり、金庫のようだった。調べてみると、盗難届が出されている金庫と判明。どうやら男たちは盗み出した金庫の扉を開けようと、早朝の河原で奮闘している最中だったのだ。幸いにも金庫の中味は無事だった。後に犯人の2人組は逮捕されたという。

これも私が帰省中のこと、母が事務所に掛かりっきりで警察電話を傍受していたことがある。なんと一斉緊急連絡。山陰で銀行強盗を働いた男たちが国道53号線を南下中とやらで、その路線に関係するすべての駐在所に電話連絡が流され続けている。ちょいと、と母が私を呼んで言った。「あんた、学校の講義を聞く要領で、ちょっと要点をメモしておいてくれんかね」。ええっ、私がそげな重大任務を？と怖気づいたが、母から他の用事で手が離せんからと依頼され、しぶしぶというか内心はわくわくしながら、警察電話の受話器を取ってみた。

「えーえー、只今○○地点を通過中、報告願います。えーえー、△△地区異常なし、××管内に走行中、犯人らしき車はいまだ不明、関連車両ただいまひきつづき検問を続行、報告どうぞ……」などという訳わからん内容の連絡がずうっと続いていく。これをどうメモればいいのか。そもそも現在どういう状況になっているのか皆目わからん。困った、と思っていたら母が帰ってきた。

「どうよ、進展あったかいね、どれどれ……」と手慣れた様子で受話器を受け取る。ほっと私は胸を撫で下ろした。さすが勤続20年のベテラン主婦である。あんな情報でも、聴きとることが出来るらしいのだった。

ある夜、駐在所に地区の住民が深刻な顔でやってきた。

「お巡りさん、わしの話を聴いてやってくれんかね」、とその中年のオヤジは言う。

相談事というのは、長年連れ添った女房の件について。なんだ、夫婦仲でも悪いのかというとそうでもないらしい。オヤジは言った。「わしら夫婦と古くからの馴染みの男がおっての、この間そいつと話をしとって、なんかの拍子にわしの女房のことを……」、と言い淀んだオヤジの口をやっとこじ開けて聴き出したところによれば……、その馴染みの男はオヤジの女房の身体の各部位についてやたらと詳しい？ことが判明したのだという。例えば、女房のお尻にある黒子について。「どうしてヤツがわしの女房の、しかもそんな微妙な場所にある黒子を知っておるのじゃろうか、え、お巡りさんよ」と、オヤジは喚いた。「それだけじゃねえ、盲腸の痕の位置やその状態まで、ヤツはまるで見たように言いやがるんで……」、オヤジは事務机の上に涙をこぼした。少々アルコールが入っているようだ。

母がお茶を運んできた。「まあまあ、熱いお茶でも飲んで落ちつかれえ」。母の後に従って猫も顔を出した。戸襖のそばに香箱座りして、取り乱したオヤジの様子を眺めている。みいちゃんはついこの間、雉模様の「ハナちゃん」という子猫を出産したばかりだった。彼女は人間界の雄の煩悩をどういう気持ちで観察しているのであろうか、じっと黄色の瞳を見開いている。

肝心の父はうまい助言が出来ないで、うーむ、と考え込んでいた。母はというと、いつもの「やっちもねえ」の一喝が出るかとみたが、意外にもやさしい声で言った。「お尻にホクロって、珍しゅうもないわよ。たぶんその幼馴染みの人がアンタをからかって言ったんが、たまたま当たったんでしょうが。それに盲腸の手術なんて、誰もが似たような傷跡になるもんだしねえ」と至極まともな意見である。「そうかな、そんなもんかな」、とオヤジは母の意見に半信半疑。

「そうじゃ、アンタが考えすぎなだけじゃ」と、やっと父は母の援護を得て上手い言葉が浮かんだらしく、語気を強めて付け加えた。「どうあっても奥さんを信じてあげにゃ、いかんがな」。こんなアホくさい人間どもの話を聞いているのか、いないのか、猫はふわぁあと大あくびをした。いかにもやっちもねえ、と言わんばかりに。

……誓ってこれは私が脚色した話ではない。実際に駐在所に持ち込まれた相談事として、母から聞いた話である。

みいちゃんは事務所に来客があるとソワソワし出す。知らない人が来ると物珍しいのか、必ず事務所に顔を出してニャアと鳴くのだ。万引き犯の調書を取っていた時もそうだった。猫はいつもの戸襖のそばに招き猫然と座っていた。「……これでええかの。この調書の記述で、なにか異議を申し立てるところがあったら言ってくれ」と父。「いえ、別に……」と万引き犯の若い男。彼は退屈そうに、ちら、と猫を見る。猫は今しもふわぁあ、と大あくびするところだ。父は苦い顔をして母を呼んだ。「おおい、猫を引っ込めてくれんか。気が散って仕事にならん」。若い男はすんません、と首を掻いて謝った。

みいちゃんはこの玉柏駐在所に引っ越してきてから、すっかり家猫風になってしまった。なにしろ自由に外に出るくせに、トイレは家の土間に設えた木箱を利用するのである。そのために河川敷まで砂を採りに行かねばならなくなった。冬になると相変わらず風呂釜の焚き口の中が好きで「猫灰だらけ」の状態になったが、夜はもちろん布団にもぐって姉と一緒に寝る。

春休みで帰省していたある夜中、目が覚めると布団の中がグチャと濡れていた。たった今猫がお産をしたところである。しかも死産で。みいちゃん本人？　は部屋の隅で何事もなかったようにしきりに股を嘗めている。さてこの後始末をどうしようか。姉と相談してじゃんけんで決めることにした。つまりじゃんけんに勝った者がシーツを取り替える係、負けた者が死んだ子猫を用水路に捨てる係。そこで運悪く私が負けて、春まだ寒き夜明けに新聞紙に包んだ死体を捨てに行くはめになったのだった。

父は玉柏駐在所の勤務と共に近くの牟佐《むさ》駐在所の補勤も命じられていた。牟佐は旭川橋を渡った国道81号線（東岡山御津線）の一帯の地区である。バイクで夜間巡回をするのだが、寒い時期は大変だっただろう。当時は県の予算緊縮もあって、警察官の人数も制限されていたらしい。無人の駐在所は近くの駐在所の警官が兼任することになっていた。

昭和44（1969）年は東大の入試が中止となった。この頃から全国で大学紛争が広がっていった。私が在籍した関西大学でも構内は次第に学生運動家？　という、学生だか運動家だかどっちなんだという若者どもに占拠されつつあった。しかしそれでも私が入学した最初の1年ほどは、授業もまずまず行われていたはずである。

がある日、いよいよ正門がバリケードで封鎖されてしまった。午後から一般教養の語学があるはずなのに……と校門に立っていると、見覚えのある中年の男性がスタスタと金網沿いの裏路を歩いていく。よく見ると、午後の「英語Ⅱ」の講師だった。どこに行くのかとみんなぞろぞろ先生の後をついていくと、突如ある地点に立ち止まった。みるとそこだけ金網が破けていて、人1人がくぐり抜けるほどの穴が開いている。彼は手慣れた様子でひょいと穴をくぐって、大学構内に入った。そこで学生たちも次々と彼に続いて構内に入り、なんとか英語の授業が確保されたのだった。

しかし……すぐにこの「法王庁の抜け穴」は当局か学生運動家の知るところとなったのだろう、次の週には頑丈なベニヤ板でしっかりと塞がれてしまった。正門のバリケードは何回となく撤去されたり構築されたりの応酬合戦である。こうなると落ち着いて大学生活を送るどころではなく、必然的に自主？　休講が多くなってきた。こうして私が大学を卒業する昭和47（1972）年頃まで一連の学生紛争は続き、多くのノンポリ学生はその終焉を待つだけとなる。

西署管轄の岡山大学はどうだったか。昭和44（1969）年4月12日早朝、全共闘派学生の乱暴事件を告発した大学側（赤木五郎学長）の要請により、岡山県警本部と岡山西署は学内外7か所の強制捜査に踏み切った。動員された警察官は私服警官150人、機動隊員350人、その中に私の父もいた。機動隊員は県警本部の基幹機動隊を中心に、各警察署から掻き集めた警察官による特別機動隊で構成されていた。動員といえば加美署時代の三井三池争議（１９６０年）以来のことである。

警察隊の学内立ち入りは午前5時半から開始された。強制捜査を予期していた全共闘派学生約１００人は岡大教養学部と法文学部入り口にバリケードを築き、投石や火のついたマキを投げて警察隊に激しく抵抗、それとは別に一般学生約２００人は〃警察隊帰れ、帰れ〃とシュプレヒコールを上げて全共闘派を応援した。

このバリケード付近における投石は舗道を剥がして手当たり次第投げつけるという激しいもので、1時間ほどかかってやっとバリケードを強制突破するまでに、警察官79人、学生7人が重軽傷を負った。その中で、岡山東署外勤課の有本宏巡査（26歳）は頭にコブシ大の石をまともに受け、投石の雨の中を救急車で川崎病院に運ばれ緊急手術を受けたが死亡。それにしても機動隊員３５０人中79人が重軽傷のち1人死亡という被害は大きかった。

ここに茶色に変容した1枚の紙がある。父の書類箱の中に保管されていたものだ。

公務災害の認定について（通知）

岡山県知事　加藤武徳

昭和44年4月15日付をもって認定請求のあった下記の災害については、地方公務員災害補償法代5条の規定に基づき、審査の結果、公務上の災害と認定したので、通知します。

記

被害者の所属部局　岡山西警察署

被害者氏名　　武田清
傷病名　　頭部打撲
災害発生年月日　　昭和44年4月12日

これと同じような「公務災害の認定書」が80枚近くも発行されたはずである。

亡くなった有本巡査は岡山本署第二中隊に属し、教養学部捜査の援護部隊として学部入り口のバリケード近くにいた。その第二中隊の前にいたのが父の属する第四中隊だが、バリケード撤去に取りかかるも激しい投石に阻まれ立ち往生してしまった。それを援護しようと出てきた第二中隊だったが、その先頭に立っていた有本巡査の頭に石が直撃。ヘルメットは安物（とは父の説）のようで、投石に当たるとひび割れたり凹んだりでものの役に立たなかった。しかも雨あられと降る投石で怪我をしない方がそれこそ奇跡だったという。

頭部打撲を負った父は私に言った。「全共闘の学生はわしらに向かって本気で石を投げよった。本気で殺す気だった」と。当時同じ学生だった私は複雑な思いだった。しかし、父は私に対して「おまえもやつらと同じ学生じゃあ」云々ということだけは言わなかった。それがせめてもの救いだった。

三里塚闘争を憶えているだろうか。機動隊員3名が惨殺された三里塚東峰十字路事件。先祖伝来の土地を守ろうとする農民と空港建設のために強制的に農地を取り上げようとする国との闘争。農民側についた全共闘の学生に対して国の要請で出動した機動隊が激しく闘った。昭和46（1971）年9月6日、神奈川県警特別機動隊の隊員3名が犯罪としか言いようのない激しい集団リンチで惨殺されたあの事件である。

福島誠一警部補（47歳）神奈川警察署外勤第一課係長
柏村信治巡査部長（35歳）神奈川警察署外勤第一課主任
森井信行巡査（23歳）神奈川警察署外勤第一課
私は三人の殉職警察官の葬儀をテレビで見た。あれから既に40年余り経つが、父親である機動隊員の棺にすがって泣いていた男の子の姿がいまだに忘れられない。当時私も警察官の子どもだった。あの男の子と同じ立場にいた。父親は公務のために死んだ、という説明をあの男の子は納得しただろうか。
あの時代に、火炎瓶、鉄パイプ、竹槍、角材、丸太、そして舗道の石その他の凶器で暴れ回った学生運動家を名乗る男たち。今、彼らは揃って還暦を過ぎた頃だろう。もし若かりし頃を思い出すことがあったなら、自分の心の中の「魔」を覗いてみるといい。もう暴れ回ることはなくなったであろうか。それとも、別の獲物を探していまも蠢いているのだろうか。マルクス、レーニン、スターリン、毛沢東、金日成その他の思想家政治家革命家と称する者をいまだに信奉しているのだろうか。
人生の終盤のさしかかった今、そろそろ彼らお得意の「総括」とやらに取りかかってもいい時期であろうと思うが、その時如何なる政治、信条、主義、目的であったとしても、自分らの行ったことが天に誓って正義だったと言えるだろうか。
何時だったか県立図書館で古ぼけた『日本文学全集』を見つけ、懐かしさのあまり思わず手に取ってみたことがある。パラパラとページをめくったところ、表紙裏に「有本宏氏の遺族寄贈」という図書印が押してあった。それは全くの偶然だった。そうか、有本巡査の蔵書だったのか。彼は津山高校を卒業した後、香川大学で学んでいて、つまり私の高校の先輩にあたる。岡大紛争で殉職する直前には結婚も決まっていたとか。あれから40年以上が経過したが、読書好きだった有本先輩（の形見）がこんなところに生息していたとは……。私はしばし瞑目してからそっと本をもとの棚に戻したのだった。

岡大紛争と同じ頃と思う。旭川沿いの有森商店で買い物をしていた時だった。岡山市街地から自衛隊の車両が何台も隊列を組んで走っているのを目撃した。何事だろうと、店先でぼんやりと眺めているうち、灰色の車体に格子窓のバスが数台通っていく。ふと見ると、金網越しの窓から男たちの顔がびっしりと張り付いていていた。それは新しく牟佐に出来た刑務所に移送される囚人たちの顔だったのだ。あの食い入るように見つめる目は恐ろしいほど真剣だった。岡山刑務所は空襲後すぐ再建されたが、二十数年経って老朽化がすすんでいた。そのため市の北部の牟佐地区に用地を造成して移転することとなった。私が目撃したのは清輝橋南の二日市町から牟佐までを自衛隊に護衛されながら移送される囚人たち姿だったのである。

ちなみに、「有森商店」はオリンピック女子マラソンで銀銅2つのメダルを獲得した有森裕子氏の、父方の祖父母が経営していた雑貨屋である。商店が少ない玉柏地区にあって、日常の食料品や新鮮な魚などが並んでいて重宝していた。私たち一家がこの地区にいた頃、裕子さんはまだほんの幼児だった。後に牧石小学校、岡北中学校へと進学した彼女は有森商店のそばの旭川沿いの国道を走っていたらしい。未来のオリンピック選手がこんな郊外の地で、と思うとなかなかに感慨深い。

この時期、私の人生においてある決断を迫られていた。それは今まで何度となく先送りされていた――伯父伯母夫婦の養子問題である。子ども時代の藤原駐在所に届いたランドセル、それは私への最初の贈物だった。背中に当たるところが柔らかな豚皮で出来ていて、田舎の町ではなかなか手に入らないような高級ランドセル。大阪の伯母が小学校の入学祝いにと私に贈ってくれたものだった。それからも時々私だけに贈り物が届いた。それはチェック柄のスカート用の布地だったり、ウールの手袋だったり……、それらは何を意味しているのか、薄々感じてはいたのだったが……。私が大阪の大学に進学して伯母の家に下宿した時、その意味するところは決定的となった。つまり、私は子どものいない夫婦の養女になるという事実である。もちろん私も内心そうなることを望んでいた。しかし事はそううまく運ばない。実際に夫婦と生活してみて、彼らとはとうてい暮らせない、いや暮らしたくない、と思うようになったからだ。やっぱり、自分の生まれた家の子どもであることが一番いい。大学2年生になってその話が具体化した時、私は困ったことになったと悩んだ。

静野伯母さんは我が両親の結婚の労を取ってくれた人だという。伯母は言った。

「角南の家でははじめは大反対やったわ、武田の家に秋ちゃんはやれんて。特にお爺さんは最後まで反対してはった。それをウチが説得してなんとか二人を一緒にさせたんや。まあ、恩を着せるつもりはあらへんけど、少しは感謝してくれてもええと思うわ。そういや清さんはあれでけっこう筆まめな人でな、ウチに手紙をよこして、結婚でけたんは義姉さんのお陰や、もし義姉さん夫婦に子が出来ん時にはわしの子を養子にやってもええ、とまで書いとんねん。これは作り話とちゃう、ほんまの話やって。清さんからの手紙、ウチは今もしっかり保管してん。もちろん後々のためにな」。

竹次郎伯父は父のすぐ上の兄である。軍隊にいた時分に、軍馬に股間を蹴られ、そのために子種を製造出来なくなったという噂だった。それに比べて実弟である父は若くて元気イッパイ、いくらでも子どもは作れる、というわけだ。

その話を聞いて、母は烈火の如く怒った。「人の子どもをなんやと思うとんの！犬や猫じゃあるまいし、うちには一言の相談もなく、勝手に養子に出すの出さんのって、アンタになんの権限があってそんなやっちもねえ約束をしたんよっ。だいたい、あの静ちゃんて人は昔から強欲で、自分が欲しいて思うたらすぐ取り上げる人なんじゃから」。昔、といってもこれまた戦時中のことだが、母が実家の呉服物の端切れでお人形を何体か制作して、タンスの引き出しに隠していたところ、「こんな非常時になにをやっとんの！」と静姉さんに没収されてしまったという。いやはや、姉妹の確執はいまだに続いていたのである。

とにかく父に頭を抱えてしまった。春には全共闘に石を投げられ頭が痛かったが、夏休みに持ち上がった養女の件も頭の痛い問題だった。結局、父は静野伯母に平謝りの上、すぐに新しい下宿先に私を移すことで一応の決着をみた。竹次郎伯父の方は養子にはそんなに拘らなかった。もともと子どもにはあまり興味のない人だったから。しかしこの時の母の怒りは根深く、なかなか父を許そうとはしなかった。

私は自分のことで親戚同士が争うことになってしまい、心を痛めた。しかしその反面、意外なことが判明した。第一に母が私のことを嫌ってはいないと分かったこと。母とは気性が似ている所為か、言い争いが絶えなかった。だが今回のことで、私も姉と同様に愛されていることが分かった。第二としては、やはり養子になるならないに関わらず、私は私で自由に生きたいと思ったこと。女が自立して生活する、そのためには資格を取得して、専門職に就きたい。大学に進学したのはそれを実現するためではなかったか。私が教職という仕事を選んだのはこの時の養子問題が大きい。

昭和 43（1968）年 9 月 1 日　永年勤続 20 年表彰式

父の警察官として20年節目のお祝いがあった。警察官の機関紙『後楽』に同じ20周年を迎える同僚の警察官と共に、両親の晴れがましい姿が写っている。

その頃には泉田《いずみだ》に新しい家が着々と建築中であった。戦友だという江原某氏が加美署時代からの約束だからと、建設を引き受けてくれたという。戦友っていうが、どこでどのように戦った戦友なのかは知らない。父は詳しく語らないし、こちらもあえて尋ねることはしなかった。ちょうどその頃、ダンボール箱に入った長野産のりんごが送られてきたことがある。差し出し人は見覚えのない人だったが父は嬉しそうに言った、「この人も戦友の一人じゃあ」と。最近やたらに戦友ブームだと思ったが、とにかく本場長野産のりんごは美味しかった。母は何も言わずに食べていた。

玉柏駐在所から泉田の土地に移ったのは昭和46（1971）年3月、大型トラック1台分の大荷物になっていた。我が家も日本の高度成長そのままに物が溢れるほど豊かになった、つまり戦後日本の典型的な一家族だったのだ。

猫のみいちゃんも一緒に新しい家に引っ越しした。彼女は旅行カバンに入れられ、バスを乗り継いで運ばれた。泉田の家に移ってからは近所のスーパーへ、母の後を追って一緒に買い物に行くのが日課になった。がある日、その帰り道で姿が見えなくなった。彼女はそれきり、姿を消した。私たちの家族の一員となってから約10年目、泉田に来てから4年目のことだった。

岡山西警察署の歴史

岡山西警察署（通称、西署）は加美警察署ほど激しい変遷歴はない。

１８７６（明治９）年に県警察本部が県庁内に設置され、翌年の明治10年に市内弓之町に岡山警察署が設けられると、その分署の１つとして御津郡巌井村１２４番地に巌井分署がつくられた。これが岡山西警察署の前身である。その後小さな変遷を経て、１９２１（大正10）年に岡山市内を流れる西川を境界線として、西川以東を「岡山東警察署」、それ以西を「岡山西警察署」として管轄することとなった。

１９４７（昭和22）年３月、警察法の施行に伴って本署は「国家地方警察御津南地区警察署」と改称されたが、６年後には再び元の「岡山西警察署」に戻っている。

西署は１９６６（昭和41）年９月、伊福町１―９―18に鉄筋４階建の庁舎として建て替えられた。その２年後に本署に転勤となった父は新庁舎にバイクで通勤していたはずだ。当時の西署には駐在所が13ヶ所あった。その内訳は高松、大安寺、久米、今村、玉柏、牟佐、一宮、楢津、大窪、足守、大井、横井、吉宗の各駐在所である。

１９９７（平成９）年、西署は野殿東町２―10に鉄筋４階建の新庁舎として移転した。その時に13ヶ所あった駐在所のうち４ヶ所（高松、久米、今村、横井）が交番に変わった。旧庁舎は県警本部の伊福町庁舎として活用されている。

しだいに縮小傾向にある駐在所ではあるが、それでも「地元密着型」である駐在所は70万人政令都市岡山の中心部でもまだまだその存在感を有し、地域の治安維持のために健闘しているのではなかろうか。これは誕生地を駐在所とする私としては喜ばしい限りである。

12

終の住処へ　引っ越し双六はこれでアガリ（泉田《いずみだ》＝自宅）

岡山県警察　岡山西警察署　厚生町派出所　岡山駅前派出所

住所　岡山市南区泉田258─6

時期　昭和46（1971）年3月〜平成25（2013）年まで

家族　清（53歳）秋野（50歳）京子（24歳）婦美（22歳）……年齢は移動時

この泉田の土地は父方の祖父八太郎の時代からの知人の斡旋で、岡山農協（後の岡山ＪＡ）から売り出されていた農地約１００坪を買ったものである。昭和40年代当時は１坪１万円の相場だったそうだ（平成27年現在は坪20万円？・）。亀甲の官舎住まいの頃のことで、父が休暇を取って母とともに丸一日掛りで土地探しに出向いていたのを憶えている。青江地区に岡山卸市場があった頃である。近くには臨港鉄道の泉田駅もあった。

　売り主は南隣の農家で、今も用水路を挟んだ傍に農機具倉庫と母屋が並んで建っている。なんでも売り主が「田町《たまち》」での遊興費が嵩み、その借金のかたに田んぼ１枚を売るはめになった（という噂だった）。農協

⑫泉田の自宅

部分は増築部分
このために、台所・8帖間が薄暗くなった。

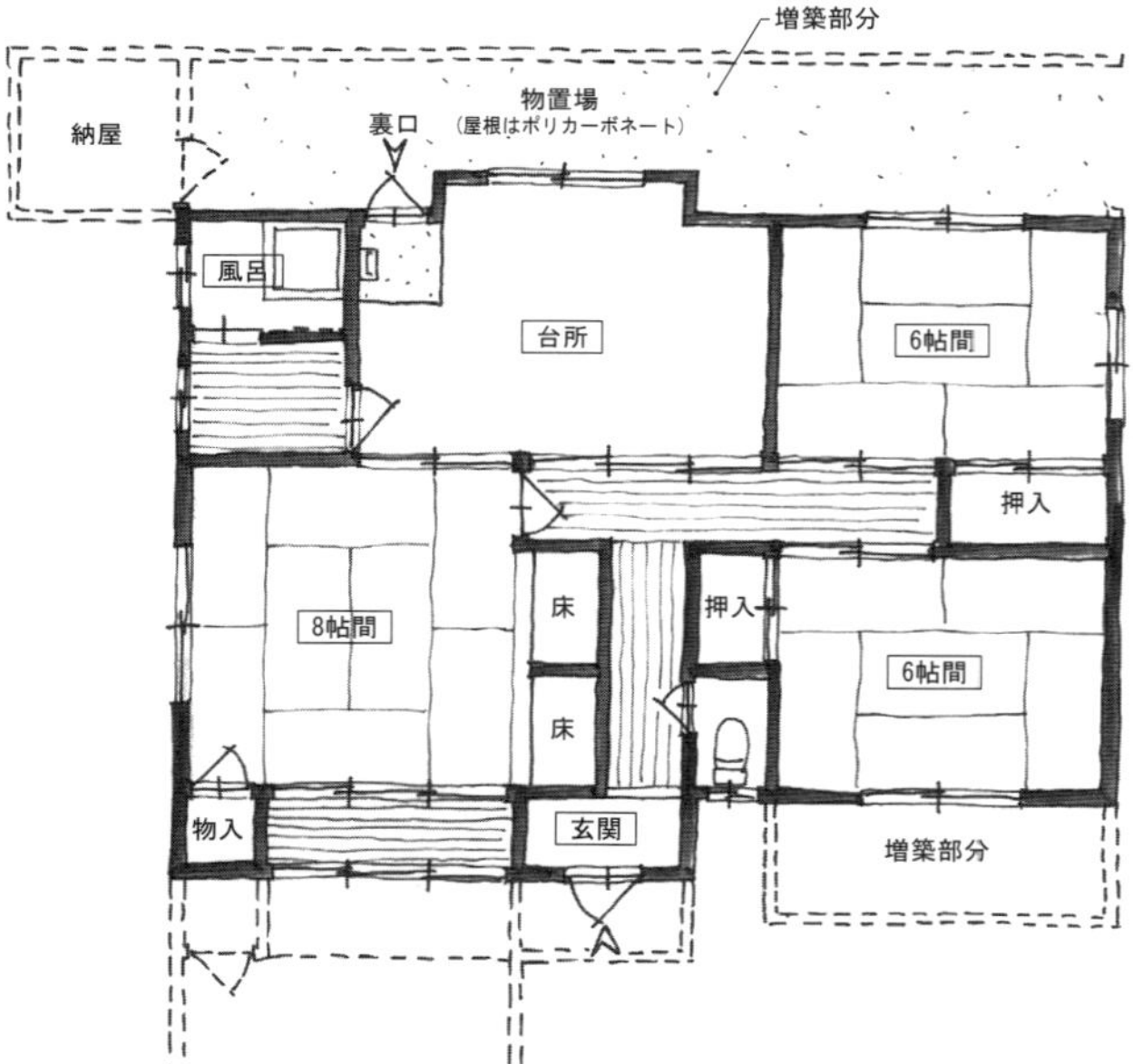

から購入した我が家には何の引責関係もないが、売買契約が終わった後になっても、売り主の年老いた御母堂が嫌がらせにやってきて、整地の済んだ土地の杭を引き抜くなどをしたという。話を聞く限り何だか曰く付きの土地だったが、それでも両親はやっと自分たちの土地が収得出来たと喜んでいた。

土地は購入して5年以内に家を建てなければならないという決まりだそうだ。玉柏の駐在所に転勤になった時、母は洋服の製図を作る要領で方眼紙に間取りを書いていた。まずはTの字に廊下を描く。その先に部屋を3つ。1つは応接間、もう1つは寝室、最後は子どもの居室。あとは北に台所、西に風呂場と洗面所、便所は玄関脇にあった方が汲み取り易いなどと。こんないい加減な設計図をもとに、父の戦友だという江原某氏に建ててもらうことになった。

この戦友氏、県北で材木を扱う家業を営んでいたが、建築士の資格を持っていたのかどうか。それでも母の書いた間取り図を元に、かなりの修正を加えながら、なんとか3DKの平屋の家が建った。しかし、その間の詳しい経緯は知らない。私は大学生だったので思いっきり父の脛を齧っている身分ゆえ、父が来るべき定年を睨んで退職後の人生設計をただ眺めていただけだった。

当時、公務員の定年は55歳であるから、父は残りの2年間をこの自宅から通勤することになった。駐在所時代から馴染んだバイクを買い入れ、泉田の国道30号線を通って53号線上にある岡山西警察署までの通勤である。父は厚生派出所、岡山駅前派出所に勤務した後、昭和50年3月に退職した。最後の階級は「巡査部長」らしい。

父の遺した書類箱の中に「昭和44年4月1日付で巡査長を命ずる」、「昭和48年付で巡査部長に昇任させる」という人事異動通知書が見つかった。いつの間に巡査長、巡査部長になったのか、私は知らなかった。父は取り立ててそんな話をしなかったし、母も何も言わなかった。私としては生涯一兵卒ならぬ一巡査としての父に誇りを持っていたので、少々残念な気持ちが残る。

我が家では昇進の話など話題に上ったことがなく、母も映画『たそがれ清兵衛』の病身の妻のように、「骨おって出世なさいませ」などと夫の尻を叩く女ではない。父が昇級試験を受けないのは何故か。私は単に大きな転勤を避けるためだと思っていた。ところが、退職間近になって尋ねてみたところ、理由は単純なものだった。つまり、「わしは試験勉強が苦手でのう」と、唯それだけのこと。私は唖然とした。常々、父の「わしの子だったら出来る！」という我が子に向けてのエールは何だったのか。

さて、27年間勤務した警察を昭和50年3月に退職の後、満額年金受給までの5年間を「岡山ステーションセンター」という会社に入り、駅前地下の保安管理する仕事に就いた。辞令書が残っている。

辞令　　　武田清

使用社員を命ずる

使用期間中　保安管理室勤務を命ずる

月給７５、０００円を給する（基本給）

昭和50年4月2日

株式会社　岡山ステーションセンター

ここは普通の警察官（つまり幹部ではない、巡査または巡査部長といった階級）の天下り先というか受け入れ先の会社らしく、元同僚など顔見知りの人間が大勢いた。父にとっては上下関係の厳しい警察官時代と違って、気楽な5年間だったらしい。私は1度だけその職場を訪れたことがある。私の結婚予定の男性を父に引き会わせるためだった。その時点ではその結婚話は暗礁に乗り上げた状況だった。苦い顔をした父と私たちは警務員詰所で少しばかり話し合った思い出がある。

父は再就職先も退職した60歳から、悠々自適の生活を泉田の地で送った。そして18年の後、母は認知症のため、倉敷市の特別養護老人ホームに入所することになった。そこで父は頑張って車の免許を取得して、毎週特養まで車を運転して母に会いに行くことになる。危険だからという理由で車の免許を取ることを反対していた母だったが、まさかこんな歳になって父が車を運転することになろうとは想像もしなかっただろう。

世間の常識では、78歳という歳はそろそろ免許を返還しようかという頃である。それなのにそんなジイサンに免許証を与えるとは全く自動車学校は何を考えているのか、と姉は呆れていた。しかし父は母が亡くなるまでの10年間、毎週ごとに母の入所している「倉敷シルバーセンター」まで通い続けた。まるでもそれが自分に課せられた任務のように。

そして母に聴かせるのだと言って、大正琴まで習い始めた。まことにウルワシキ夫婦愛？　ではあるが、私にはとても父の心境を理解出来ないし、マネの出来るものでもなかった。幸か不幸か、母はせっかくの父の心尽くしの演奏を鑑賞することは不可能だった。もしも認知症などにならなかったら例のごとく、「やっちもねえことを始めて……」と父の新しい趣味にケチをつけたことだろうが。病いのために別人のようになった母の様子を見るにつけ、人間の一生とは何なのかと考えさせられた。いいや、見方を変えると、最後までこの夫婦は幸せであったかもしれない。すっかり穏やかになった母のそばで、父が習いたての大正琴を聴かせている姿を見るにつけても。

2010（平成22）年、一人暮らしを続けていた父が近所に出来た特別養護老人ホームに入所することになった。92歳。母が亡くなった5年後のことである。残された実家の中は好き放題に暮らしていた父の身の回りの物で溢れ返っていた。若い頃、厳しい軍隊生活を体験していたこともあり、元来几帳面だったはずだが、一人暮らしになってから、次第に身辺が荒れてきていた。

私は暇があると実家に通っては雑多な物を少しずつ処分してきたのだが、それでも父が生活している限り、ゴミは増えることはあっても減ることはない。家の中に入ってくる雑紙の中で、証券会社や銀行関係の通知書が一番多かった。どうやら、余った年金を投資などに回しているらしい。詳しいことは分からなかったが、父は悪戯っぽい顔で「お前たちに残す財産を少しでも殖やしておこうと思っての。まあわしが死んだ後のお楽しみじゃあ」と笑っていた。私たちはそんなことよりも、少しでもゴミが減ってくれるほうが有り難かったのだが。

そんな気儘な父の暮らしも、心筋梗塞で倒れた後、近所の特別養護施設に入所することで一応の終止符が打たれることとなった。本人はたまには家に帰りたいと言っていたのだが、誰もいない家に帰ってどうするのか、と言われると黙るしかない。かわいそうではあるが、私も姉もそれぞれに家庭や仕事を持っている以上、父の世話にも限度があった。

父はベランダを改造して3畳ほどの書斎を増築していた。日当たりがいいので、在宅中のほとんどをここで過ごしていたものである。ある日、本箱の中の書籍類を整理していると、思いがけないものが出てきた。ひとつは大判の封筒に入った古い手紙類で「戦友から」という表書きがあるもの。もうひとつはその戦友らしき人物が書いた手記というか冊子が3冊。一番厚い本でも200ページほどのもので、表題は『山

砲隊物語　山砲兵第七十一連隊第一中隊』（著者　亀岡進一）とあり、その続編として『山砲隊物語　パガン島のその後　パガン島守備独立混成第九連隊　山砲兵第一中隊』（ああ、なんという長ったらしい題名であることよ！）という30ページほどの薄っぺらな冊子。そして最後の一冊が『パガン島守備隊』（著者　滝澤國男）で、これも50ページ足らずの戦記本であるが、この滝澤氏こそ「戦友」とある封筒の中で一番多い手紙の人であった。

かねてから父は「わしの戦争体験をまとめて手記にしてくれんか」と言っていた。それは上官である亀岡氏や部下の滝澤氏の手記や冊子に触発されたからではあるまいか。しかし私としてはもう過去の戦争などどうでもいいことだった。今更そんなものを手記にしたって一体誰が読むと言うのだろう。

亀岡氏、滝澤氏、それぞれの手記は文章の読み難さもさることながら、内容がよく解らない。どうやら、軍隊というところは同じ兵隊さんにも種類やら階級やらがあるらしい。父の属した軍隊（関東軍）は終戦間際に南方の島に渡ったというが、どうしてこんな南太平洋の離れ小島に行く必要があったのか解らない。いや、理解不能なことだらけである。

と探すうち、またもや父の書類の中から「軍歴」というものが出てきた。昭和55年時の県知事長野士郎氏あての履歴書で、どうやら父が県警を退職する時、恩給を受けるために提出されたものらしい。この書類が手に入ったことで、父の軍隊での足跡が一気にはっきりしてきた。履歴書には任官、進級の年月日、その在職関係が簡潔に記録されている。激戦地はそれなりに恩給率が高い。人の命の値段がこんなに値踏みされるのか、という現実には愕然とさせられた。ともあれ父の軍隊生活というものがいかなるものであったか、これは父自身に語ってもらうしかない。これが父のエピローグということになるだろう。

我が父、武田清は２０１３（平成25）年３月、桜の花を見ずに亡くなった。享年95歳。

エピローグ（父の戦前・戦中）

そうか、軍歴が残っていたのか。それは都合がいい。

わしは岡山市北区出石町の、旭川を挟んで後楽園、その向こうに岡山城を臨む地区に生まれた。武田家は代々岡山池田藩の下級武士の家柄だが、祖父の代で士族を離れて町衆の家と縁組みをし、跡取りは「丑《う》右衛門《しえもん》」を名乗ることになった。家号は「稲倉屋《いなくらや》」という。わしは父武田八《はち》太郎、母満喜《まき》の三男坊で、下に弟2人、妹2人の7人兄弟である。もっとも二男である兄貴は、わしが生まれてすぐ、子どものいない親戚の家の養子になった。なに？　その兄貴の竹《たけ》次郎がお前に文句を言っていたとな。お前のお父さん（わしのことだな）が生まれたために自分は養子にいくはめになったと？　文句はわしらの親父である八太郎に言え。まあ、当時は口減らしのために二男、三男など、大概は他家の養子に出されたものだからな。哀しいかな、貧乏人の子沢山というわけよ。

わしは弘西尋常小学校を出ると岡山市立商業学校、今の南高だな、に進んだ。これは自分で決め、自分で願書を出し、自分で学費を払って通学したものだった。当時の市商は3年制で、在学中は山陽新報、今の山陽新聞だな、その夕刊配達をはじめ、学校の休みには森下町《もりしたちょう》にある「川口米穀店」で米俵の運送など、アルバイトに明け暮れたものよ。

市商を卒業した後はそのまま川口商店に就職したのだが、半年後の昭和9年9月の室戸台風の襲来で岡山市街地が浸水、集配所の冠水騒ぎで店は倒産寸前となり、わしはリストラされてしまった。ところが世の中よくしたもので、捨てる神あれば拾う神あり、配達先のお得意さんの中に岡山郵便局に勤める人がいて、その人の推薦で郵便局の集配手の職を得た。わしにとって、郵便配達の仕事は性に合っとったらしく、昭和14年2月に召集令状で軍隊に取られるまで職務に精励したものだ。

さて、見つかった軍歴通りに昭和14年から昭和20年まで足かけ7年に及ぶ、わしの兵隊人生を辿ってみようと思う。これに戦友の亀岡進一元陸軍大尉、滝澤國男元陸軍兵長の手記で補足し、また参考にさせてもらおう。なにしろ、わしは物覚えが悪い上に南方ボケが激しくて、細かいことまで憶えておらんからな。それにしても、なぜ戦友たちがよくもあんなに詳細に記憶しておるのか、不思議でならん。

軍歴（昭和14年～昭和20年）

（1）　１９３９（昭和14）年　21歳

▽3月5日　砲兵二等兵となり、現役兵として満州琿春《ふんしゅん》県琿春駐屯山砲兵隊に入営

▽9月1日　砲兵一等兵となる

▽11月29日　阿城《あじょう》関東軍砲兵下士官候補者隊文遣のため琿春出発、12月1日浜江省《ひんこう》阿城県阿城着、入隊

わしがどうして関東軍の、しかも山砲兵になったのかは分からんが、おそらく当時の若い者の中でも体格だけは頭抜けて立派だったからだろう。なにしろガキの頃から長兄丑右衛門の指導よろしきを得て、生家の前を流れる旭川をプールがわりに泳ぎ回っていたし、市商時代は体育の教科で覚えた相撲が特技となり、おまけにアルバイトで米俵を担いでいたからな。この山砲兵という兵種はわしにとっては的を射た部署であったといえる。

入営地の琿春は満州国間島《かんとう》省にあり、首都は延吉《えんきち》。この延吉は行政の中心地で、軍政的には関東軍の第一方面隊、第二軍司令部の所在地である。我が第71師団はこの隷下にあり、その一部隊として山砲兵８２４部隊が所属している。駐屯する琿春の町は人口2万人、税関・映画館・軍人会館・公会堂・軍人クラブ・食堂・慰安所などが商店街のあちこちにあった。また近くには満蒙開拓団の「朝日開拓団」や「青

森開拓団」の部落もあった。

山砲隊のうち第一、第二中隊は琿春に大隊本部とともにあったが、わしの属した第三中隊は土門子という農村にあり、兵舎は満人家屋を改造したもので、炊事洗濯場、事務所と幹部宿舎、そして立派な厩舎、広々とした練兵場があった。ここはソ連国境の北チクロ山、馬鞍山まで直線距離にして30キロほどのところに位置しており、初年兵の教育も国境守備を兼ねてやられていた。

入隊して2か月、激しい訓練に明け暮れていた5月の終わりに、ノモンハン事件が勃発。わしは120名の初年兵の中から選抜された、5名の馭者の一人として、国境線まで出動した。しかし、この戦いは圧倒的優勢なソ連機械部隊によって、関東軍は完膚なきまでに敗北したのだった。もっともわしの属する部隊はハイラルの南方約150キロのノモンハンに到着するまでには既に戦闘は決着しており、実戦には参加してはおらん。

しかし､わしの心の中には後々までも軍部に対する疑念が残った。あれほど壊滅的な打撃を喫しながら、なんらの反省や検証もなく、不都合なことは揉み消してしまう軍部の体質。関東軍は規模こそ大きいが、その内実は張り子の虎ではないのか。もちろんこんな不穏な思いは絶対に表には出せない。独りわしは胸の奥深く、この危険な思想を封印してしまったが。

だが、いいこともあった。琿春に帰隊するとまもなく、内務班の班長殿から班の日誌記帳係を命ぜられたのだ。なに、内務班とは何かと？　内務班というのは初年兵が軍務教育の期間中、共同生活を送る場所のことだが、一人前の兵士を作り上げるために厳しい訓練が課せられていた。そこではわずかなミスも許されず、班の誰かの失敗も全体責任という名目のもとで、連日のように共同ビンタがあった。軍隊というのはとにかく理由のない制裁が多いところでな、ちょっと口の端が緩んでおるというだけで、貴様ぁ、たるんどるっ、ときたもんだ。しかし、記帳係の任務に就くと、その連帯のビンタからは免れる。運がよかった。ビンタを食らう回数は減った。

さらに運のいいことには琿春川での軍馬による渡河訓練で、わしは河を渡りきった唯一の初年兵になったことだ。もともと体力には自信はあったが、午年生れということもあって馬との相性も抜群でな、選抜されて阿城にある砲兵下士官候補者隊に入隊することになった。いわば兵隊の出世コースに乗ったのだ。

この阿城は12世紀初頭に興った金の国の首都だった古い街で、東方には重砲連隊や砲兵情報連隊、わしが属する関東軍砲下士官候補者隊などが駐屯していた。

(2)　1940（昭和15）年　22歳

▽3月1日　砲兵上等兵となる

▽9月15日　陸軍兵長となる（勅令581号による）

▽11月25日　教育終了、同29日琿春の原隊復帰

阿城での下士官教育は約1年間だった。わしの学歴、つまり3年修了の市商では、中学校卒の資格がないので、幹部候補生の試験を受けることは出来ない。だから最も低い二等兵から進級するしか道はなかった。それでもこの教育期間中に階級が2つ上がって、兵隊の位では最高位の兵長となった。

昭和17（1942）年頃
武田　清（24歳）

あの真っ黒い「兵隊アルバム」のことか。あれは琿春に戻った時のことだろう。当時同期の戦友と記念写真を撮り合い、交換していたからな。この頃はさかんに相撲大会があって、もちろんわしも花形選手の一人として活躍していたものだ。格闘技のなかでも、相撲はいちばん簡単でいい。なにしろまわし一丁身につけりゃ、他には何の武具も要らないのだからな。なに？　慰安所のことか。琿春の街に慰安所は2か所、確か「一心亭」と「百万両」といったが、どちらも朝鮮人の経営だと聞いた。なんだと？　慰安所に行ったことがあるのかと。いや、わしはそんな所に足を踏み入れたことはない。兵や将校の中には慰安婦に入れ込んでいる者もおったようだが。同じ部隊で長く働くには真面目でなければいかん。そんな悪所へ出入りしとったら不良兵士のレッテルを貼られ、忽ち部隊から摘み出されて前線に飛ばされる。わしは軍隊生活の7年間、同じ部隊に居場所を得て、真面目に任務に精励しておったよ。

琿春時代の相撲大会。行事の左側が武田清

(3)　1941（昭和16）年　23歳
▽1月1日　陸軍伍長となる

この伍長という階級は下士官の最下級ではあるが、これでやっと初年兵の教育係の助教という役割が与えられる。そして阿城から帰隊した翌年3月、初めて部下を持つことになった。その部下の一人が『パガン島守備隊』の著者、滝澤國男という男だ。以下、やや長いがやつから来た手紙を抜粋する。

「昭和拾六年二月、もうずい分遠い昔の事に成ってしまいました（この手紙には昭和60年1月の消印がある）。満州国琿春駅頭はまだ夜明け迄は間のある暗く寒風の吹く広野の地でした。私たちは厚い防寒服に身を包み、第三中隊の指揮責任者である大場景虎曹長（後、准尉）に引率され、琿春駐屯山砲隊の衛兵整列の前を営庭へと入隊したのでした。

私たち十六名は、第三中隊（中隊長葛西《くずにし》学淳中尉）第一内務班（班長武田清伍長）の斑でした。確か武田班長は私たちから数えれば三年兵殿であり、阿城の教導学校を卒業したばかりのことで、忘れることはないと思われます。第三中隊の初年兵教育が始まり、本科の教官には鈴木少尉、助教下士官には三宅軍曹、武田伍長、観測通信教官には早川少尉で、助教は天間軍曹、管軍曹が当たり、馬教育は阿部軍曹、事務室には菅原准尉や大堀軍曹、桜井軍曹など、優秀な尉官、下士官が揃っておられたことを記憶しています。

私たち第一内務班の初年兵は理解ある武田班長で、他の斑からとても羨ましがられたものでした。夜の点呼時、隣の天間班長は大きな声で兵をどなり、助教の円見伍長はやたらビンタを加えていました。武田班長殿は皆が飲み込めるような話で軍人精神を教え、むしろ二年兵に気合いを入れていました。そのような班長の行動は初年兵の眼には神様の如く感じ、一斑と二斑では天国と地獄だと蔭で兵隊は話し合ったものです」。

ここで、我が山砲について説明を加える。日本軍が用いた大砲といえば、野砲兵隊が持っていた加農砲

（大砲）と榴弾砲があるが、口径10センチのもので、これを野戦で使う。これより大きい砲は重砲兵隊の大砲でこれは口径が20センチ、24センチもあり、敵のトーチカを潰すのが任務である。山砲はこれらの大砲より小型で口径7・5センチ、丘陵地や山岳地に適した砲で、バラバラに分解して馬に牽かせて運んだ。当時使われていたのは九四式山砲という1935（昭和10）年に完成したばかりの新型山砲。総亘量は500キロ以上もあり、射撃性能は初弾で1500メートル先を命中させることも出来た。

山砲隊の訓練は兵士の希望によって、本科、通信科、観測科の3つの斑にわかれるが、通信や観測は特殊な能力を要するために優秀な兵が多かった。まず本科だが、砲手6人が一組になり射撃の基本操作の訓練が行われる。たとえば、各砲手の連携操作は、一番二番手は車輪に、四番五番手は後脚につき、二番手の信号で砲の位置が決まると、一番手が砲尾を開き、四番五番は弾丸を準備して三番に渡す。三番手の装填がすべて完了すると、「撃て」の合図で一番手は拉縄を引く。これら一連の作業をいかに的確迅速に行うか、これは砲手6人のチームプレーにかかっている。

その他の兵科の、通信や観測はわしの専門外なので省略する。中隊全体では馬の世話や調教が兵士にとっては一番大変な任務だっただろう。なにしろ、生まれて初めて馬に触ったという兵士も多く、

琿春時代の山砲隊

厩舎の掃除や馬の手入れなどに苦労することになる。慣れない仕事でヘマをすると、たちまち受け持ちの教育兵からビンタが飛んだ。

滝澤の手紙に「……第一内務班（武田班）の中で、観測では中隊一の高橋や五味、通信では鈴木、本科では内山、長田、花岡など中隊でも優秀な部に入る部下を持って武田班長もさぞ鼻が高かった事と思われます」と書いてあるが……。

観測では中隊一の高橋？　……そういや思い出したぞ。新任早々、我が斑の新兵が一人いなくなって、兵舎中捜し回ったことがあった。それが高橋二等兵であったな。やつは郷里に「良い人」を残して、我が砲兵隊に入隊しておったという。しかし来る日も来る日も続く、苛酷な訓練に嫌気がさしていたのだろう、ある日突然敷地内の兵舎に隠れて、秘かに逃亡を図った？　らしい。が結局捕まってしまい、軍法会議にかけられて重営倉入り……というところを、なぜか隊の上層部が揉み消してしまった。その後やつは精勤に励み、部隊屈指の優秀な観測手となった。高橋一等兵（二等兵からすぐに昇級）は軍の任務で帰国した際、その「良い人」と仮祝言を挙げてきたという。もっともこの「逃亡事件」は中隊の中では暗黙の秘密事項となっておるが。

さて肝心の滝澤本人はというと、「私は通信手でしたが、軍隊生活になじめない、しゃばっ気の多い人間でしたので、一番大事な初年兵時代におくれを取ってしまいました。……私が軍隊生活を理解出来たのが二年兵に成ってからで、いくら演習に勤務に内務に頑張っても時すでに遅く、三年兵の後半になってやっと上等兵にしてもらいましたが、人事係曹長もお前を進級させるには随分苦労したぞと言われました」と。

おいおい、大丈夫か。

わしは自分が初年兵時代に受けた教育の反省から、ビンタ、つまり体罰では教育出来ないと思っていた。

教官自らがまずやってみせること。「してみせて、言って聞かせて、させてみよ。褒めてやらねば人は動かじ」、これは山本五十六元帥の言だが、わしの軍隊教育のモットーでもあった。滝澤二等兵の手紙によるとこの方針は概ね成功したかのようである。しかし、この「ノービンタ」教育にも手強い兵隊がいた。

矢崎芳郎、25歳。早稲田大学を出て教職に就いていたが、召集されて琿春の山砲隊にやってきた。しかし兵隊用語でいうところの「まとまらない兵隊」で、なにをやっても人に遅れを取り、どうしょうもない「落ちこぼれ兵士」となってしまった。もともと兵隊向きではない人間を兵隊に仕立て上げること自体に無理があったのよ。というわけで、わしらの奮闘努力のかいもなく、矢崎二等兵の教育は完成半ばで終わってしまった。

(4)　1942（昭和17）年　24歳
▽1月1日　陸軍軍曹となる
▽6月1日　山砲兵第71連隊編入
▽12月18日　初年兵教育助教として派遣のため琿春出発。同日、鮮満国境通過。20日、釜山港出帆。21日、下関上陸。23日、新潟県高田市にある独立山砲兵第1連隊着

この昭和17年は関東軍にとって特別な年であった。陸海軍大本営は対ソ防衛を強化することを決定、さしあたって陸軍は内地にある二個師団と軍直部隊を動員して、関東軍に増員するとした。これによって関東軍の総兵力は約70万人、軍馬約14万頭、飛行機約600機を有することとなった。満州の地はソ連との戦争を想定した戦地となったのだ。軍はこの動員を関東軍特別演習（略して関特演）として、一般には秘

匿とした。

お前が我が家の書斎でみつけた『山砲隊物語―山砲兵第七十一連隊第一中隊―』という本の著者、亀岡進一氏はわしの直属の上官に当たる人じゃ。先の２０１２年の東北大震災による原発で大きな被害を受けた福島県のいわき市出身。この人は福島県立商業学校を出て、昭和15年に新潟県高田にある独立山砲第一連隊に入営、というからわしより1歳下である。県商出じゃから幹部候補生試験を受けて合格、翌昭和16年陸軍少尉に任官して、17年5月に関特演の動員で琿春の山砲第71連隊に編入されて満州にやってきた。

琿春における亀岡少尉との接触については、その半年後に今度は入れ違う形でわしが新潟に派遣されたため、それほど頻繁にあったわけではない。ただ実弾射撃演習では、内地の射撃とは違い、満州では充分にある弾薬を使った本格的訓練であるから、わしが少尉殿に直々指導したこともあったと思う。

軍歴にもあるように、17年も暮れようとする12月、わしは丸3年ぶりに本土に帰ることになった。亀岡少尉の在籍していた新潟県高田にある独立山砲隊の幹部候補兵教育のため、選抜されて出向することになったからだ。しかし郷里の岡山に立ち寄ることはなかった。

昭和 17(1942) 年頃
亀岡進一氏 (23 歳)

昭和 15(1940) 年軍隊入営
滝澤國男氏（20 歳）

(5)　1943（昭和18）年　25歳
▽2月6日　下関港出帆、同9日満州国琿春着、原隊復帰

日本有数の豪雪地帯として知られる越前高田。その冬場の12月から翌年3月までの教育隊の勤務。兵舎は体育館仕様の煉瓦造りの雨天練兵場があったが、雪中での教育もあり、馬の行軍などで難渋した。わしは気候に恵まれた瀬戸内地方の生まれのせいか、寒いところは苦手でな。それなのに満州国境の琿春といい、新潟の高田といい、寒い地方ばかりの勤務には閉口した。それでも、兵士に砲術を教える教官の任務はわしの性に合っていたようで、真面目に勤務に精励しておった。

(6)　1944（昭和19）年　26歳
▽1月1日　陸軍曹長（1か月の休暇で、6年ぶりに岡山に帰郷）
▽2月25日　第5派遣隊山砲兵第1大隊に転属、同日琿春を出発、29日釜山着
▽3月3日釜山港出帆、同18日マリアナ諸島「パガン島」上陸
▽6月13日独立混成第9連隊に転属、山砲兵第1中隊（隊長亀岡中尉）の小隊長となる
▽6月18日隣島のサイパン、陥落。以後パガン島は全島要塞化し、自給自足に入る

いよいよ、正念場の昭和19年、この年はわしにとってまさに天国から地獄、極寒の地から常夏の島へと、激動の一年である。

年が明けてすぐ曹長職の辞令を受けた。その前日の12月31日、連隊長から呼び出され、何事かと思いき

や、昇進とともにお祝いとして1か月の休暇を与えられたのだった。これは古参兵を対象に内地へ一時帰国を与えるという軍本部の通達の一つで、軍事作戦に支障のない兵士に実施された。

わしの場合はただの帰郷ではなく「嫁取り作戦」という任務が隊長、副官より命じられていた。思えば昭和14年に召集されてから一度も除隊がなかったから、実に6年ぶりの帰郷であった。

生家には両親とともに、国民学校高等科に通う末の妹の朝子が残っていた。兵隊にとられてからずっと家には送金していたが、すぐ下の妹は嫁にいき、2人の弟たちも兵隊になって家を離れている。武田の家は上の兄たちを合わせると、5人兄弟全員が出征兵士になっていた。父の八太郎は小柄なのだが、母の満喜が女ながらも大柄な方なので、男兄弟は母親に似て体格がよかった。それにしても久しぶりの帰郷なのに、地区の幼友達は誰も残ってはいなかった。巷では戦局の悪化に伴う「玉砕」が囁かれ、松の根から油を採る！　話とか、空襲に備えての訓練とか、銃後の生活に明るい話題は何もない。

さて、「嫁取り作戦」、今でいうところの「婚活」のことだな。この1か月後、大本営による「ろ号作戦」なるものが発令されるのだが、軍隊というところはまず作戦設定がなにより重大事項でこれからもウンザリするほどの「何とか作戦」が展開されることになる。

というわけで、わしもこの「嫁取り作戦」を忘れてはいない。軍隊生活が長く、もうすぐ26になろうかという独身のわしにも、実は「嫁」のアテはあったのだ。というのも前年に次兄の竹次郎が結婚したが、その兄嫁の妹が作戦のターゲットなのである。

次兄竹次郎の養子先は児島湖のほとりの八浜町にあった。早速訪ねて行き、作戦の情報収集を開始する。兄嫁なる人とはこの時が初対面だったが、女優の「轟夕起子」似の明るい女性で、すっかり意気投合して実妹のことを聞き出すことに成功した。もっとも、それは持参した土産の羊羹が功を奏したのかも知れないが。

目指す「兄嫁の妹」は児島（現倉敷市）琴浦で呉服屋を営む旧家の末娘だという。早速作戦実施。養家から自転車を拝借するや、才の峠を越えて一路児島の町に突入する。

家はすぐにわかった。なに？　その時の話は角南のお祖母さんから聞いたことがあるのか。突然の陸軍下士官の訪問に店の者一同がびっくりしたと。後々までわしの印象が家の者たちの語り草になったと。それはそうかも知れない。冬だというに汗びっしょりの軍帽からモウモウと白い湯気が上っていたという話は後になって聞いた。

それでも義姉さんから連絡が入っており、嫁にいった三女静野の義理の弟ということで、店の奥の座敷に通されたのだった。が、一通り挨拶が済むと、もう会話が続かない。思い切って「あの、末の娘さんは」と切り出すと、今日は風邪で臥せっているという。「ではせっかくなので、お見舞いだけでもさせていただきたい」と強引に談じ込んで、兄嫁の妹である「角南秋野」、お前たちのお母さんだな、に面会することに成功したのだった。

「見合い」が「見舞い」に変わってしまったが、そんなことはどうでもよい。わしは角南家の好意的な対応に満足しておった。もっとも、これも持参した土産の羊羹の助力も大きかったにちがいない。この頃になると、物資統制の日本では、砂糖などは手に入らない貴重品になっていたからな。なに、お母さんについての印象？　それが困ったことに全く覚えておらんのだな。ぼおっと色白の、お人形みたいな顔だった

昭和 17（1942）年 10 月
角南秋野（21 歳）

と記憶するが……ううむ。

1か月の休暇を終えて厳冬の満州に復帰したのは2月の初旬だった。その時分には関東軍の大規模な南方移動が囁かれていたが、実際の発動は2月21日、大本営の東条英機新参謀総長の就任を待って「ろ号作戦」という名で行われた。

次の表は『関東軍全戦史』（新人物往来社）から抜粋したもの。琿春にあった山砲兵隊の大部分は第五派遣隊となり、一部の兵は台湾へ、残りはそのまま満州に残留となった。その残留組も敗戦後、シベリアに抑留。まあ、どの組になるにしてもそれぞれにリスクはある。それにしても、同じ関東軍でも派遣隊の行き先によって、文字通り天国と地獄の差があった。

第一派遣隊……当初はボナペ島、後サイパン島に変更。昭和19年7月6日玉砕。
第二派遣隊……モートロック島へ。敵の上陸なく終戦。
第三派遣隊……エンビータ島、一部はトラック諸島。防衛しつつ終戦。
第四派遣隊……ヤップ島へ。敵の上陸なく終戦。
第五派遣隊……パガン島へ。敵の上陸なく終戦。
第六派遣隊……グアム島へ。昭和19年8月下旬玉砕。
第七派遣隊……メレヨン島へ。敵の上陸なくも飢餓との闘いで70％死亡。
第八派遣隊……トラック島へ。敵の上陸なく終戦。

これら派遣隊は前もって行き先が知らされていたわけではない。もちろん、派遣隊長および歩兵隊や山砲隊、工兵隊の隊長クラスには南方のどの島ぐらいは分かっていただろうが、その下位の中隊長には作戦の目的はおろか、どこに上陸するのかも分かっていなかった。そのまた部下の兵や下士官にはもちろんのことである。

昭和19年2月26日の午後7時、夜陰に乗じて秘かに琿春の駅に集合した山砲隊一大隊は釜山へ向けて出発して行った。3日後の29日、釜山港には輸送船高岡丸ほか大型貨物船が数隻、港の埠頭に横着けされていた。これから大量の兵器や物資を積み込み、横浜に向う。そこから太平洋各島に輸送する他の船舶と船団を組んで南下することになる。

わしは釜山の駅から「嫁取り作戦」の角南秋野に簡単なハガキを出しておいた。もう二度と日本の土を踏めないだろうと覚悟していたからだ。思い残すことは何もない。

「小生、この度南洋の方へ移動する事と相成り候。就いては貴女には他に良縁が在るならば、是非お受け下され度候。時節柄、御身体御自愛下されたく候」

この軍事ハガキは角南秋野本人に出したつもりだったのだが、ど

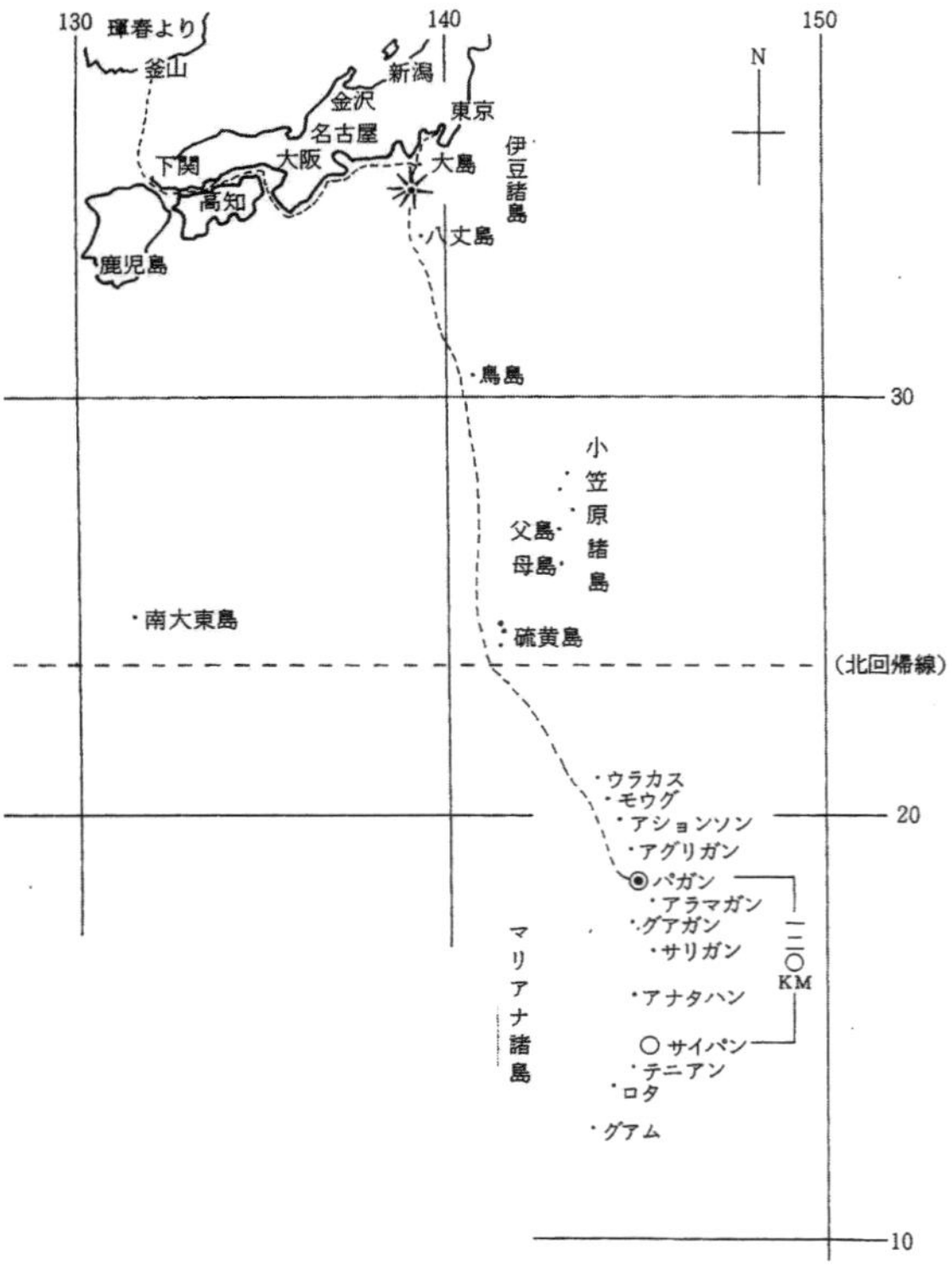

う間違ったものか母親の手に渡っていたらしい。後で聞いた話では、ハガキの文意をめぐって角南家一同、首を捻っていたという。あの義弟だとかいう陸軍の下士官はいったい何をしに来たのか、わしの意図するところは全く理解されていなかったのだ。

3月12日夕刻、いよいよ東京湾を出て一路南方へと船団は進んでいく。行き先はまだ不明だ。この時はじめて山砲隊第一中隊総員約120名が甲板に集合、隊長亀岡進一中尉とともに見納めとなる内地の夕日を仰いだのだった。翌13日未明、船団の先頭を行く護衛艦の二等巡洋艦「滝田」と輸送船1艘が敵の潜水艦の電撃を受けて沈没、すでに戦場に出たのだという衝撃が走った。が、それ以上の攻撃はなく、また再

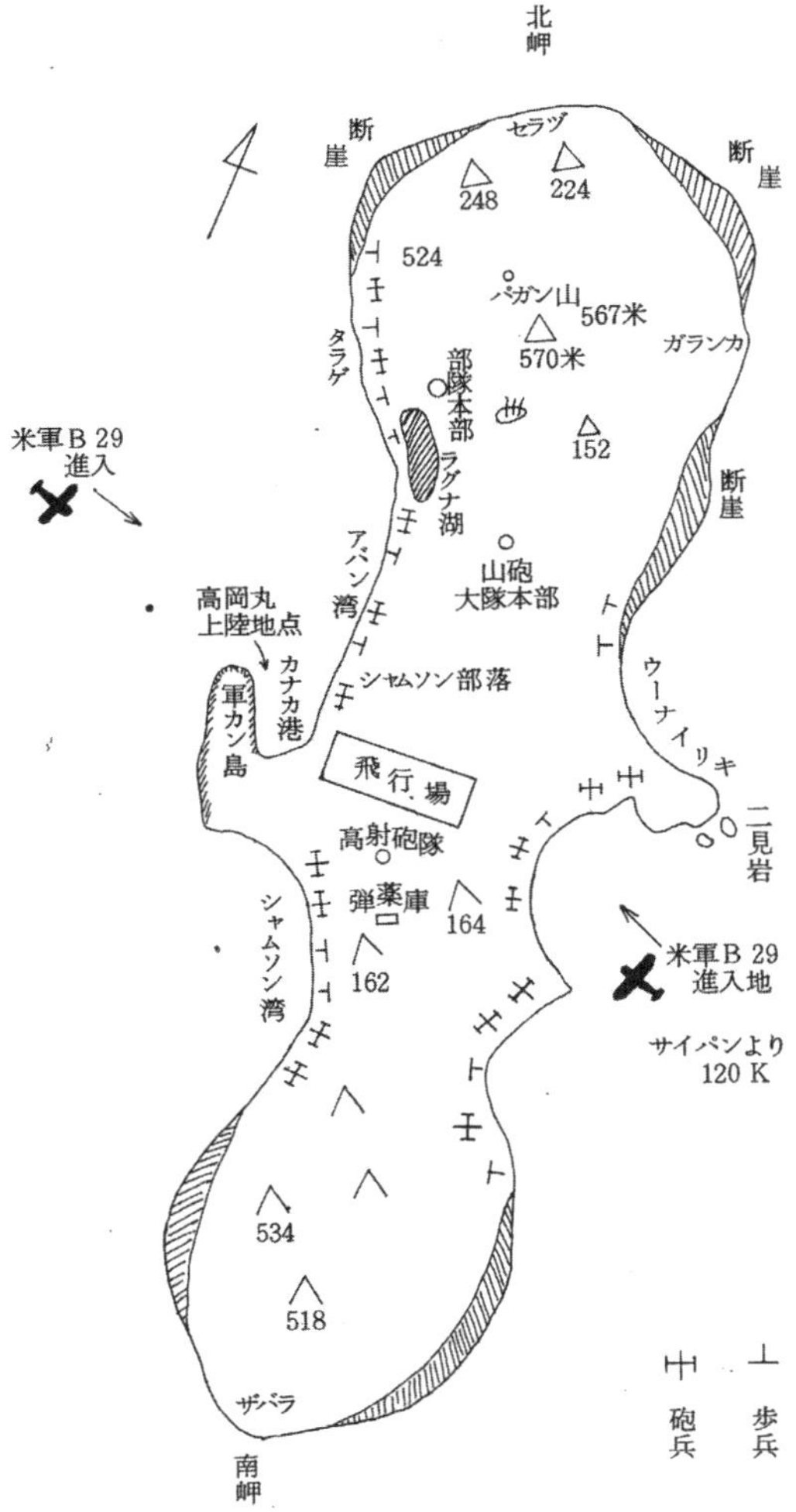

び船団は元の体形に戻り、南下を続けた。途中、やっと行き先が告げられたのは3月15日、目的地パガン島に着く3日前のことだった。

昭和19年3月18日、マリアナ諸島の真ん中に位置するパガン島に上陸。東京湾の沖、木更津を出帆してから7日目のことで、奇しくもその日はわしの26回目の誕生日だった。

「わしはついとる。これは生きて還れるという啓示じゃ。わしは絶対にこの島から生還できる」。わしはそう確信した。天の啓示が出ている以上、故郷に生還できる、いや生還してみせるぞ、と。なに、それはわしの独り善がり、都合のよい思い込みじゃと？　いや、このわずかな偶然こそがわしをして生きる心の支えとなったのだ。

パガン島は小笠原諸島からさらに南下したマリアナ諸島の一つであり、その任務は「サイパン・テニアン航空基地群の一環とし、特に小笠原地区集団との連携基地として最も堅固に守備し、これを確保する」（第三十一軍防備計画）こととある。パガン島の南１２０キロメートル地点にはサイパン、テニアン、グアムなどの僚島が連なって浮かんでいる。しかし、よほど詳しい世界地図でもない限り、このパガン島の名前は載っていない。それほど小さい島なのだ。ここには隣のサイパン島から渡ってきた日本人や現地人（チャムロ人）など数百人が住んでいた。戦闘が激しくなると、彼らは奥地の山岳地帯に移ったらしい。

島の中央部には天然の飛行場、つまりパガン山噴火による熔岩で出来た東西６００メートルの岩盤平地があり、その北側に住民部落があった。小さいながらも警察の駐在所や小学校の分校（いずれもサイパン島から派遣）も設置されていた。しかし、これらの建物は敵の飛行場攻撃の時に悉く吹き飛ばされることになる。

さて、パガン島上陸時の第五派遣隊（第七十一兵団、後に独立混成第九連隊）の編成は次の通りである。

連隊長　天羽《あもう》馬八大佐
①　本部
②　歩兵隊第一～第三大隊
③　山砲隊一大隊（山砲二四砲）　隊長木滝長寿少佐
④　高射砲隊一中隊
⑤　工兵隊一中隊
⑥　通信隊（各隊から集成）
以上、構成人員約２０００名

陸軍が上陸する前に、既に海軍の警備部隊約２００名が島に着任しており、初めはその兵舎や格納庫を借用することになった。もともと南太平洋は海軍の守備範囲にあり、戦闘序列によると、この派遣隊はその海軍の連合艦隊司令部の指揮下だったため、それを知ってか知らずか海軍兵士たちの態度は極めて冷淡不遜、非協力的であった。もっとも戦火が激しくなるとその態度はかなり改まったが。

山砲隊は第一、第二、第三中隊で、それぞれ砲八門を持ち、一門に付き小隊長以下13名の兵士で構成されていた。わしの属する第一中隊は敵の上陸地点と予想されるアバン湾周辺に配置されることになった。亀岡中隊長は「基幹中隊として名誉この上なかった」というが、なあに、敵さんの上陸予想の玄関口を守るということは、それだけ「危険この上ない」ということでもある。

山砲の配置は戦闘で若干の移動はあったが、概ね次のようになる。

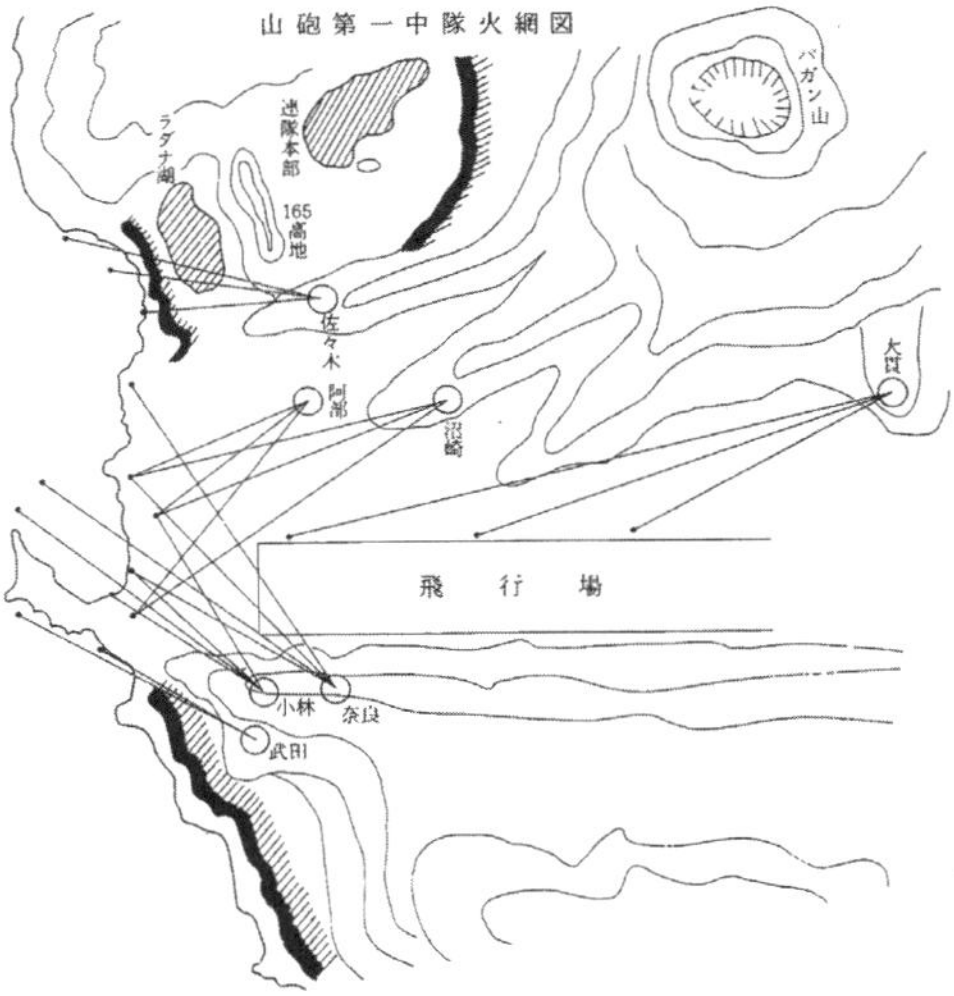

山砲兵第一中隊　隊長　亀岡進一中尉
本部（ガケ山陣地）……飛行場そばの山裾
中隊機関　　曹長職　大滝軍曹
観測　　　　　　　　横山軍曹
通信給与　　　　　　斎藤伍長
①小林小隊　　小隊長　小林少尉
②奈良小隊　　小隊長　奈良少尉
③八津小隊　　小隊長　八津少尉
④沼崎小隊　　小隊長　沼崎少尉
⑤安部小隊　　小隊長　安部准尉
⑥佐々木小隊　小隊長　佐々木准尉
⑦武田小隊　　小隊長　武田曹長
⑧大貫小隊　　小隊長　大貫曹長

島に上陸後2か月ほどは比較的のんびりと飛行場の拡張工事やら各自の小隊の陣地作りに、あるいはサイパン島に物資や機材の受け取りにと、来るべき戦闘に備えて準備に励んでいた。そんなある日のことだったと思う、かつて内務班の初年兵だった滝澤兵長に出会ったのは。彼は大隊本部付きの通信係として、もう少しで伍長に足がかかるまでに出世していた。いやはや、立派な兵士になっておったよ。彼は手紙にこう書いている。

「ガケ山陣地の武田班長の元気な姿を本部で時たま見た時は懐かしく涙の出る思いでした。班長はいつも変わらず、笑顔で『元気か』と声をかけていただいたこと忘れません」と。

やつにとって、わしはいつまでたっても班長のままらしい。

しかしこうした穏やかな日々は5月末に敵機が1機、小学校裏に相当数の爆弾を落とした頃から変わっていった。慌ただしくサイパンから軍参謀が飛来し、戦況が急を告げていることが明らかになったのだ。飛行場の拡張工事は直ちに中止、各小隊は陣地構築に向けて、工事を本格化させる方針に変更。亀岡中尉はこう述べている。「上級部隊（サイパン・グアム）から遠く離れ、また大本営の判断や海軍の情報等に全面的に依存していた本兵団が、全面の緊迫した状況を把握出来なかったのはやむを得なかった」と。

6月12日午前、突如として大群のグラマン艦上攻撃機が島を襲った。中心部の飛行場、格納庫、兵舎、海軍の輸送機などが目標だ。上空にはＢ24らしき爆撃機、その下方にはロッキード数機が旋回している。我が軍からは飛行場そばの高射砲隊、崖ぎわの海軍機関砲が応戦、さかんに撃ち合っているらしい。その日は一日中攻撃が続き、翌13日、14日も連日猛攻撃に曝された。

夜、大隊本部から連絡が入る。いよいよ明日15日朝パガン島上陸らしい。おそらく敵は正面のアバン湾、シャムソン湾あたりからの上陸だろう。亀岡中隊長は各小隊長に現状を説明し、決戦態勢をこまごまと命じた。

（1）ガケ山小隊（小林、奈良）二門、武田小隊一門、八津小隊一門は上陸用船艇が水際に到着直前より射撃開始。安部・沼崎・佐々木小隊の三門は敵水際より前進を開始すれば開始せよ。大貫小隊は別に指示する。

（2）とりあえず2日分の食糧を確保せよ。

（3）温存中の酒で、別れの杯をせよ。

(4)　上陸後戦況不利となれば、安部・沼崎・佐々木小隊は大隊本部の指揮に入り行動せよ。
(5)　敵上陸時期まで、小隊長、分隊長、電話機を離れるな。

この時がパガン島ガケ山に布陣する山砲隊最大のピンチだった。決戦を前に、わしは小隊の面々にどのような訓示をしたのだろうか。敵が上陸するとなれば、どんなに抗戦したとしても玉砕は時間の問題である。しかしそれが判っていても戦わなければならない。最後の砲弾を撃ち尽くすまで。それが戦いである。長い長い一夜が明けた。結局、敵は上陸してこなかった。B24の空襲は相変わらずだが、ともかくもガケ山陣地は無事だった。

敵の攻撃の重点はサイパン、テニアンに向かっているようだったが、大隊本部付きの通信兵である滝澤兵長にも状況は知らなかったという。いや、知らされなかったのだろう。

この6月15日を境として、遼島サイパンとは一切のつながりを無くしてしまった。1度だけ、破壊されてぼこぼこになった飛行場に不時着した味方の飛行機があった。海軍の呑龍型1機、滑走路が荒れているので機は大破してしまったが、9名の搭乗員は幸い軽傷だった。その兵隊たちの話から、サイパン島の惨状が伝わった。ほぼ玉砕は間違いないらしい。それからまもなく、零型戦闘機1機が米機に追われて飛行場に不時着、搭乗員は少年航空兵だったが、重傷を負っており、帝国万歳を叫んで息を引き取ったという。

サイパンからの物資が途絶えた状況から、全島挙げての食糧自給態勢に入った。全長12キロの島には椰子の木が繁茂していて、その実から椰子油がとれた。また島中に食用かたつむりが湿地や草むらにウヨウヨするほど生息していた。また島民から分けてもらったさつま芋の苗を増やして各部隊に配布、島を開墾して芋畑を作った。椰子の実、かたつむり、さつま芋、この3種の食糧がなかったらおそらくこの島はメレヨン島のように多くの餓死者を出しただろう。その意味でも、この島に派遣されたことはまさに「ついていた」ことになる。

沖の海岸に戦闘機の破片が流れついた。わしの陣地のすぐ下、みると水槽に使える形をしている。上空のグラマン機が去るのを見計らい、小隊長のわし自ら海に潜って岸まで引き上げた。後は砲兵陣地の裏手まで運びこむ。この航空機部品の水槽は毎日のようにやってくるスコールの雨水を貯めておくのに大いに役立った。ほかにもガケ山で拾った鉄板は、海水を煮詰めて塩を作るのに重宝した。ちなみにこの自家製の塩はよその部隊にも配った。

また海岸そばの陣地という地の利を生かして、「お魚ちゃん作戦」？　と称する漁獲作戦を展開、といっても他愛もない作戦で、つまり海上爆撃で浮き上がった魚を捕獲するという、というだけの作戦である。初期の激しい戦闘の頃はそれでもけっこう豊漁だった。が、魚のほうが島に近づかなくなり、この作戦は他の多くの作戦同様、失敗してしまった。

そういえば、ニワトリ事件は傑作だったな。ある日、わしの陣地の背後に広がるジャングルの方から、1羽のニワトリが迷い込んできたことがあっての。たぶん、どこかの部隊で飼っていたやつだろう。さっそく捕まえて喰ってやった。久しぶりのご馳走にありついて、小隊一同ひといきつくことが出来た。すると半時ほどして、ジャングルの方から見かけない兵隊がやってきた。この辺りにニワトリが逃げ込んだのだが知らんか、と聞く。知らんねと言うと、そんなはずはない、確かにここに逃げたはずだと、やつはしつこい。そこで小隊長直々に登場し、そうでなくとも馬鹿でかい声を張り上げて怒鳴ってやった。

「知らんもんは知らん。ひょっとして貴様はわしの隊の者が嘘をついとると、そう思っとんのか。そうか、そんなに兵隊どうしが信用できんのなら、もう戦争なんかやっておれんわい」

学校で習った『論語』の一節「信無くんば立たず」だな。問題はニワトリを喰った喰わんの話ではない。

つまりはこの極限状態の中で、最後の砦となるのは兵と兵との信頼だけということだ。

本部所属の滝澤兵長の手記によると、大隊長の木滝少佐は本部所有のバナナ林を巡回して、バナナの房に番号札を付けていたという。もちろん自分が独占して食するためである。時々盗難事件が発生すると、本部兵の仕業ではないかと疑って宿舎の防空壕で私物検査までやった。隊長ともあろうお方が情けない話だ。これでは部下の信頼は得られない。

食糧増産とともに、陣地構築は依然として敵上陸の可能性ありとして、一日も休まず続けられた。周囲12キロ、飛行場のある平地は4キロ。島唯一の上陸地点はアバン、シャムソン湾で、山砲隊第一中隊はこの地点に八門の砲台を築いた。砲は剥き出しではなく、岩壁の間から砲眼を覗かせる、となると岩を掘って坑道を造ることになるが、こうなるとかなり大掛かりな土木工事である。事実、中隊本部を兼ねたガケ山陣地は岩盤をくり抜いて15メートルもの坑道をガケ山の登り口に開けた。工事期間は4か月、敵の攻撃の合い間を縫って昼夜を分かたず続けた結果であった。

わしの小隊はどうだったか。亀岡戦記によると「比較的堅い砂盤である。作業は非常にやり易い。軍艦岩方面を射撃する陣地は完成間近であり、引き続きアバン湾方面を射撃し得る第二陣地の構築も指示する」とある。かの亀岡中隊長はヤル気満々、やっと完成した砲台陣地に満足することなく、さらに第2の砲台追加の注文であった。坑道の中は落盤にも耐えられるべく、ジャングルに生い茂るメリケン松を切り出して、それを天井や側面に隙間なく打ち付けた。爆撃はおろか、火山噴火にもビクともせんぞ、と豪語したもんだが。

毎日上半身裸での作業だったが、わしはガケ山近くで拾ったテント生地の切れ端でズボンを作ってみた。それをフンドシの上から穿くとなかなか具合がよい。そのころになると衣料の配給なんかないから、軍衣はボロボロ。お互いに本土で見かけた乞食そっくりな姿になり果て、これがあの関東軍、いや大日本帝国軍人とは到底思えんかった。

昭和19年も終わりに近づく頃、毎日のように攻撃していたB24機に代わって、B29機が島の上空に現れるようになった。それはサイパン島に本土攻撃基地を完成したことを裏付けるものだった。B29機は「超空の要塞」と謂われたそうだが、高度3000メートルの高度からゆうゆうと銀翼を煌めかせては、島の主要な地点、主に飛行場を目標に爆弾の雨を降らせたものだ。はじめの頃はそのすさまじい爆撃音に神経が擦り切れるような思いだったが、そのうちに慣れてしまった。

(7)　1945（昭和20）年　27歳

▽8月15日　終戦

▽10月20日　パガン島出帆、同月26日、浦賀港上陸

▽10月30日　現役満期除隊

マリアナ諸島の中で、サイパン島、テニアン島、グアム島と次々に玉砕して、いまや敵の上陸がなかったのは、ロタ島と我がパガン島のみとなった。翌20年の3月に硫黄島が陥落してからは、パガン島は「戦術的には多少の価値があったとしても、戦略的には何の価値もない遊島と化してしまった」（亀岡手記）のであるが、我が山砲隊はさらに予備陣地の構築、そして実地訓練を続けていた。いつ敵の上陸があっても攻撃の態勢にぬかりない。

B29機は相変わらず島の上空を飛んでいく。それも西の空が暮れる頃になると空中が真っ黒になるほど

の隊列を組んで飛んでいく。その銀一色の大型爆撃機をガケ山の壕から眺め、わしはなけなしの煙草をゆっくりと吹かした。あいつらは日本に向かっている、そして本土各地を爆撃しやがっているんじゃな。ふと、郷里に残した妹のことを思い出した。あれは女学校に進学したいと言っていたが、どうしたかな。いや、勉強どころじゃないか。岡山の町だって空襲でどうなっていることか。そんなとりとめもないことを考えたりした。

B29は明け方になるとまた隊列を組んで、決まったようなコースに帰還してくる。そして本土空襲に使った爆撃弾の余りを島の平地や芋畑に落としては飛び去っていった。敵さんはジャングル地帯や椰子の林に弾を落としても効果がないと判っているのである。

8月16日、突然連隊本部から召集を受けた亀岡大尉（中尉から昇級）はガケ山陣地に中隊全員を集め、日本が無条件降伏したことを伝達した。あっけなくというか、やっとというか、ともかく戦争は終わったのだった。

パガン島に上陸してから1年5か月、その間の死者の数は279名（戦死、戦傷死101名、戦病死167名、公傷死3名、自殺8名）となっている。約2000人の全兵士の中、この数字は少ないとみるか、多いとみるか。

我が山砲隊では琿春時代の上官であった早川中尉（大隊副官）が爆撃によって重傷を負い、さらに担ぎ込まれた野戦病院も爆撃にあってついに戦死。彼はパガン島に出征する直前に所帯を持ったばかりだった。また小隊は違うが、数名の山砲兵が不意の爆撃を食らって戦死した。こんな苛酷な環境の中で、将来を悲観して自殺した兵士や逃亡を図った兵士もいた。逃亡兵は処刑されたが、公報には戦死扱いとなっている。

敗戦後の復員は早かった。『あの戦争　太平洋戦争全記録』（産経新聞社編）によると、復員には優先順位がつけられたという。最優先は太平洋上に孤立して飢餓に苦しむ島々。〝餓島〟はガナルカナル島だけではなかった。ウエーク島、マーシャル諸島のミレ島、そしてメレヨン島（オレアイ環礁）など、凄まじいほどの飢餓に苛まれた島々である。パガン島はまだましな島ではあったが、飢えに苦しんだことはまちがいない。それが比較的早く復員出来た要因だろう。

わしは戦友会なるものに出席したことがない。復員後の生活が忙しかったためということもあるが、理由はそればかりではない。いまさら戦友たちが集まってどうするというのか、あの苛酷な戦争体験を語りあって何になるのか、という思いがあったからだ。ところが戦後40年ほどして、つまり昭和が終わる頃になって、突然戦友たちから手紙が来るようになった。ほとんどが長野県や山梨県、福島県などといった東日本からの便りである（わしの属していた部隊には東北の人が多かった）。

その中で、とりわけわしを喜ばせたのが、あの「矢崎芳郎」氏からのものだった。それによると、彼はその後もなんとか軍隊生活を続け、師団兵器勤務隊に移って、終戦時はその部隊とともに台湾にいた。内地には翌21年3月に帰還、長野県で高校教諭を務めて先年退職したところだという。彼はわしに防寒着を譲ってもらったが、部隊が移動したため、未だに代金を払っていないのが心苦しい、と書いてあった。

そういえば玉柏駐在所時代に届いた段ボール一箱の林檎、あれがオーバーコートのお礼だったのよ。お母さんはそ知らぬ顔をして、旨そうに喰っていたがな。

パガン島のその後？　いや、わしは知らんな。亀岡中隊長の手記によると、昭和56年にパガン山が火山活動を再開したため、平成になってからは完全に無人島と化してしまったとか、島で飼育していた豚やニワトリが野生化して繁殖中だとか書いてあったな。また石原慎太郎著『わが人生の時の時』（新潮社　平成2年発刊）には、マリアナ海溝でスキューバダイビングをして大怪我をした石原氏が、天然の飛行場があるパカン島から小型飛行機で脱出する話が出てくる。

「……ようやくたどりついたパガン島なる島がなんとも空恐ろしいところだった。島の北側にある火山の噴火で島の半分が埋まってしまっている。……飛行場はなんとか使える、ただし、島に残した家畜、特に牛たちがすっかり野生化してしまってはなはだ危険だということだった……」。

亀岡さんによると、わしらが構築した坑道はいまだに崩れもせず、残っておるそうだ。あの砲台はどうなったか。あんがい、野生のニワトリたちの繁殖場所に使われているかも知れんな。そう思うと、つい口の端が緩んでくるわい。いや、いかんな、たるんどるな、軍隊ではビンタものだな。

注　この文章は『岡山の記憶』13号（岡山・十五年戦争資料センター発行　2011年）に掲載されたものに加筆修正したものである。

あとがき

本書は父の戦争体験記とその復員後の20年にわたる警察署での駐在所生活を記録したものです。70年以上も昔の出来事を「ファミリーヒストリー」として振り返る時、我が家族に関わる地域の人々のご支援やご厚情を改めて痛感いたしました。

文中にお名前のある方々、または仮名にさせていただいた方々に対しまして、ここに深く感謝の意を表したいと思います。その節はほんとうにありがとうございました。

駐在所の見取り図は私の覚束ない記憶をもとに、「リスプ環境・都市建築研究所」(代表中村陽二氏)の池上公子さんの手によって、昭和テイストの家屋として見事なまでに再現されました。この見取り図で、職住一体型の「駐在所」の内部、そこに生活する警察官と家族の実態が少しでもご理解いただけたら幸いです。

私たちが駐在所を退所してはや50年近くが経ちました。今でも地域に密着した駐在所は県下に200ヶ所ほど存在しています。それにしても、私たちが体験した昭和の駐在所生活と比較して、平成の「駐在所暮らし」はどうなっているのか、興味深いものがあります。

最後に、私の拙い原稿をこのような書籍に完成させてくださいました吉備人出版の山川社長はじめ社員の方々のご尽力に感謝申し上げます。

2015(平成27)年　戦後70年の夏に

武田婦美

著者紹介
武田婦美（たけだふみ）
1949（昭和24）年、父の勤務先の岡山県久米郡（現美咲町）垪和駐在所に生まれる。県立津山高校、関西大文学部卒。大阪府下の公立中学校、岡山県の私立就実高校で教鞭を執り、2010（平成22）年定年退職。その後、父の介護や実家の後始末に追われる。

駐在所暮らし

発行日　2015年8月15日

著　者　武田婦美

間取り図作成　池上公子（リプス環境・都市建築研究所）

発行者　武田婦美

発売所　吉備人出版
〒700-0823　岡山市北区丸の内2丁目11-22
電話 086-235-3456　ファクス 086-234-3210
ウェブサイト http://www.kibito.co.jp
E メール mail：books@kibito.co.jp
郵便振替 01250-9-14467

印　刷　株式会社 三門印刷所

製　本　日宝綜合製本株式会社

ISBN978-4-86069-441-8　C0095